TALVEZ UM DIA

Obras da autora publicadas pela Editora Record:

Série Slammed
Métrica
Pausa
Essa garota

Série Hopeless
Um caso perdido
Sem esperança
Em busca de Cinderela
Em busca da perfeição

Série Nunca jamais
Nunca, jamais
Nunca, jamais: parte 2
Nunca, jamais: parte 3

Série Talvez
Talvez um dia
Talvez não
Talvez agora

Série É Assim que Acaba
É assim que acaba
É assim que começa

O lado feio do amor
Novembro, 9
Confesse
Tarde demais
As mil partes do meu coração
Todas as suas (im)perfeições
Verity
Se não fosse você
Layla
Até o verão terminar
Uma segunda chance

TALVEZ UM DIA

COLLEEN HOOVER

Tradução:
Natalie Gerhardt

1ª edição

Galera

RIO DE JANEIRO

2025

DESIGN DE CAPA
Laywan Kwan

IMAGENS DE CAPA
Plainpicture / Frank Muckenheim

DIAGRAMAÇÃO
Abreu's System

TÍTULO ORIGINAL
Maybe someday

CIP-BRASIL. CATALOGAÇÃO NA PUBLICAÇÃO
SINDICATO NACIONAL DOS EDITORES DE LIVROS, RJ

H759t

Hoover, Colleen
  Talvez um dia / Colleen Hoover ; tradução Natalie Gerhardt. - 1. ed. - Rio de Janeiro : Galera Record, 2025.

  Tradução de: Maybe someday
  ISBN 978-65-5981-613-2

  Romance americano. I. Gerhardt, Natalie. II. Título.

25-97136.0
CDD: 813
CDU: 82-31(73)

Gabriela Faray Ferreira Lopes - Bibliotecária - CRB-7/6643

Copyright © 2014 by Colleen Hoover

Todos os direitos reservados.
Proibida a reprodução, no todo ou em parte, através de quaisquer meios.
Os direitos morais da autora foram assegurados.

Texto revisado segundo o novo Acordo Ortográfico da Língua Portuguesa.

Direitos exclusivos de publicação em língua portuguesa somente
para o Brasil adquiridos pela
EDITORA GALERA RECORD LTDA.
Rua Argentina, 120 – Rio de Janeiro, RJ – 20921-380 – Tel.: (21) 2585-2000,
que se reserva a propriedade literária desta tradução.

Impresso no Brasil

ISBN 978-65-5981-613-2

Seja um leitor preferencial Record.
Cadastre-se e receba informações sobre nossos
lançamentos e nossas promoções.

Atendimento e venda direta ao leitor:
sac@record.com.br

Para Carol Keith McWilliams

Conteúdo especial

Querido leitor,

Talvez um dia é mais do que apenas uma história. É mais do que apenas um livro. É uma experiência que estamos muito animados e gratos por poder compartilhar com você.

Tive o prazer de trabalhar com o músico Griffin Peterson para produzir uma trilha sonora que acompanha este romance. Griffin e eu trabalhamos juntos para dar vida a esses personagens e as letras da vida deles para que você possa vivenciar a experiência máxima da leitura. É recomendável que escute as músicas na ordem em que aparecem no livro. Use, por favor, o QR Code abaixo para conhecer a trilha sonora de *Talvez um dia*. Esse código dará acesso às músicas e também a um conteúdo extra, caso queira conhecer mais sobre a colaboração e implementação desta inovação.

Agradecemos por você participar do nosso projeto. Para nós, foi incrível criar isso e esperamos que você tenha uma experiência tão incrível quanto a nossa.

Colleen Hoover e Griffin Peterson

Para ouvir as músicas, baixe o aplicativo gratuito Microsoft Tag. Em seguida, posicione a câmera do seu celular diante do código e aproveite.

Você também pode visitar o site *www.maybesomedaysoundtrack. com* para ter acesso ao conteúdo.

Prólogo

Sydney

Acabei de dar um soco na cara de uma garota. E não foi o de uma garota *qualquer*. Foi o da minha melhor amiga, com quem divido o apartamento.

Bem, cinco minutos depois, acho que devo chamá-la de *ex*-colega de apartamento.

O nariz dela começou a sangrar quase imediatamente e, por um segundo, me senti mal por ter batido nela. Mas, então, lembrei-me de que ela era uma traidora filha da puta e me deu vontade de lhe dar outro soco. E eu teria feito isso se Hunter não tivesse evitado, se colocando entre nós duas.

Por isso, dei um soco *nele*. Mas, infelizmente, não o machuquei. Não tanto quanto a minha mão.

Socar alguém dói muito mais do que eu imaginava. Não que eu tenha passado muito tempo imaginando como seria dar um soco em alguém. Embora eu esteja sentindo esse impulso novamente enquanto olho fixo para a mensagem de texto que acabei de receber de Ridge. Ele é outra pessoa com quem quero acertar as contas. Sei que, tecnicamente, Ridge não tem nada a ver com a situação difícil que estou enfrentando, mas ele poderia ter me avisado um pouco antes. Portanto, gostaria de dar um soco nele também.

Ridge: Td bem? Quer vir para cá até parar de chover?

É claro que não quero. Minha mão já está doendo muito, e se eu subisse até o apartamento dele, ficaria doendo ainda mais depois que acertasse as contas com ele.

Eu me viro e olho para a varanda dele. Ridge está apoiado na porta de correr de vidro, me observando com o celular na mão. Está quase escurecendo, mas as luzes do pátio iluminam seu rosto. Seus olhos escuros encontram os meus e seus lábios se abrem em um sorriso suave e arrependido, o que quase me faz esquecer por que estou chateada com ele. Ridge passa sua mão livre no cabelo para afastar uma mecha da testa, revelando ainda mais sua expressão preocupada. Ou talvez seja apenas arrependimento. Como deveria ser.

Decido não responder e ignorá-lo. Ele balança a cabeça e dá de ombros, como se dissesse *eu tentei*. Depois volta para dentro do apartamento e fecha a porta.

Guardo o celular no bolso antes que o aparelho fique molhado e dou uma olhada em torno do pátio do condomínio de apartamentos onde moro há dois meses. Quando nos mudamos, o verão quente do Texas devorava os últimos resquícios da primavera, mas este pátio ainda parecia se apegar à vida. Vibrantes hortênsias violetas e azuis ladeavam os caminhos que levavam às escadas e à fonte no centro do pátio.

Agora que o verão havia chegado ao seu auge nada atraente, a água da fonte já tinha evaporado. As hortênsias não passam de uma lembrança triste e murcha da animação que senti quando Tori e eu nos mudamos para cá. Olhar para o pátio neste momento, derrotado pela estação, é um paralelo sombrio em comparação com a forma que estou me sentindo. Derrotada e triste.

Estou sentada na beirada da fonte vazia de cimento, com os cotovelos apoiados nas duas malas que contêm a maior parte dos meus pertences, esperando o táxi me buscar. Não faço ideia para onde vai me levar, mas sei que prefiro estar em qualquer lugar que não seja este aqui. Que basicamente é sem um teto para morar.

Eu poderia ligar para os meus pais, mas isso apenas lhes daria munição para começar a jogar na minha cara *Nós avisamos*.

Nós avisamos para você não se mudar para tão longe, Sydney.

Nós avisamos para você não namorar sério com aquele cara.

Nós avisamos que se você tivesse escolhido o curso preparatório de Direito em vez da música, estaríamos pagando para você.

Nós avisamos para quando socar alguém, deixar o polegar para fora do punho.

Tudo bem, talvez nunca tenham me ensinado as técnicas adequadas para socar alguém, mas se eles sempre têm razão, bem que *deveriam*.

Cerro o punho e, em seguida, estico os dedos. Então cerro novamente. Fico surpresa com o fato de minha mão estar tão dolorida e tenho certeza de que eu deveria colocar gelo. Sinto pena dos garotos. Socar é uma merda.

Sabe o que mais é uma merda? Chuva. Sempre encontra a pior hora para cair, como neste momento que estou sem teto.

O táxi finalmente chega, e me levanto para pegar minhas malas. Eu as puxo atrás de mim, enquanto o motorista abre o porta-malas. Antes mesmo de entregar para ele minha primeira mala, sinto o coração afundar no peito quando percebo que nem estou com minha bolsa.

Merda.

Olho em volta para onde eu estava sentada com as malas, depois apalpo meu corpo como se a bolsa fosse aparecer num passe de mágicas pendurada em meu ombro. Mas sei exatamente onde ela está. Eu a tirei do ombro e larguei no chão logo antes de acertar um soco em Tori bem no seu nariz caro, parecido com o da Cameron Diaz.

Suspiro. E começo a rir. É claro que eu tinha que ter largado minha bolsa. Meu primeiro dia como sem teto teria sido fácil demais se eu estivesse com ela no ombro.

— Desculpe — digo para o motorista do táxi, que está carregando minha segunda mala. — Mudei de ideia. Não preciso de um táxi agora.

Sei que tem um hotel a menos de um quilômetro daqui. Se eu ao menos conseguir tomar coragem para entrar e pegar minha bolsa, vou até lá e pego um quarto até decidir o que fazer. Eu não tenho como ficar mais encharcada.

O motorista tira as malas do carro, coloca-as à minha frente no meio-fio e segue para a porta do carro sem sequer olhar para mim. Ele apenas entra no carro e vai embora, como se meu cancelamento fosse um alívio.

Será que pareço tão patética assim?

Pego as malas e volto para o lugar onde eu estava antes da chegada do táxi. Olho para o meu apartamento e me pergunto o que aconteceria se eu voltasse para pegar a minha bolsa. Eu meio que deixei as coisas caóticas quando saí. Acho que preferia ficar sem teto na chuva do que ter que voltar para lá.

Eu me sento novamente em cima da mala e penso em minha situação. Eu poderia pagar para alguém subir lá no meu lugar. Mas quem? Não tem ninguém aqui fora, e vai saber se Tori ou Hunter entregariam minha bolsa para a pessoa.

Que merda. Sei que vou ter que acabar ligando para algum dos meus amigos, mas, agora, estou envergonhada demais para contar a alguém como fui ingênua durante esses dois anos. Fui pega totalmente de surpresa.

Eu já estava odiando estar com 22 anos, e ainda tinha 364 dias pela frente.

Estou tão na merda que comecei a... *chorar*?

Que ótimo. Estou chorando. Sou uma garota chorona, violenta, sem bolsa e sem ter onde morar. E por mais que eu não queira admitir, acho que também estou com o coração partido.

Sim. Estou soluçando. Acho que é assim que as pessoas se sentem quando estão com o coração partido.

— Está chovendo. Ande logo.

Ergo o olhar e me deparo com uma garota diante de mim. Ela está segurando um guarda-chuva e me olhando um pouco agitada, alternando o peso do corpo de uma perna para outra enquanto espera que eu faça alguma coisa.

— Estou ficando ensopada. *Rápido*.

O tom dela é um pouco ríspido, como se me fizesse um favor e eu estivesse sendo ingrata. Ergo uma sobrancelha enquanto a observo, protegendo com a mão meus olhos da chuva. Não sei por que ela está reclamando de se molhar, considerando que não está usando muita roupa para molhar. Está praticamente nua. Olho para sua camiseta cuja parte inferior é inexistente e percebo que ela está usando o uniforme sensual das garçonetes do restaurante Hooters.

Será que esse dia poderia ficar ainda mais esquisito? Estou sentada em cima de praticamente tudo o que tenho debaixo de uma chuva torrencial, e recebendo ordens de uma garçonete arrogante do Hooters.

Ainda estou olhando fixo para a sua camiseta, quando ela agarra minha mão e me puxa, irritada.

— Ridge me disse que você ia fazer isso. Tenho que ir trabalhar. Venha comigo que eu mostro onde fica meu apartamento.

Ela pega uma das minhas malas, levanta a alça e a empurra para mim. Pega a outra e sai andando depressa pelo pátio. Eu a sigo apenas porque ela está levando uma das minhas malas e a quero de volta.

Ela grita por cima do ombro enquanto começa a subir a escada:

— Não sei por quanto tempo você pretende ficar, mas tenho só uma regra. Fique longe do meu quarto.

Ela chega a um apartamento e abre a porta sem sequer olhar para trás para confirmar se eu a segui. Quando chego ao topo da escada, paro do lado de fora do apartamento e observo uma samambaia aparentemente não afetada pelo calor. Suas folhas frondosas e verdes demonstram a recusa de sucumbir ao calor. Sorrio para a planta, sentindo certo orgulho dela. Mas depois franzo o cenho ao perceber que estou com inveja da resistência de uma planta.

Balanço a cabeça, desvio o olhar e dou um passo hesitante para entrar naquele apartamento desconhecido. A planta parece com a do meu apartamento, só que este tem quatro quartos. O meu e de Tori só tinha dois quartos, mas a sala é do mesmo tamanho.

A outra diferença notável é que não vejo nenhuma vadia mentirosa e com nariz sangrando por aqui. Nem a louça suja e as roupas sujas de Tori espalhadas pela casa.

13

A garota deixa minha mala ao lado da porta, depois dá um passo para o lado e espera que eu... Bem, não sei o que espera que eu faça.

Ela revira os olhos e agarra meu braço, me puxando.

— Mas o que é que tem de errado com você? Você fala? — Ela começa a fechar a porta atrás de si, mas para e me encara com olhos arregalados. Ela ergue um dedo. — Espere aí. Você não é... — A menina revira os olhos e dá um tapa na própria testa. — Ai, meu Deus. Você é surda.

Hein? Qual é o problema dessa garota? Nego com a cabeça e começo a responder, mas ela me interrompe.

— Sério, Bridgette — murmura ela para si mesma. Depois esfrega o rosto e resmunga, ignorando completamente o fato de eu estar balançando a cabeça. — Às vezes, você é uma escrota insensível.

Uau. Essa garota tem sérios problemas para lidar com pessoas. Ela é mesmo um pouco escrota mesmo que se esforce para não ser. Agora ela acha que sou surda, nem sei como responder. Ela meneia a cabeça como se estivesse decepcionada consigo mesma, e então olha diretamente para mim.

— EU... TENHO... QUE... IR... TRABALHAR... AGORA! — berra a plenos pulmões e bem devagar. Faço uma careta e dou um passo para trás, o que deveria ser uma grande dica de que eu consigo ouvi-la praticamente gritando, mas a garota não nota. Ela aponta para uma porta no fim do corredor. — RIDGE... ESTÁ... NO... QUARTO... DELE!

Antes que eu tenha a oportunidade de pedir para que pare de gritar, ela sai do apartamento e fecha a porta.

Não sei o que pensar. Nem o que fazer. Estou em pé, toda encharcada, no meio de um apartamento desconhecido, e a única pessoa além de Hunter e Tori que tenho vontade de socar está a poucos metros de distância em outro quarto. E, por falar em Ridge, por que diabos ele mandou sua namorada maluca ir atrás de mim? Pego meu celular para mandar uma mensagem para ele no instante em que a porta do seu quarto se abre.

Ele anda pelo corredor carregando cobertores e um travesseiro. Assim que faz contato visual comigo, eu arquejo. Mas espero que ele não tenha notado. É que eu nunca o tinha visto assim tão de perto, e ele é ainda mais bonito próximo do que quando eu o via do outro lado do pátio.

Acho que eu nunca tinha visto olhos capazes de falar. Nem sei ao certo o que quero dizer com isso. Apenas parece que se ele me observasse por um instante com aqueles olhos escuros, saberia exatamente o que precisavam que eu fizesse. São penetrantes e intensos... Ai, meu Deus, estou encarando ele.

Ridge sorri com o canto da boca ao passar por mim e segue direto para o sofá.

Apesar da sua expressão atraente e um pouco inocente, sinto vontade de gritar com ele por ser um traíra. Ele não deveria ter esperado mais de duas semanas para me contar. Eu poderia ter a chance de planejar isso tudo um pouco melhor. Não entendo como foi possível conversarmos por duas semanas sem ele ter sentido a necessidade de me contar que minha melhor amiga e meu namorado estavam transando.

Ridge joga os cobertores e o travesseiro no sofá. — Não vou ficar aqui, Ridge — digo numa tentativa de impedir que ele perca tempo com hospitalidade.

Sei que ele está com pena de mim, mas mal o conheço, e eu me sentiria muito mais à vontade em um quarto de hotel do que dormindo em um sofá estranho.

Mas preciso ter dinheiro para ficar em um quarto de hotel.

Algo que não tenho no momento.

Algo que está dentro da minha bolsa, do outro lado do pátio, em um apartamento com as duas únicas pessoas do mundo que não quero ver agora.

Talvez o sofá não seja uma ideia tão ruim afinal de contas.

Ele o arruma e se vira, dando uma olhada nas minhas roupas encharcadas. Olho para baixo e noto que há uma poça se formando no chão.

— Ah, desculpe — murmuro. Meu cabelo está grudado no rosto; minha camiseta é apenas uma patética barreira transparente para o mundo ver meu sutiã rosa totalmente perceptível. — Onde fica o banheiro?

Ele indica a porta com a cabeça.

Eu me viro, abro uma das malas, e começo a remexer nas coisas, enquanto Ridge volta para seu quarto. Fico feliz por ele não fazer perguntas sobre o que aconteceu depois da conversa que tivemos mais cedo. Não estou a fim de falar sobre isso.

Escolho uma calça de yoga e uma regata, depois pego minha nécessaire e sigo para o banheiro. Fico incomodada com o fato de que tudo neste apartamento me faz lembrar do meu, com apenas algumas sutis diferenças. Este é o mesmo banheiro, tipo suíte canadense, com porta para os dois quartos ao seu lado. Um deles obviamente é o de Ridge. Estou curiosa para saber a quem pertence o outro quarto, mas não o bastante a ponto de abrir a porta. A única regra da garçonete do Hooters é ficar longe do seu quarto, e ela não parece o tipo de pessoa que você queira enfrentar.

Fecho e tranco a porta que dá para a sala, e faço o mesmo com as portas que dão para os outros quartos, para me certificar de que ninguém vai entrar. Não faço ideia se mais alguém, além de Ridge e da garçonete do Hooters, mora neste apartamento, mas não quero correr o risco.

Tiro minhas roupas encharcadas e as jogo na pia para não molhar o chão. Ligo o chuveiro e espero a água esquentar. Vou para debaixo da ducha quente e fecho os olhos, grata por não estar mais sob a chuva. Ao mesmo tempo, não estou muito feliz por estar aqui.

Nunca poderia imaginar que meu aniversário de 22 anos fosse terminar comigo tomando banho em um apartamento desconhecido e dormindo no sofá de um cara que conheço há apenas duas semanas, e tudo isso por causa das duas pessoas com quem eu mais me importava e em quem mais eu confiava no mundo.

1.

DUAS SEMANAS ANTES

Sydney

Abro a porta de correr da varanda e saio do apartamento, grata pelo sol já ter baixado atrás do prédio ao lado, deixando o ar mais fresco e uma temperatura que poderia muito bem ser de outono. Quase na mesma hora, o som do violão dele percorre o pátio assim que me acomodo na espreguiçadeira. Digo para Tori que venho aqui fora fazer o dever de casa, porque não quero admitir que o violão é o único motivo que me faz sair pontualmente às oito horas todas as noites.

Já faz algumas semanas que o cara do apartamento do outro lado do pátio se senta na varanda e toca por pelo menos uma hora. Eu sempre estou sentada do lado de fora para ouvir.

Notei que alguns vizinhos também ficam na varanda enquanto ele toca, mas ninguém é tão leal quanto eu. Não entendo como é que alguém pode ouvir essas músicas e não sentir vontade de ouvi-las todos os dias. Mas a música sempre foi uma das minhas paixões, então, talvez eu só esteja um pouco mais enfeitiçada pelo som do que as outras pessoas. Toco piano desde que me entendo por gente e, embora nunca tenha mostrado para ninguém, adoro compor. Cheguei inclusive a trocar de curso na faculdade há dois anos. Quero ser professora de música do ensino fundamental, mas se meu pai tivesse conseguido me convencer, eu teria continuado no curso preparatório de Direito.

— Uma vida medíocre é um desperdício — dissera ele quando contei que estava trocando de curso.

17

Uma vida medíocre. Acho isso mais divertido do que ofensivo, pois meu pai parece ser a pessoa mais insatisfeita que conheço. E ele é advogado. Vai entender...

Uma das músicas que já me é familiar termina, e o cara com o violão começa a tocar algo novo. Eu já estava acostumada com sua seleção não oficial, porque ele parecia ensaiar as mesmas músicas em ordem todas as noites. No entanto, nunca ouvi esta canção específica. O modo com que repete os mesmos acordes me faz imaginar que ele estava compondo naquele momento. Gosto de estar testemunhando isso, principalmente porque depois de apenas alguns acordes, tornou-se minha favorita. Todas as músicas parecem ter sido compostas por ele. Fico me perguntando se ele toca em algum lugar ou se apenas compõe por prazer.

Eu me inclino para a frente na cadeira, apoio o braço na beirada da varanda e olho para ele. Sua varanda fica bem do lado oposto do pátio, distante o suficiente para eu não me sentir estranha de estar observando, mas perto o bastante para me certificar de que Hunter nunca está por perto. Acho que Hunter não gostaria de saber que tenho uma queda pelo talento desse cara.

Mas não posso negar. Qualquer um que veja como esse garoto toca de forma apaixonada se sentiria desse jeito. O modo como ele mantém os olhos fechados o tempo todo, concentrando-se totalmente em cada uma das cordas do violão. Gosto ainda mais quando ele se senta com as pernas cruzadas e posiciona o violão em pé entre elas. Ele o apoia no peito e toca como se fosse um contrabaixo acústico, o tempo inteiro de olhos fechados. É tão fascinante assistir que, às vezes, me flagro prendendo a respiração, e quase não percebo até arfar em busca de ar.

O fato de ser bonito também não ajuda. Pelo menos daqui parece bonito. Seu cabelo castanho-claro é indomável e se mexe junto com ele, caindo na testa toda vez que olha para o violão. Ele está longe demais para eu conseguir distinguir a cor dos seus olhos ou os traços do rosto, mas esses detalhes não importam quando comparados com sua paixão pela música. O cara tem uma confiança que considero irresistível. Sempre admirei músicos capazes de se desligar de tudo e de todos à sua volta e de se concentrar totalmente na própria música. Ser capaz de se desligar do mundo e de permitir se levar por completo é algo que sempre quis ter confiança para fazer, mas simplesmente não tenho.

Esse cara tem. Ele é confiante e talentoso. Sempre tive um fraco por músicos, porém, era mais como uma fantasia. Eram um tipo diferente. Um tipo que raramente dava bons namorados.

Ele olha para mim como se fosse capaz de ouvir meus pensamentos, depois um sorriso surge lentamente em seu rosto. Ele não para de tocar em momento algum enquanto fica olhando para mim. O contato visual me faz corar, então pego meu caderno e baixo os olhos. Odeio o fato de ele ter me flagrado encarando-o de forma tão intensa. Não que eu estivesse fazendo algo de errado, só achava que devia ser estranho que ele soubesse que eu estava assistindo enquanto tocava. Arrisco olhar outra vez e ele continua me encarando, só que não está mais sorrindo. O jeito que me olha faz meu coração disparar, por isso desvio os olhos para o caderno.

Você está parecendo uma doida, Sydney.

— Aí está minha garota — diz uma voz acolhedora atrás de mim.

Me viro para encontrar Hunter vindo para a varanda. Tento disfarçar o meu choque ao vê-lo, porque tenho certeza de que eu deveria lembrar que ele viria.

Para a remota possibilidade de o Cara do Violão ainda estar olhando, me esforço para parecer bem envolvida no beijo de Hunter para talvez parecer menos doida e mais uma pessoa que está apenas relaxando na varanda. Passo a mão no pescoço de Hunter quando ele se inclina por trás da cadeira e me beija.

— Chegue um pouco para a frente — pede Hunter, empurrando meu ombro.

Faço o que ele pede e escorrego um pouco na cadeira para que ele possa erguer a perna e se acomodar atrás de mim. Ele me puxa e me encosto em seu peito enquanto ele coloca os braços em volta de mim.

Meus olhos me traem quando o som do violão para abruptamente, e olho outra vez para o outro lado do pátio. O Cara do Violão está nos encarando sério enquanto se levanta e entra no apartamento. Ele está com uma expressão esquisita. Quase zangada.

— Como foi a faculdade? — pergunta Hunter.

— Chato demais para eu querer te contar. E você? Como foi o trabalho?

— Interessante — responde ele, afastando meu cabelo do pescoço. Depois pressiona os lábios e desce até a base do pescoço.

— O que foi tão interessante?

Ele me abraça mais forte e apoia o queixo no meu ombro, enquanto me puxa para perto.

— Aconteceu uma coisa muito estranha no almoço — conta ele. — Eu estava com um colega em um restaurante italiano. Estávamos comendo do lado de fora e eu tinha acabado de perguntar ao garçom o que ele recomendava para a sobremesa quando uma viatura da polícia virou a esquina. Pararam bem em frente ao restaurante e dois policiais saíram de arma nas mãos. Começaram a gritar com a gente e nosso garçom exclamou "Merda!". Ele ergueu lentamente as mãos, e os policiais pularam a cerca em sua direção, jogaram o cara no chão e o algemaram bem na nossa frente. Depois disso, disseram os direitos dele, o fizeram levantar e o escoltaram até a viatura. O garçom se virou para nós e gritou "O *tiramisu* é ótimo!". Depois, os policiais o colocaram no carro e foram embora.

Virei a cabeça para olhá-lo.

— Sério? Isso aconteceu mesmo?

Ele assente, rindo.

— Juro, Syd. Foi louco.

— E aí? Vocês pediram o tiramisu?

— Ah, claro que sim. E foi o melhor que já comi. — Ele me dá um beijo no rosto e logo depois me afasta. — Falando em comida, estou morrendo de fome. — Ele se levanta e estende a mão para mim. — Vocês cozinharam alguma coisa essa noite? Pego sua mão e ele me levanta.

— Só comemos uma salada, mas posso preparar uma para você.

Quando entramos, Hunter se senta no sofá ao lado de Tori. Ela está com um livro da faculdade aberto no colo e divide a atenção entre o estudo e a TV. Tiro alguns potes da geladeira e preparo uma salada para ele. Sinto-me um pouco culpada por ter me esquecido de que ele viria esta noite. Costumo deixar algo pronto quando sei que ele vem.

Já faz quase dois anos que estamos namorando. Eu o conheci no meu segundo ano de faculdade, quando ele já estava no último. Hunter e Tori eram amigos há anos. Depois que ela se mudou para o meu dormitório, nos tornamos amigas e ela insistiu para que eu o conhecesse. Disse que tínhamos tudo a ver, e estava certa. Começamos a namorar depois de dois encontros e tudo era maravilhoso desde então.

É claro que tínhamos nossos altos e baixos, principalmente depois que ele se mudou para um lugar que fica a uma hora de distância. Quando arranjou um emprego em uma empresa de contabilidade no último semestre, sugeriu que morássemos juntos. Mas eu neguei, explicando que queria me formar antes de dar um passo tão grande quanto esse. Para ser totalmente sincera, estou apenas com medo.

Pensar em morar com ele parece algo tão definitivo, como se eu fosse selar meu destino. Sei que assim que tomarmos essa decisão, o próximo passo é o casamento e, depois, nunca mais teremos a chance de morarmos sozinhos. Sempre dividi apartamento com alguém e, até poder me sustentar sozinha, vou morar com Tori. Ainda não contei para Hunter, mas quero passar um ano morando sozinha. Prometi a mim mesma que faria isso antes de me casar. Vou fazer 22 anos daqui a duas semanas, então, não preciso ter pressa.

Levo a salada para Hunter na sala.

— Por que você assiste a esse programa? — pergunta ele a Tori. — Essas mulheres só falam merda uma das outras e brigam o tempo todo.

— É exatamente por isso que assisto — explica Tori sem tirar os olhos da TV.

Hunter pisca para mim antes de pegar a comida, e em seguida apoia os pés na mesa de centro.

21

— Obrigado, amor. — Ele se vira para a TV e começa a comer. — Pode pegar uma cerveja para mim?

Concordo e volto para a cozinha. Abro a geladeira e dou uma olhada na prateleira onde ele sempre deixa sua cerveja. Percebo que estou olhando para a prateleira "dele", e que provavelmente é assim que tudo começa. Primeiro, ele tem uma prateleira na geladeira. Depois, deixa uma escova de dentes no banheiro, tem uma gaveta na minha cômoda e, por fim, as coisas dele se misturam com as minhas de tantas formas que se tornará impossível ficar sozinha outra vez.

Esfrego os braços para espantar o incômodo repentino que começo a sentir. Parece que estou assistindo ao meu futuro se desenrolar diante dos meus olhos. Não tenho certeza se gosto do que estou imaginando.

Será que estou pronta para isso?

Será que estou pronta para ele virar o cara para quem levo o jantar todas as noites quando chega em casa do trabalho?

Será que já estou pronta para mergulhar nessa vida confortável com ele? Uma vida em que dou aulas o dia inteiro e ele cuida do imposto das pessoas e, então, chegamos em casa, eu preparo o jantar e "pego cerveja" enquanto ele apoia o pé na mesa de centro e me chama de *amor*, depois vamos para a cama e transamos por volta das nove da noite para não ficarmos cansados demais no dia seguinte, pois temos que acordar cedo e recomeçar tudo de novo?

— Planeta Terra para Sydney — chama Hunter. Ouço ele estalar os dedos duas vezes. — Cerveja? Por favor, amor.

Pego rapidamente a cerveja dele, lhe entrego e vou direto para meu banheiro. Ligo o chuveiro, mas não entro. Em vez disso, tranco a porta e escorrego até o chão.

Temos um bom relacionamento. Hunter é bom para mim, e sei que me ama. Só não entendo por que todas as vezes em que penso em um futuro com ele, esse não é um pensamento animador.

Ridge

Maggie se inclina para a frente e beija minha testa.

Tenho que ir.

Estou deitado de costas com os ombros e a cabeça apoiados na cabeceira da cama. Ela está montada em mim e tem um olhar triste. Odeio o fato de estarmos vivendo tão longe, mas isso faz o tempo que passamos juntos muito mais significativo. Pego sua mão para que ela se cale e a puxo para mim, na esperança de convencê-la a não ir ainda.

Ela ri e balança a cabeça. Depois me beija, mas brevemente, então se afasta de novo. Sai do meu colo, mas não permito que se afaste muito, antes de me virar e prendê-la no colchão com meu corpo. Aponto para o peito dela.

Você, beijo a ponta do seu nariz, *tem que ficar mais uma noite.*

Não posso. Tenho aula.

Agarro os pulsos dela e os prendo acima da sua cabeça, em seguida encosto os lábios nos dela. Sei que ela não ficará mais uma noite. Maggie nunca faltou sequer uma aula na vida, a não ser que estivesse doente demais para se mexer. Eu meio que queria que ela estivesse doente neste momento, para que pudesse obrigá-la a ficar na cama comigo.

Escorrego minhas mãos devagar pelos seus pulsos, até envolver seu rosto. E a beijo mais uma vez antes de, relutante, deixá-la se afastar.

Vá. E tome cuidado. Me avise quando chegar em casa.

Ela assente e sai da cama. Aproxima-se de mim para pegar sua camiseta. Observo-a andar pelo quarto juntando suas roupas que eu tirara com tanta pressa.

Depois de cinco anos de namoro, a maioria dos casais já estaria morando junto. Entretanto, a cara metade de grande parte das pessoas não é Maggie. Ela é tão independente que chega a intimidar. Mas é compreensível, considerando tudo que já passou na vida. Desde que a conheci, ela cuida do avô. Antes disso, passou a maior parte da adolescência ajudando-o a cuidar da avó, que morreu quando ela estava com 16 anos. Agora que o avô está morando em um lar para idosos, ela finalmente tem a chance de morar sozinha até terminar a faculdade e, por mais que eu a queira aqui comigo, também sei como esse estágio é importante para ela. Por essa razão, durante o próximo ano terei que aceitar que ela vai ficar em San Antonio, enquanto continuarei em Austin. Eu nunca sairia daqui, ainda mais para morar em San Antonio.

A não ser que ela pedisse, é claro.

Diga para seu irmão que desejei boa sorte, ela está na porta do meu quarto, pronta para ir embora. *E você precisa parar de se castigar, Ridge. Músicos têm bloqueios, assim como os escritores. Você vai encontrar sua musa de novo. Amo você.*

Eu também.

Ela sorri e sai do quarto. Resmungo, sabendo que ela está tentando ser otimista com todo esse lance de bloqueio, mas não consigo parar de me preocupar com isso. Não sei se é porque Brennan quer tanto essas músicas agora ou se é porque estou completamente exausto, mas as palavras não vêm. Tenho certeza de que sem a letra da música fica muito difícil me sentir bem sobre o processo de criação musical.

Meu celular vibra. É uma mensagem de Brennan, que só me faz sentir pior por estar enfrentando um bloqueio.

Brennan: Já faz algumas semanas. Tem alguma coisa?

Eu: Estou trabalhando nisso. Como está a turnê?

Brennan: Bem, mas da próxima vez me lembre de não deixar Warren marcar tantos shows.

Eu: É o show que deixa seu nome em evidência.

Brennan: NOSSO nome. Já falei para você parar de agir como se não fizesse parte disso.

Eu: Não serei parte disso se não superar esse maldito bloqueio.

Brennan: Talvez você devesse sair mais. Arranjar um pouco mais de drama desnecessário na vida. Termine com Maggie em nome da arte. Ela vai entender. Um coração partido ajuda na inspiração musical. Você não ouve country?

Eu: Boa ideia. Vou dizer a Maggie que você sugeriu isso.

Brennan: Nada do que eu disser vai fazer Maggie me odiar. Mande um beijo para ela e vá trabalhar. Nossa carreira depende de você.

Eu: Babaca.

Brennan: Ah! Estou sentindo raiva na sua mensagem. Use isso. Vá escrever uma música raivosa sobre como odeia seu irmão mais novo e mande para mim ;)

Eu: Tá bem. Vou mandar para você assim que me livrar de todas as merdas do seu antigo quarto. A irmã da Bridgette deve se mudar mês que vem.

Brennan: Você já conhece Brandi?

Eu: Não. Será que quero?

Brennan: Só se você quiser morar com duas Bridgette.

Eu: Ah, merda.

Brennan: Exatamente. Vou nessa.

Fecho as mensagens de Brennan e abro as de Warren.

Eu: Acho que podemos começar a procurar uma pessoa para dividir o apartamento. Brennan vetou Brandi. Vou deixar você contar para Bridgette, porque vocês se dão tão bem.

Warren: Filho da puta.

Rio, saio da cama e sigo para o pátio com meu violão. Já são quase oito da noite e sei que ela estará na varanda. Não tenho certeza se o que estou prestes a fazer será estranho para ela, mas só posso tentar. Não tenho nada a perder.

2.

Sydney

Estou acompanhando distraidamente o ritmo com o pé e cantando a música dele com a letra que criei até que de repente ele para de tocar. Sendo que ele nunca para no meio de uma canção, por isso naturalmente olho na sua direção. Ele está debruçado, olhando direto para mim. Ergue o indicador, como se dissesse *espere aí,* larga o violão e volta para dentro do apartamento.

Que diabos ele está fazendo?

E, ai, meu Deus, por que o fato de ele ter notado a minha presença me deixa tão nervosa?

Ele retorna com um papel e uma caneta nas mãos.

Está escrevendo. Mas o que será que está escrevendo?

Ele ergue dois papéis e eu aperto os olhos para enxergar.

Um número de telefone.

Merda. Será que é o número dele? Como fico alguns segundos sem me mexer, ele balança as duas folhas e aponta para mim.

Ele é doido. Não vou ligar para ele. Não posso. Não posso fazer isso com Hunter.

O cara balança a cabeça, pega outra folha, escreve mais alguma coisa e me mostra.

Mande uma mensagem de texto.

Como continuo sem me mexer, ele pega o papel e escreve: *Tenho uma pergunta.*

Uma pergunta. Uma mensagem. Parece bastante inofensivo. Quando ele ergue os papéis com seu telefone, pego meu celular e digito os números. Fico alguns segundos encarando a tela, sem saber o que escrever, então digito:

Eu: Qual é a pergunta?

Ele olha para o telefone e noto seu sorriso quando recebe minha mensagem. Ele larga o papel e se recosta na cadeira enquanto digita. Quando meu telefone vibra, hesito um segundo antes de olhar.

Ele: Você canta no chuveiro?

Balanço a cabeça, confirmando minha suspeita inicial. Ele é mulherengo. É claro. Ele é músico.

Eu: Não sei que tipo de pergunta é essa, mas se for uma tentativa de flerte, eu tenho namorado. Não perca seu tempo.

Aperto enviar e o observo ler a mensagem. Ele ri e isso me irrita. Principalmente porque o sorriso dele é tão... *contagiante*. Não sei de que outra forma eu poderia descrever. É como se o rosto dele sorrisse com os lábios. Fico imaginando como deve ser esse sorriso de perto.

Ele: Pode acreditar, sei que você tem namorado, e pode ter certeza de que não estou de flerte. Só quero saber se você canta no chuveiro. Valorizo muito quem canta durante o banho e preciso saber sua resposta antes de decidir se quero fazer minha próxima pergunta.

Li a longa mensagem, admirando como ele digita rápido. Garotos não costumam ser tão habilidosos quanto as meninas nesse quesito, mas as respostas dele são quase instantâneas.

Eu: Sim, eu canto no chuveiro. E você?

Ele: Eu, não.

Eu: Como pode valorizar tanto quem canta no chuveiro se você não faz isso?

Ele: Talvez seja exatamente por esse motivo que gosto tanto de pessoas que cantam no chuveiro.

Essa conversa não está indo a lugar algum.

Eu: Por que você precisava dessa informação vital sobre mim?

Ele estica as pernas e apoia os pés no parapeito da varanda. Em seguida, fica me encarando por alguns segundos antes de voltar a atenção para o celular.

Ele: Quero saber como você está cantando uma letra para minhas músicas se eu não compus nada ainda.

Minhas bochechas queimam de vergonha. Fui pega no flagra.

Encaro a mensagem e, depois, olho para ele. Está me observando inexpressivamente.

Por que será que achei que ele não fosse me ver sentada aqui? Nunca poderia imaginar que notaria que eu estava cantando a música dele. Droga, até a noite anterior, nem achava que ele tinha notado minha presença. Respiro fundo, desejando nem ter olhado para ele, para início de conversa. Não sei por que considero constrangedor, mas é assim que me sinto. Tenho a impressão de ter invadido a privacidade dele de alguma forma, e odeio isso.

Eu: Tendo a favorecer músicas com letras, e eu estava cansada de imaginar qual seria a letra das suas, então acho que criei algumas.

Ele lê a mensagem, então olha para mim, mas dessa vez não dá o seu sorriso contagiante. Não gosto dos seus olhares sérios. Não gosto da sensação que provocam no meu estômago. Também não gosto do que seus sorrisos contagiantes provocam em mim. Gostaria que ele se ativesse a uma expressão simples, sem emoção nem graça, mas não sei se ele conseguiria.

Ele: Você pode mandá-las para mim?

Ai, meu Deus, claro que não.

Eu: Claro que não.

Ele: Por favor?

Eu: Não

Ele: Por favor, por favor?

Eu: Não, obrigada.

Ele: Qual é o seu nome?

Eu: Sydney. E o seu?

Ele: Ridge.

Ridge. Combina com ele. De um jeito musical e artístico.

Eu: Bem, Ridge, sinto muito, mas não escrevo letras de música que alguém queira ouvir. Você não escreve as letras das suas próprias músicas?

Ele começa a digitar e parece que é uma mensagem bem grande. Os dedos dele se movem rapidamente pelo celular. Tenho medo de estar prestes a receber um romance inteiro. Ele olha para mim quando meu telefone vibra.

Ridge: Acho que dá para dizer que estou sofrendo de um caso grave de bloqueio. E é por isso que eu gostaria muito, muito mesmo, que você me mandasse as letras que canta enquanto eu toco. Mesmo que você ache que são bobas, gostaria de lê-las. De alguma forma você conhece todas as músicas que toco, mesmo que eu nunca as tenha tocado para ninguém, a não ser quando ensaio aqui.

Como é que ele sabe que eu conheço todas as suas músicas? Levo a mão até a bochecha quando a sinto corar ao me dar conta de que ele já tinha notado minha presença há muito mais tempo do que eu imaginava. Juro, eu devo ser a pessoa menos intuitiva do mundo. Olho para ele, que está digitando outra mensagem, e depois fixo o olhar no meu telefone, aguardando.

Ridge: Dá para perceber pela maneira que seu corpo reage ao violão. Você acompanha o ritmo com os pés e mexe a cabeça. E já tentei testá-la tocando uma música de forma mais lenta para ver se ia perceber, e você sempre percebe. Seu corpo para de responder quando mudo alguma coisa. Então, só de observá-la, sei que você tem ouvido musical. E, já que canta no chuveiro, isso talvez signifique que você saiba cantar. O que também quer dizer que você talvez tenha algum talento para compor. Então, Sydney, quero ler as suas letras.

Ainda estou lendo quando ele envia outra mensagem.

Ridge: Por favor. Estou desesperado.

Respiro fundo, desejando mais do que tudo que essa conversa nunca tivesse começado. Não sei como ele consegue chegar a todas essas conclusões sem eu nunca ter notado que ele estava me observando. De certa forma, isso diminui um pouco meu desconforto por ele ter percebido que *eu* o observava. Mas agora que quer saber as letras que criei, fico sem graça por um motivo completamente diferente. Eu canto, mas não bem o suficiente para fazer isso profissionalmente. Minha paixão é mais pela música em si, e não tem nada a ver com tocá-la em público. E por mais que eu ame escrever, nunca mostrei nenhuma das minhas composições a ninguém. Parece algo íntimo demais. Eu quase preferia que ele tivesse me passado uma cantada vulgar.

Tenho um sobressalto quando meu telefone vibra mais uma vez.

Ridge: Tudo bem, então. Vamos fazer um acordo. Escolha uma das minhas músicas, e me mande apenas a letra dessa. Aí eu a deixo em paz. Principalmente se não for boa.

Rio e faço uma careta. Ele não vai desistir. Terei que mudar meu número.

Ridge: Olhe só, já sei seu telefone, Sydney. E não vou desistir até você me mandar a letra de uma música.

Meu Deus. Ele não vai parar.

Ridge: E também sei onde você mora. Estou disposto a implorar de joelhos na sua porta.

Caramba!

Eu: Tudo bem. Pare com essas ameaças assustadoras. Só uma música. Mas vou ter que escrever a letra primeiro, porque não cheguei a passá-las para o papel.

Ridge: Combinado. Qual música? Vou tocar agora mesmo.

Eu: Como é que vou dizer qual é a música, Ridge, se não sei o título?

Ridge: Ah, é, nem eu. Levante a mão quando eu tocar a que você quer.

Ele larga o celular, pega o violão e começa a tocar uma das suas músicas. Não é a que eu quero e então balanço a cabeça. Ele troca para outra, e continuo negando com a cabeça até que os acordes familiares de uma das minhas canções favoritas chegam aos meus ouvidos. Ergo a mão, o que o faz sorrir, e ele começa a tocar do início. Pego meu caderno e escrevo a letra que compus.

Ele precisou tocar três vezes até eu terminar. Já está quase escurecendo e fica difícil enxergar. Pego meu celular.

Eu: Está muito escuro para ler. Vou entrar e enviar por mensagem para você, mas tem que prometer que nunca mais vai me pedir isso.

A luz da tela do celular ilumina seu sorriso, e ele acena para mim, pega o violão e volta para dentro do apartamento.

Vou para meu quarto e me sento na cama, perguntando-me se é tarde demais para mudar de ideia. Sinto que toda essa conversa acabou arruinando minha distração das oito da noite na varanda. Não posso mais sair para escutá-lo. Eu preferia quando achava que ele não sabia que eu estava ali. Era como se eu tivesse meu próprio espaço com um concerto feito só para mim. A partir de então vou ficar muito consciente da presença dele para realmente curtir a música. Eu o amaldiçoei por arruinar isso.

Com pesar, envio minha letra para ele. Em seguida, deixo o telefone no mudo e o largo na cama antes de ir para a sala tentar esquecer que aquilo aconteceu.

Ridge

Puta merda. Ela é boa. Muito boa. Brennan vai amar isso. Sei que se ele concordar em usá-la, precisaremos que ela assine um contrato e teremos que pagar alguma coisa. Mas vale a pena, ainda mais se as outras letras forem tão boas quanto essa.

Mas a pergunta é: será que ela está disposta a ajudar? Está óbvio que ela não tem muita confiança no próprio talento, mas essa é a menor das minhas preocupações. A maior é como farei para conseguir convencê-la a me mandar mais letras? Ou como fazer para ela escrever *junto* comigo? Duvido que o namorado dela aceite. Ele era o maior babaca que eu já tinha visto na vida. Não consigo acreditar na coragem desse cara, principalmente depois de observá-lo na noite passada. Ele sai para a varanda e beija Sydney, aconchegando-se a ela na cadeira como se fosse o namorado mais atencioso do mundo. Então, assim que ela se vira, ele vai para a varanda com a outra garota. Sydney devia estar no banho, porque eles saíram como se um cronômetro tivesse sido acionado, e a menina envolveu a cintura dele com as pernas e as bocas dos dois se encontraram mais depressa que um piscar de olhos. Sendo que não foi a primeira vez. Eu já tinha visto aquilo tantas vezes que perdi a conta.

Não cabe a mim contar a Sydney que o namorado dela está transando com sua amiga. Muito menos por uma mensagem de texto. Mas se Maggie estivesse me traindo, eu com certeza ia querer saber. Só não conheço Sydney bem o suficiente para contar uma coisa dessas. Em geral, a pessoa que conta algo desse tipo costuma levar a culpa. Principalmente se quem está sendo traído não quiser acreditar. Eu poderia mandar um bilhete anônimo para ela, mas o idiota do namorado ia acabar convencendo-a de que não era nada daquilo.

Por enquanto, não vou fazer nada a respeito disso. Não cabe a mim. E, até conhecê-la melhor, não serei digno de confiança. Meu telefone vibra no bolso e eu o pego, na esperança de que Sydney tenha decidido me mandar mais letras, porém é uma mensagem de Maggie.

Maggie: Quase chegando. Vejo você em duas semanas.

Eu: Não pedi para você me avisar quando estivesse quase chegando, e sim depois de chegar. Agora pare de digitar enquanto dirige.

Maggie: OK.

Eu: Pare.

Maggie: OK!

Jogo o celular na cama e me recuso a responder. Não quero lhe dar nenhum motivo para continuar digitando antes de chegar em casa. Vou até a cozinha pegar uma cerveja, depois me sento ao lado de Warren adormecido no sofá. Pego o controle remoto para clicar em mais informações do que ele está assistindo.

Pornô.

Era de se imaginar. Esse cara não consegue assistir a nada que não tenha nudez. Começo a mudar de canal, mas ele arranca o controle da minha mão.

Hoje é minha vez.

Não sei se foi Warren ou Bridgette que decidiu que deveríamos compartilhar a TV, mas essa foi a pior ideia do mundo. Ainda mais porque nunca sei ao certo qual é a minha noite, mesmo que tecnicamente o apartamento seja meu. Tenho sorte quando eles pagam a parte deles do aluguel uma vez a cada três meses. Aguento isso porque Warren é meu melhor amigo desde o ensino médio, e Bridgette é... bem, ela é desprezível demais para eu sequer começar uma conversa com ela. Eu a evito desde que Brennan permitiu que ela se mudasse para cá seis meses atrás. Realmente não preciso me preocupar com dinheiro no momento, graças ao meu trabalho e à porcentagem que Brennan me

dá, então não me estresso com isso. Ainda não sei como Brennan conheceu Bridgette ou que tipo de relacionamento eles têm, mas mesmo
que não seja sexual, ele obviamente gosta dela. Não faço a menor ideia
de como nem por que, pois ela não tem nenhuma outra qualidade notável a não ser sua aparência com o seu uniforme do Hooters.

E é claro que no instante em que penso nisso, me lembro das
palavras de Maggie quando ficou sabendo que Bridgette iria morar
com a gente.

*Não ligo se ela se mudar. A pior coisa que poderia acontecer é você
me trair. Então eu teria que terminar tudo entre nós, seu coração ficaria
despedaçado, e nós dois sofreríamos muito. Você ficaria tão deprimido que
nunca conseguiria se recuperar. Então, se for mesmo me trair, certifique-se
que seja para ter o melhor sexo de todos, porque vai ser a última vez que
você vai transar na vida.*

Ela não precisava se preocupar com isso, mas o cenário que ela
descreveu bastou para garantir que eu nem olhe para Bridgette quando ela está de uniforme.

Como é que consegui viajar tanto nos pensamentos?

É por isso que estou com bloqueio criativo; parece que não tenho
conseguido me concentrar em nada importante. Volto para meu quarto com o intuito de passar a letra de Sydney para o papel e começo a
trabalhar em como juntá-la com a música. Quero enviar uma mensagem para Sydney e dizer o que achei, mas não faço isso. Acho que
devo deixá-la esperando mais um pouco. Sei como é tenso mandar
um trabalho seu e ter que aguardar para ouvir a opinião da pessoa. Se
eu deixá-la esperando por bastante tempo, talvez ela fique tentada a
enviar as outras letras quando eu disser como a acho brilhante.

Isso pode soar um pouco cruel, mas essa garota não faz ideia de
como necessito dela. Agora que tenho certeza de que encontrei minha
musa, preciso me esforçar para que não escape de mim.

35

3.

Sydney

Se ele tinha odiado, o mínimo que podia fazer era enviar um agradecimento. Sei que eu não devia me importar com isso, mas é como me sinto. Principalmente porque, para início de conversa, eu nem queria mandar a letra para ele. Não estava esperando elogios, mas o fato de ele ter implorado tanto e, depois, simplesmente ignorado tudo me irrita um pouco.

E já faz quase uma semana que ele não aparece no horário de sempre. Várias vezes quis mandar uma mensagem de texto, mas, se eu fizesse isso, ia ficar parecendo que eu realmente me importo com a opinião dele sobre a letra. Não quero me importar. Mas pela decepção que estou sentindo dá para perceber que eu me importo. Odeio o fato de querer que ele goste da minha letra. Mas a ideia de ter contribuído para uma música de verdade é um pouco animador.

— A comida já deve estar chegando. Vou tirar as roupas da secadora — diz Tori.

Ela abre a porta e eu dou uma olhada quando ouço o som familiar de um violão vindo do lado de fora. Tori fecha a porta ao sair e, por mais que eu queira ignorar, corro para o meu quarto e saio em silêncio para a varanda, carregando meus livros. Se eu me abaixar na cadeira, talvez ele nem note que estou aqui fora.

Mas ele está olhando diretamente para a minha varanda quando coloco o pé para fora. Ele não me cumprimenta com um sorriso nem com um aceno de cabeça quando eu me sento. Apenas continua tocan-

36

do, e fico curiosa para saber se ele vai apenas fingir que a conversa que tivemos semana passada simplesmente nunca aconteceu. Meio que espero que ele faça isso, porque *eu* gostaria de fingir que nunca ocorreu.

Ele toca as músicas conhecidas, e não demora muito para eu esquecer meu constrangimento por ele ter achado minha letra idiota. Bem que tentei avisá-lo.

Termino meu dever de casa enquanto ele toca, fecho os livros, me recosto na cadeira e fecho os olhos. Há um minuto de silêncio e, então, ele começa a tocar a música para a qual mandei a letra. No meio da canção, o violão faz uma pausa de alguns segundos, mas me recuso a abrir os olhos. Ele continua tocando no instante em que meu telefone vibra com uma nova mensagem de texto.

Ridge: Você não está cantando.

Olho para ele, que está me encarando com um sorriso. Ele baixa os olhos para o violão enquanto termina a música. Em seguida, pega o celular e manda outra mensagem.

Ridge: Quer saber o que achei da letra que você escreveu?

Eu: Não. Tenho quase certeza de que já sei sua opinião. Já faz uma semana que mandei. Sem problemas. Falei que não era boa.

Ridge: É, desculpe não ter respondido antes. Passei alguns dias viajando. Emergência familiar.

Não sei se ele está dizendo a verdade, mas o fato de ele afirmar que viajou alivia meu medo de ele ter deixado de tocar na varanda por minha causa.

Eu: Está tudo bem?

Ridge: Está, sim.

Eu: Que bom.

Ridge: Só vou dizer isso uma vez, Sydney. Está pronta?

Eu: Ai, meu Deus. Não. Vou desligar o celular.

Ridge: Sei onde você mora.

Eu: Tudo bem.

Ridge: Você é incrível. E essa letra! Nem consigo descrever como é perfeita para a música. Como é que você consegue fazer isso? E como é que não percebe que PRECISA continuar com isso? Não guarde dentro de você. Vai prestar um grande desserviço para o mundo com sua modéstia. Sei que concordei em não pedir mais letras, porém, só aceitei isso porque não sabia o que você ia mandar. Preciso de mais. Por favor. Por favor. Por favor.

Solto um suspiro profundo. Até esse momento, eu não tinha percebido exatamente o quanto me importava com a opinião dele. Não consigo olhá-lo ainda. Continuo com os olhos fixos no celular por mais tempo que o necessário para ler a mensagem. Nem mando uma resposta porque ainda estou aproveitando o elogio. Se ele tivesse dito que havia amado, eu teria aceitado sua opinião com alívio, e teria seguido com a minha vida. Mas as palavras dele me faziam sentir como se tivesse acabado de alcançar o topo do mundo.

Puta merda. Acho que essa mensagem me deu confiança o suficiente para mandar outra letra para ele. Eu jamais teria imaginado isso. Nunca imaginaria que fosse ficar tão animada.

— A comida chegou — avisa Tori. — Quer comer aqui fora? — Desvio os olhos do celular e me viro para ela.

— Ah. Tá. Tudo bem.

Tori traz a comida para a varanda.

— Eu nunca tinha realmente olhado para aquele cara, mas *caramba* — comenta ela, observando Ridge tocar o violão. — Ele é mesmo um gato, e eu nem *gosto* de caras loiros.

— Ele não é loiro. Tem cabelo castanho.

— Não, é loiro — discorda ela. — Mas é loiro-escuro, então acho que tudo bem. Quase castanho, talvez. Gosto do cabelo despenteado, e esse corpo compensa o fato de não ter cabelo preto. — Tori toma um gole da bebida e se recosta na cadeira, ainda olhando fixo para ele. — Talvez eu esteja sendo exigente demais. Por que me importo com a cor do cabelo dele? Vai estar escuro quando eu for passar as mãos nele.

Balanço a cabeça.

— Ele é muito talentoso — digo. Ainda não respondi a mensagem, mas ele não parece estar esperando. Fica observando as próprias mãos enquanto toca, sem prestar atenção em nós duas.

— Queria saber se ele é solteiro — continua Tori. — Eu gostaria de saber que outros talentos ele tem.

Não faço ideia se ele é solteiro, mas sinto meu estômago revirar ao saber o que Tori pensa dele. Ela é muito bonita, e sei que poderia descobrir se ele tem outros talentos se realmente quisesse. Tori costuma conseguir ficar com todos os caras que tem vontade. E nunca me importei muito com isso. Até agora.

— Você não vai querer se envolver com um músico — digo, como se tivesse alguma experiência que me qualificasse no assunto. — Além disso, tenho quase certeza de que Ridge tem namorada. Vi uma garota no pátio com ele algumas semanas atrás.

Tecnicamente isso não é mentira. Vi mesmo uma garota uma vez.

Tori olha para mim.

— Você sabe o nome dele? Como você sabe o nome dele?

Dou de ombros como se isso não fosse nada importante. Porque, sério, não é *nada* importante mesmo.

— Ele precisou de ajuda com a letra de uma música semana passada. Então, mandei uma para ele.

Ela se empertiga na cadeira.

— Você tem o *telefone* dele?

De repente, assumo uma postura defensiva, não gostando do tom acusatório na voz dela.

— Espere aí, Tori. Nem conheço o cara. Tudo o que fiz foi mandar a letra de uma música.

Ela ri.

— Não estou julgando, Syd — responde ela, erguendo as mãos na defensiva. — Nem me importo com o quanto você ama Hunter, se tiver contato com um cara *daqueles...* — Ela aponta na direção de Ridge. — Eu ficaria passada se você não aproveitasse.

Reviro os olhos.

— Você sabe que eu nunca faria isso com Hunter.

Ela suspira e se recosta na cadeira.

— É, eu sei.

Nós duas estamos olhando para Ridge quando ele termina a música. Ele pega o celular e digita algo, depois volta para o violão e meu telefone vibra enquanto ele começa a tocar outra música.

Tori tenta pegar meu celular, porém, sou mais rápida e o afasto dela.

— É uma mensagem dele, não é? — pergunta ela.

Leio o que ele mandou.

Ridge: Quando a Barbie for embora, quero mais.

Eu me encolho porque não posso deixar de jeito nenhum que Tori leia a mensagem. Por um motivo: ele foi ofensivo com ela. Além disso, a segunda parte pode ser interpretada de uma maneira completamente diferente se ela ler. Apago a mensagem e desligo o telefone para o caso de ela o pegar de mim.

— Você está dando mole para esse cara — provoca Tori, pegando seu prato vazio e se levantando. — Divirta-se com suas mensagens eróticas.

Droga! Odeio que ela pense que eu faria isso com Hunter. Vou me preocupar em esclarecer as coisas com ela mais tarde. Nesse meio-tempo, pego meu caderno e encontro a página com a letra que escrevi

40

para a música que ele está tocando. Digito o texto, envio e volto para dentro de casa.

— Estava uma delícia — digo, colocando o prato na pia. — Acho que esse é meu restaurante italiano favorito em Austin.

Vou até o sofá e me acomodo ao lado de Tori, tentando parecer casual mesmo que ela ache que estou traindo Hunter. Se eu adotar uma postura muito defensiva, ela não vai acreditar quando eu tentar negar tudo.

— Ai, meu Deus, acabei de me lembrar de uma coisa — diz ela. — Aconteceu algo muito engraçado comigo há cerca de duas semanas nesse restaurante italiano. Eu estava almoçando com... minha mãe, e nos sentamos em uma mesa no lado de fora. Nosso garçom estava falando sobre a sobremesa quando, de repente, chega uma viatura de polícia que estaciona cantando pneu e com a sirene ligada...

Prendo a respiração, com medo de ouvir o resto da história.

Como assim? Hunter tinha dito que estava com um colega do trabalho. Qual é a chance de os dois terem ido ao mesmo restaurante, sem estarem juntos? Seria coincidência demais.

Mas por que eles mentiriam sobre terem estado juntos? Sinto meu coração apertar. Acho que vou vomitar.

Como eles poderiam...

— Syd? Você está bem? — Tori parece realmente preocupada comigo. — Parece que você vai vomitar.

Tapo a boca com a mão, porque acho que ela pode estar certa. Não consigo responder na hora. Nem consigo reunir forças para olhá-la. Tento me acalmar, mas sinto minha mão tremer na boca.

Por que eles sairiam juntos e não me contariam? Eles nunca se encontram sem mim. Não têm motivos para estarem juntos, a não ser que estivessem planejando algo.

Planejando algo.

Ah.

Espere um pouco.

Encosto a palma da mão na testa e balanço a cabeça. Sinto que estou no meio do momento mais imbecil dos meus quase 22 anos de vida. É *claro* que eles estão escondendo alguma coisa. Meu aniversário é no próximo sábado.

Não apenas me sinto uma completa idiota por ter acreditado que eles pudessem fazer uma coisa dessas comigo, como também sinto uma culpa imperdoável.

— Você está bem? — insiste Tori.

Concordo com a cabeça.

— Estou. — Decido não revelar que sei que ela esteve com Hunter. Eu me sentiria ainda pior se estragasse a surpresa deles. — Acho que a comida italiana me deixou um pouco enjoada. Já volto.

Eu me levanto e ando até o meu quarto. Sento-me na beirada da cama para tentar me acalmar. Sinto um misto de dúvida e culpa. Dúvida porque sei que nenhum deles faria o que pensei que tinham feito. E culpa porque, por um instante, realmente acreditei que seriam capazes disso.

Ridge

Eu tinha esperança de que a primeira letra não fosse propaganda enganosa, mas depois de ver a segunda que ela mandou e de tocar com a música, enviei uma mensagem para Brennan. Não posso mais esconder isso dele.

Eu: Vou te enviar duas músicas. Nem precisa me dar sua opinião porque sei que você vai adorar. Então, vamos deixar isso para lá, pois preciso que você me ajude com um dilema.

Brennan: Ah, merda. Eu estava brincando sobre Maggie. Você terminou tudo com ela para ter inspiração?

Eu: Estou falando sério. Encontrei uma garota e tenho certeza de que ela foi um presente dos deuses para nós.

Brennan: Sinto muito, cara. Mas não estou a fim dessa merda. Tipo assim, talvez se você não fosse meu irmão. Só que mesmo assim...

Eu: Para de falar merda, Brennan. As letras que ela escreve são perfeitas. E surgem sem nenhum esforço. Acho que precisamos dela. Não consigo escrever letras assim desde... bem, acho que nunca. As letras dela são perfeitas, e você tem que ver, porque meio que preciso que goste e concorde em comprá-las.

Brennan: Mas que porra é essa, Ridge? Não podemos contratar alguém para compor para nós. Ela vai querer uma porcentagem dos direitos autorais. E, ainda tenho que dividir entre nós dois e o pessoal da banda, não vai valer a pena.

Eu: Vou ignorar o que você disse até que leia o e-mail que acabei de mandar.

Largo o telefone e começo a andar de um lado para o outro no quarto, dando tempo para ele dar uma olhada no material que acabei de mandar. Meu coração está disparado e estou suando, mesmo que aqui não esteja tão calor assim. Não posso aceitar se ele disser não, porque tenho medo de que, se não usarmos as letras dela, eu terei que enfrentar mais seis meses de bloqueio total.

Depois de alguns minutos, meu celular vibra. Jogo-me na cama e o pego.

Brennan: Tudo bem, então. Descubra quanto ela quer e me avise.

Sorrio e jogo o telefone para o alto. Sinto vontade de gritar. Depois me acalmo o suficiente para mandar uma mensagem para ela. Pego o celular e fico pensando. Não quero assustá-la, porque sei que para ela isso é algo totalmente novo.

Eu: Será que a gente poderia conversar pessoalmente? Tenho uma proposta para você. E não precisa pensar em flerte, é só sobre música.

Sydney: Tudo bem. Não posso dizer que estou ansiosa para isso, porque fico nervosa. Quer que eu ligue para você quando sair do trabalho?

Eu: Você trabalha?

Sydney: Sim. Na biblioteca do campus. Turno da manhã, menos neste fim de semana.

Eu: Ah. Acho que é por isso que nunca notei. Só acordo depois do almoço.

Sydney: Então, você quer que eu ligue quando chegar em casa?

Eu: Mande só uma mensagem. Acha que a gente consegue se encontrar no fim de semana?

Sydney: É provável que sim, mas eu teria que falar com meu namorado. Não quero que ele descubra e pense que você está interessado em algo além das minhas letras.

Eu: OK. Parece ótimo.

Sydney: Se quiser, pode ir na minha festa de aniversário amanhã à noite. Talvez seja mais fácil, porque ele estará lá também.

Eu: Amanhã é seu aniversário? Parabéns adiantado! Tudo bem, então. Que horas?

Sydney: Não sei. Eu nem deveria saber sobre a festa. Mando uma mensagem para você quando descobrir mais detalhes.

Eu: OK.

Para ser sincero, não gosto da possibilidade de o namorado dela estar presente. Quero conversar sobre isso com ela a sós, porque ainda não decidi o que fazer em relação ao que está acontecendo com aquele idiota e a amiga dela. Mas preciso fazê-la concordar em me ajudar antes que ela tenha o coração partido, então talvez meu silêncio tenha sido um pouco egoísta. Admiro que ela queira ser honesta com ele, por mais que o cara não mereça. O que me faz pensar que isso talvez seja algo que eu deva contar para Maggie, mesmo que nunca tenha passado pela minha cabeça que poderia representar algum problema.

45

Eu: E aí? Como vai minha garota?

Maggie: Ocupada. Essa tese está acabando comigo. E como vai meu namorado?

Eu: Tudo bem. Bem mesmo. Acho que Brennan e eu encontramos alguém disposto a escrever as letras das músicas com a gente. Ela é muito boa e consegui concluir duas músicas depois que você foi embora no último fim de semana.

Maggie: Ridge, isso é ótimo! Mal posso esperar para ler. Talvez no próximo fim de semana?

Eu: Você vem aqui ou eu vou aí?

Maggie: Eu vou. Preciso passar um tempo na casa de repouso. Amo você.

Eu: Amo você. Não esqueça que vamos nos falar por vídeo hoje à noite.

Maggie: Você sabe que não vou esquecer. Já até escolhi minha roupa.

Eu: Espero que seja uma piada de mau gosto. Você sabe que eu não faço questão de ver roupas.

Maggie: ;)

Mais oito horas.
Estou com fome.
Deixo o telefone de lado. Abro a porta do meu quarto e dou um passo para trás quando várias coisas começam a cair em cima de mim. Primeiro, o abajur, depois a mesinha onde ele estava, e em seguida a mesinha sobre a qual estavam o abajur e a outra mesa.

Que merda, Warren.

Essas pegadinhas estão começando a me tirar do sério. Empurro o sofá que estava apoiado na porta do meu quarto e o arrasto até a sala. Pulo por cima dele e vou para a cozinha.

* * *

Tomo cuidado ao espalhar pasta de dente em um Oreo, depois devolvo a parte de cima do biscoito e o aperto devagar. Coloco-o de volta no pacote de Warren e o guardo. Meu celular vibra.

Sydney: Pode me fazer um favor?

Ela nem imagina quantos favores eu faria para ela agora mesmo.

Eu: O que foi?

Sydney: Pode olhar pela varanda e me dizer se está vendo alguma coisa suspeita no meu apartamento?

Merda. Será que ela sabe? O que quer que eu diga? Sei que é egoísmo, mas realmente não quero contar nada do namorado dela até termos uma chance de conversar sobre as letras.

Eu: OK. Peraí.

Vou até a varanda e olho para o outro lado do pátio. Não vejo nada fora do comum. Mas já escureceu e não consigo ver muita coisa. Não tenho certeza do que ela quer que eu descubra, então opto por não dar uma resposta com muitos detalhes.

Eu: Parece que está tudo calmo.

Sydney: Sério? A cortina está aberta? Você não está vendo ninguém?

Olho de novo. A cortina está aberta, mas a única coisa que consigo ver de onde estou é o brilho da TV.

Eu: Parece que não tem ninguém em casa. Hoje à noite não é sua festa de aniversário?

Sydney: Achei que fosse. Estou muito confusa.

Noto um movimento em uma das janelas, e vejo a amiga entrando na sala. O namorado de Sydney vem logo atrás, e os dois se sentam no sofá. Mas só consigo ver os pés deles.

Eu: Espere. Seu namorado e sua amiga acabaram de se sentar no sofá.

Sydney: Valeu. Desculpe incomodar você com isso.

Eu: Espere. E sobre hoje à noite? Ainda vai ter festa de aniversário?

Sydney: Não sei. Hunter disse que vai me levar para jantar assim que eu chegar do trabalho, mas meio que achei que fosse mentira. Descobri que Tori e ele almoçaram juntos há cerca de duas semanas, mas eles não sabem que eu sei. É óbvio que estão planejando alguma coisa, e achei que fosse uma festa surpresa, mas só poderia ser hoje à noite.

Estremeço. Ela pegou os dois mentindo e achou que eles tinham se encontrado para planejar uma surpresa legal para ela. Meu Deus. Nem conheço o sujeito, mas já sinto uma vontade enorme de ir lá quebrar a cara dele.

É aniversário dela. Não posso contar no dia do aniversário dela. Respiro fundo e decido mandar uma mensagem para Maggie a fim de pedir um conselho.

Eu: Tenho uma dúvida. Está muito ocupada?

Maggie: Não. Pode falar.

Eu: Se fosse seu aniversário e alguém que você conhece descobrisse que estou te traindo, você ia querer saber mesmo assim? Ou ia preferir que a pessoa esperasse até não ser seu aniversário?

Maggie: Se esta for uma questão hipotética, eu vou matar você por me fazer ter um ataque do coração. Se não for, eu vou matar você por me fazer ter um ataque do coração.

Eu: Você sabe que não sou eu. E hoje não é seu aniversário. ;)

Maggie: Quem está traindo quem?

Eu: Hoje é aniversário da Sydney. A garota que falei que compõe as letras das músicas. Sei que o namorado dela a está traindo, e meio que estou na posição de contar tudo porque ela já está desconfiando.

Maggie: Nossa. Eu não queria estar no seu lugar agora. Mas se ela já está desconfiando e você tem certeza de que ele está traindo, precisa contar para ela, Ridge. Se não disser nada estará mentindo mesmo sem querer.

Eu: Droga! Sabia que você ia dizer isso.

Maggie: Boa sorte. E fim de semana que vem ainda vou matar você por causa do ataque do coração.

Eu me sento na cama e começo a escrever uma mensagem para Sydney.

Eu: Não sei bem como dizer isso, Sydney. Você não está dirigindo agora, está?

Sydney: Ai, meu Deus. Tem um monte de gente aí, não tem?

Eu: Não. Não tem mais ninguém além dos dois. Primeiro, preciso pedir desculpas por não ter lhe contado antes. Eu não sabia como fazer isso porque a gente ainda não se conhece tão bem. Segundo, sinto muito por estar fazendo isso no seu aniversário, entre tantos outros dias, mas me sinto um idiota por ter esperado tanto tempo. E, terceiro, sinto muito por ter que contar por mensagem de texto, mas não quero que você tenha que entrar no seu apartamento sem saber a verdade.

Sydney: Você está me assustando, Ridge.

Eu: Vou falar logo de uma vez, tá? Seu namorado e sua amiga estão tendo um caso há um tempo.

Aperto enviar e fecho os olhos sabendo que acabei de estragar completamente o aniversário dela. E todos os dias depois também.

Sydney: Ridge, eles são amigos há mais tempo do que eu conheço Hunter. Acho que você deve estar interpretando tudo errado.

Eu: Se enfiar a língua na boca de outra pessoa enquanto está montado em cima dela é apenas algo que amigos fazem, sinto muito. Mas tenho certeza de que não interpretei nada errado. Isso já está acontecendo há algumas semanas. Acho que eles vão para a varanda enquanto você está no banho, porque não ficam muito tempo ali fora. Mas acontece com frequência.

Sydney: Se você está falando a verdade, por que não me contou quando começamos a conversar?

Eu: Como é que alguém pode contar isso tranquilamente para alguém, Sydney? Quando há um momento adequado? Só estou contando agora porque você já está ficando desconfiada, e esse foi o momento mais adequado.

Sydney: Por favor, me diga que você tem um péssimo senso de humor, porque não sabe como estou me sentindo.

Eu: Sinto muito, Sydney. De verdade.

Espero pacientemente por uma resposta, mas não recebo nenhuma. Penso em mandar outra mensagem, mas sei que ela precisa de tempo para absorver isso.

Merda, sou um idiota. Agora ela vai ficar com raiva de mim, mas não posso culpá-la. Acho que posso esquecer o lance das letras.

Minha porta se abre, Warren entra e joga o biscoito em mim. Eu desvio e atinge a cabeceira da cama.

Idiota!, berra Warren.

Ele se vira, sai do meu quarto e bate a porta.

4.

Sydney

Devo estar em estado de choque. Como é que meu dia pode ter terminado assim? Como é que uma garota consegue deixar de ter uma melhor amiga, um namorado, uma bolsa e um teto sobre a cabeça e acabar com o coração partido, nua, paralisada embaixo de um chuveiro estranho e encarando uma parede por meia hora? Juro por Deus que se isso for alguma brincadeira de mau gosto, nunca mais vou falar com nenhuma dessas pessoas. Nunca mais. Mesmo.

Mas sei muito bem que não é uma brincadeira. Seria uma bênção se fosse. Soube no segundo que passei pela porta e me dirigi a Hunter que tudo o que Ridge tinha me contado era verdade. Perguntei diretamente para ele se estava mesmo transando com Tori, e a expressão de ambos teria sido cômica, se não tivesse esmagado meu coração e acabado com toda a minha confiança neles com um único golpe. Senti vontade de me jogar no chão e chorar quando ele não conseguiu negar. Em vez disso, segui calmamente até meu quarto e comecei a arrumar as malas.

Tori entrou no quarto chorando. Tentou me dizer que aquilo não significara nada, que sexo sempre fora algo casual entre eles, mesmo antes de me conhecerem. Ouvi-la dizer que não significava nada foi a pior coisa de todas. Se tivesse significado algo para um deles, pelo menos eu seria capaz de compreender vagamente a traição. Mas o fato de ela afirmar que não significou nada, mas mesmo assim aconteceu, me magoou mais do que qualquer coisa que ela poderia ter dito naquele momento. Tenho quase certeza de que foi neste momento que dei um soco nela.

Não ajuda muito o fato de eu ter sido despedida alguns minutos depois que Ridge me contou sobre Hunter e Tori. Acho que o resultado não poderia ser muito diferente quando alguém começa a chorar e a jogar livros na parede no meio do expediente. Mas não consegui evitar, pois estava na seção de romances quando descobri que meu namorado de dois anos estava transando com minha melhor amiga. As capas bonitas e românticas no carrinho à minha frente só me deixaram ainda mais enfurecida.

Desligo o chuveiro de Ridge, saio do boxe e me visto.

Sinto-me melhor fisicamente depois de vestir roupas secas, mas meu coração parece pesar mais dentro do peito a cada minuto. Quanto mais tempo passa, mais reais as coisas se tornam. Em um período de apenas duas horas, perdi dois anos inteiros da minha vida.

É tempo demais para dedicar a duas pessoas em quem eu mais deveria confiar. Não tenho certeza se eu teria me casado com Hunter ou se ele seria o pai dos meus filhos no futuro, mas dói muito pensar que confiei nele o suficiente para desempenhar esses papéis, e ele acabou revelando ser o oposto do que sempre achei que fosse.

Acredito que o fato de ter feito um julgamento errado sobre ele me deixa com mais raiva do que o de ter sido traída. Se eu nem ao menos consigo julgar as pessoas mais próximas a mim, então não posso confiar em *ninguém*. Nunca. Eu os odeio por terem tirado isso de mim. Agora, não importa quem entre na minha vida depois disso, sempre serei cética.

Volto para a sala, e todas as luzes estão apagadas, exceto por um abajur ao lado do sofá. Dou uma olhada no meu celular. Mal passou das nove da noite. Recebi várias mensagens enquanto estava no banho, então, me sento no sofá e começo a ler.

Hunter: Por favor, ligue para mim. Precisamos conversar.

Tori: Não estou brava com você por ter me dado um soco. Por favor, me ligue.

Hunter: Estou preocupado. Onde você está?

Ridge: Sinto muito por não ter lhe contado antes. Você está bem?

Hunter: Vou levar sua bolsa para você. Só me diga onde você está.

Largo o celular na mesa de centro e me recosto no sofá. Não tenho ideia do que vou fazer. É claro que nunca mais quero falar com nenhum deles, mas aonde isso me leva? Não tenho dinheiro suficiente para arcar sozinha com as despesas de um apartamento, pois a ajuda financeira só chegará no próximo mês. Não tenho economias suficientes para fazer o depósito de garantia e pagar as despesas. A maioria dos amigos que fiz desde que comecei a estudar aqui ainda mora nos dormitórios, então morar com um deles está fora de cogitação. Isso me deixa basicamente com duas opções: ligar para os meus pais ou criar um relacionamento estranho com Hunter e Tori para economizar dinheiro.

Não quero pensar em nenhuma dessas opções essa noite. Estou apenas grata por Ridge ter me deixado ficar na casa dele. Pelo menos estou economizando o dinheiro que gastaria com um quarto de hotel. Não faço a menor ideia de para onde irei quando acordar de manhã, mas, de qualquer forma, ainda tenho 12 horas para pensar nisso. Até lá, vou continuar odiando o universo inteiro e sentindo pena de mim mesma.

E tem maneira melhor de sentir pena de si mesma do que enchendo a cara?

Preciso muito de uma bebida alcoólica.

Vou até a cozinha e começo a vasculhar os armários. Ouço a porta do quarto de Ridge se abrir. Olho por cima do ombro e observo-o sair do quarto.

O cabelo dele realmente é castanho-claro. Toma essa, Tori.

Ele está usando camiseta desbotada e calça jeans, está descalço e me olhando com uma expressão de dúvida enquanto se aproxima da cozinha. Sinto-me um pouco envergonhada por ter sido flagrada remexendo nos seu armários, então me viro antes que ele me veja corar.

— Preciso de uma bebida — digo. — Você tem alguma coisa alcoólica?

Ele está olhando fixo para seu celular e enviando mais uma mensagem de texto. Ou ele não consegue fazer duas coisas ao mesmo tempo ou está chateado com a atitude que tive hoje.

— Sinto muito se descontei em você, Ridge, mas você tem que admitir que minha reação é justificável, considerando o dia que tive.

Ele guarda casualmente o telefone no bolso e olha para mim do outro lado da bancada da cozinha, mas decide não responder meu pedido de desculpas. Ele comprime os lábios e ergue uma sobrancelha.

Eu gostaria de colocar aquela sobrancelha pretensiosa no seu devido lugar. Qual é o problema dele, afinal? O pior que fiz foi lhe mostrar o dedo do meio.

Reviro os olhos e fecho o último armário, então volto para o sofá. Ele está mesmo agindo como um idiota, considerando minha situação. Pelo pouco que conhecia dele, eu achava que era gente boa, mas estou quase preferindo voltar para o meu apartamento e ficar com Tori e Hunter.

Pego meu telefone, esperando receber outra mensagem de Hunter, mas encontro uma de Ridge.

Ridge: Se você não vai olhar para mim enquanto fala, é melhor se comunicar por mensagens.

Li várias vezes, tentando entender o sentido daquilo, mas não importa quantas vezes eu leia, não consigo compreender. Começo a ficar preocupada achando que talvez ele fosse meio esquisito e que seria melhor ir embora. Olho para ele, que está me observando. Ele percebe que estou confusa, mas mesmo assim não tenta se explicar. Em vez disso, volta a digitar. Quando recebo outra mensagem, olho para a tela.

Ridge: Sou surdo, Sydney.

Surdo? Ah.
Espere um pouco. *Surdo?*

Mas como? Nós conversamos várias vezes.

Penso nas últimas semanas em que o conheço e que conversamos, mas não consigo me lembrar de nenhuma vez ter ouvido sua voz.

Será que foi por isso que Bridgette achou que *eu* fosse surda?

Olho fixo para o celular, encolhendo-me de vergonha. Não sei muito bem como me sinto em relação a isso. Tenho certeza de que me sentir traída não é uma resposta justa, mas não consigo evitar. Tenho a impressão de que posso colocar isso na lista de "As formas que o mundo traiu Sydney no dia do seu aniversário". Ele não só não me contou que sabia que meu namorado estava me traindo, como também não me disse que era surdo.

Não que ser surdo fosse algo que ele devesse se sentir na obrigação de me contar. É só que... Sei lá. Fiquei um pouco magoada por não ter me contado isso.

Eu: Por que não me contou que é surdo?

Ridge: Por que você não me contou que escuta?

Inclino a cabeça enquanto leio a mensagem e me sinto ainda mais humilhada. Ele tem razão.

Ah, tudo bem, então. Pelo menos ele não vai me ouvir chorando até dormir essa noite.

Eu: Você tem alguma bebida alcoólica?

Ridge lê a pergunta, ri e depois assente. Ele vai até o armário embaixo da pia e pega um vidro de Pinho Sol. Tira dois copos de outro armário e enche com... produto de limpeza?

— O que você está fazendo? — pergunto.

Como ele não se vira, dou um tapa na testa, lembrando-me de que ele não pode me ouvir. Vou levar um tempo para me acostumar com isso. Eu me aproximo dele. Quando Ridge coloca o desinfetante no balcão e pega os dois copos, pego a garrafa, leio o rótulo e depois ergo uma sobrancelha. Ele ri e me dá um copo. Cheira a bebida e faz um gesto para que eu faça o mesmo. Hesitante, levo o copo até o nariz e sinto cheiro de uísque. Ele ergue o copo, brinda com o meu, e nós dois viramos a dose. Ainda estou me recuperando do gosto horrível quando ele pega o telefone e me envia mais uma mensagem.

Ridge: A outra pessoa que mora no apartamento tem problemas com álcool, então temos que esconder dele.

Eu: O problema é que ele odeia bebida?

Ridge: O problema é que ele não gosta de pagar e bebe a dos outros.

Assinto, largo o celular e pego a garrafa para nos servir a segunda dose. Repetimos os movimentos, virando mais um copo. Faço uma careta quando o líquido desce queimando pela garganta e pelo peito. Balanço a cabeça e abro os olhos.

— Você consegue ler lábios?

Ele dá de ombros, pega um pedaço de papel e uma caneta convenientemente posicionada ao lado.

Depende dos lábios.

Acho que faz sentido.

— Você consegue ler os meus?

Ele concorda com a cabeça e pega a caneta outra vez.

A maior parte do tempo. Aprendi a antecipar o que as pessoas vão me dizer mais do que qualquer outra coisa. Pego dicas nos movimentos do corpo e nas situações em que estou.

— Como assim? — pergunto, impulsionando o corpo com as mãos para me sentar na bancada. Nunca conheci ninguém surdo. Nem havia me dado conta de que eu tinha tantas perguntas. Pode ser por eu já estar me sentindo um pouco bêbada ou talvez apenas não queira que ele volte para o quarto. Não quero ficar sozinha para pensar sobre Hunter e Tori.

57

Ridge larga o papel e a caneta, pega meu telefone e o joga para mim. Puxa um dos bancos do bar e se senta ao lado de onde me acomodei na bancada.

Ridge: Se estou em uma loja e o caixa fala comigo, eu meio que adivinho o que ele está dizendo. Acontece a mesma coisa com uma garçonete em um restaurante. É bem fácil entender o que as pessoas estão dizendo quando é uma conversa rotineira.

Eu: Mas e agora? Isso não tem nada de rotineiro. Duvido que você receba tantas garotas sem ter onde morar e deixe que elas passem a noite no seu sofá. Então como é que você sabe o que estou falando?

Ridge: Porque você está basicamente me fazendo as mesmas perguntas que todo mundo faz quando descobre que sou surdo. É a mesma conversa, só que com gente diferente.

Fico incomodada com esse comentário, porque não quero ser como essas pessoas. Deve ser chato sempre ter que responder as mesmas perguntas.

Eu: Bem, não quero saber detalhes sobre isso. Vamos mudar de assunto.

Ridge olha para mim e sorri.

Droga. Não sei se é o uísque ou o fato de estar solteira há duas horas, mas o sorriso dele causa um efeito interessante no meu estômago.

Ridge: Vamos falar sobre música.

— Tá bem – concordo, assentindo.

Ridge: Eu queria conversar isso com você hoje à noite, sabe? Antes de arruinar sua vida e tudo o mais. Eu queria que você escrevesse as letras para as músicas da minha banda. Para as músicas que já compus e talvez para as outras que eu ainda vá compor.

Faço uma pausa antes de responder. Minha primeira resposta seria perguntar sobre a banda dele, porque eu sempre morri de vontade de ver esse cara se apresentando. Minha segunda resposta seria perguntar como é que ele consegue tocar violão se é surdo, mas, como já falei, não quero ser uma "dessas pessoas". Minha terceira resposta seria dizer não automaticamente, porque concordar em escrever letras de músicas para alguém é uma pressão enorme. Uma pressão que realmente não quero nesse momento, porque minha vida já virou uma bagunça hoje.

Nego com a cabeça.

— Não. Acho que não quero fazer isso.

Ridge: A gente vai te pagar por isso.

Isso chama minha atenção. De repente, sinto uma terceira opção começar a surgir no horizonte.

Eu: De que tipo de pagamento estamos falando? Ainda acho que você é louco por querer minha ajuda para escrever as letras, mas talvez eu esteja em um momento muito desesperado e necessitado, sem ter onde morar e tudo o mais, então um dinheiro extra cairia bem.

Ridge: Por que você fica falando que não tem onde morar? Não tem um lugar para ficar?

Eu: Bem, eu poderia voltar para a casa dos meus pais, mas isso significa ter que transferir a faculdade no último ano, tendo que atrasar dois semestres. Eu também poderia ficar com Tori, mas acho que não ia gostar de ouvi-la transar com o cara que namorei por dois anos enquanto tento dormir.

Ridge: Você é engraçadinha.

Eu: É, acho que sou mesmo.

Ridge: Você pode ficar aqui. A gente estava procurando uma quarta pessoa para dividir o apartamento. Se nos ajudar com as músicas, você pode ficar sem pagar até se reerguer.

Leio o texto duas vezes e balanço a cabeça.

Ridge: Só até você arranjar outro lugar.

Eu: Não. Nem conheço você. Além disso, sua namorada, a garçonete do Hooters, já me odeia.

Ridge ri desse comentário.

Ridge: Bridgette não é minha namorada. Ela nem fica muito aqui, então não precisa se preocupar.

Eu: Isso é muito estranho.

Ridge: Que opção você tem? Vi que você nem tinha dinheiro para pagar o táxi. Agora depende da minha piedade.

Eu: Eu tinha dinheiro para o táxi, sim. Mas esqueci a bolsa no apartamento e não quis voltar lá para buscar. Então eu não tinha como pagar ao motorista.

Ridge franze o cenho ao ler minha mensagem.

Ridge: Posso ir até lá com você se precisar.

Olho para ele.
— Tem certeza? — pergunto.
Ele sorri e anda até a porta, então vou atrás.

Ridge

Continua chovendo e sei que ela acabou de vestir roupas secas depois do banho. Então, quando acabamos de descer, pego o celular e mando uma mensagem para ela.

> Eu: Espere aqui para não se molhar de novo. Pode deixar que vou sozinho.

Ela lê e nega com a cabeça. Depois olha para mim.

— Não. Vou junto.

Não posso deixar de ficar grato por ela não ter reagido à minha surdez da forma que eu esperava. A maioria das pessoas fica ansiosa por não saber ao certo como se comunicar comigo. Elas falam alto e devagar, meio como Bridgette faz. Acho que acreditam que se falarem alto vão milagrosamente fazer com que eu volte a escutar. No entanto, isso só serve para me obrigar a conter o riso enquanto falam comigo como se eu fosse um idiota. Reconheço que elas não querem ser desrespeitosas. É só ignorância pura e simples e tudo bem. Já estou tão acostumado que nem noto mais.

No entanto, reparei na reação de Sydney... porque na verdade ela não esboçou nenhuma. Assim que descobriu, ela se sentou na bancada e continuou conversando comigo, mesmo que tenha deixado de falar para enviar mensagens. E ajuda muito o fato de ela digitar rápido.

Corremos pelo pátio até chegarmos à escada do outro bloco de apartamentos. Começo a subir, mas noto que ela está paralisada no início da escada.

Seus olhos exibem seu nervosismo, e me sinto mal no mesmo instante por não ter me dado conta de como isso deve ser difícil para ela. Sei que Sydney deve estar sofrendo muito mais do que demonstra. Descobrir que sua melhor amiga e seu namorado te traíram deve ser difícil, e não faz nem um dia que ela descobriu. Desço a escada e seguro a mão dela. Dou um sorriso encorajador e a puxo de leve. Ela respira fundo e sobe comigo. Ela dá um tapinha no meu ombro antes de chegarmos à porta do seu apartamento, então olho para ela.

— Posso esperar aqui? — pergunta. — Não quero vê-los. Assinto, sentindo um alívio por ser fácil ler os lábios dela.

— Mas copo fosse vai ferir a pia bossa? — diz ela.

Ou *acho* que foi isso que ela falou. Rio, sabendo que devo ter lido seus lábios de forma completamente errada. Ela repete quando nota que estou confuso. Mas continuo sem entender. Pego o celular para ela me enviar uma mensagem.

Sydney: Mas como você vai pedir a minha bolsa?

É. Eu errei feio.

Eu: Pode deixar que vou pegar sua bolsa, Sydney. Espere aqui.

Ela assente. Digito uma mensagem enquanto caminho até a porta e bato. Um minuto se passa e ninguém vem atender, então bato de novo, com mais força, achando que talvez minha primeira batida tenha sido fraca demais para ouvirem. A maçaneta gira e a amiga de Sydney surge ali. Por um instante ela me olha com curiosidade e depois se vira para trás. A porta se abre mais, e Hunter aparece, me olhando desconfiado. Ele diz algo que parece ser "O que deseja?", então ergo a mensagem que diz "vim aqui pegar a bolsa de Sydney". Ele dá uma olhada no telefone, lê e nega com a cabeça.

— Quem é você? — pergunta, parecendo não gostar de eu estar ali em nome de Sydney.

A garota entra e some de vista. Ele abre ainda mais a porta, cruza os braços e me encara. Aponto para minha orelha e balanço a cabeça, explicando que não consigo ouvir o que ele diz.

Hunter para, em seguida joga a cabeça para trás e começa a rir. Ele entra. Olho para Sydney que está em pé nervosa na escada, me observando. Seu rosto está pálido, e lhe dou uma piscadela para avisar que está tudo bem. Hunter volta, apoia um pedaço de papel na porta e escreve. Ele ergue a folha para que eu possa ler.

Está trepando com ela? Nossa, que babaca. Faço um gesto para a caneta e o papel, e ele me entrega os dois. Escrevo minha resposta e devolvo para ele. Ele olha para o papel e contrai o maxilar. Então o embola e, antes que eu possa reagir, me dá um soco.

Aceito o golpe, sabendo que eu deveria ter me preparado para isso. Tori volta, e percebo que ela está gritando, embora eu não faça ideia de com quem ou do que está dizendo. Assim que dou um passo para trás, Sydney surge na minha frente, correndo para o apartamento. Meus olhos a acompanham pelo corredor até desaparecer em um dos quartos e voltar com uma bolsa. Tori se coloca diante dela e apoia as mãos nos ombros de Sydney, que afasta o braço, cerra o punho e dá um soco no seu rosto.

Hunter tenta entrar na frente de Sydney para impedi-la de ir embora, então dou um tapinha no ombro dele. Quando ele se vira, acerto um direto no seu nariz fazendo-o cambalear para trás. Sydney arregala os olhos e me observa. Pego sua mão e a puxo para fora do apartamento e em direção à escada.

Por sorte, finalmente parou de chover, então nós dois corremos até meu apartamento. Olho algumas vezes sobre o ombro para me certificar de que nenhum dos dois está nos seguindo. Assim que atravessamos o pátio e subimos as escadas, abro a porta e dou um passo para o lado para que ela entre primeiro. Fecho a porta e me inclino, apoiando as mãos nos joelhos para recuperar o fôlego.

Que imbecil. Não sei o que ela viu nele, mas o fato de ter namorado aquele cara me faz questionar um pouco sua capacidade de julgar as pessoas.

Olho para Sydney, esperando vê-la chorando, mas, na verdade, ela está rindo. Está sentada no chão tentando recuperar o fôlego enquanto ri histericamente. Não consigo evitar um sorriso ao ver sua reação.

E o fato de ela ter dado um soco bem no meio do rosto da amiga sem um segundo sequer de hesitação? Sou obrigado a admitir que ela é mais durona do que eu imaginava.

Ela olha para mim, e respira fundo tentando se acalmar. Então diz "Obrigada", ainda segurando a bolsa. Ela se levanta e afasta o cabelo molhado do rosto. Vai até a cozinha, abre algumas gavetas até encontrar um pano de prato. Abre a torneira e o molha, vira-se para mim e faz um gesto para que eu me aproxime. Quando chego perto, me apoio na bancada assim que ela segura meu queixo e o inclina para a esquerda. Encosta o pano em meu lábio e eu estremeço. Nem tinha percebido que estava doendo até ela me tocar. Ela afasta o pano e vejo que está sujo de sangue. Ela molha na pia e o leva de novo à minha boca. Noto que a mão dela está vermelha. Eu a seguro e dou uma olhada. Está começando a inchar.

Tiro o pano da sua mão, limpo o sangue que ainda resta no meu rosto, pego um saco *ziplock* no armário, vou até a geladeira e o encho com cubos de gelo. Seguro a sua mão e encosto o saco, indicando para ela mantê-lo ali. Eu me encosto na bancada e pego o celular.

Eu: Você a acertou em cheio. Sua mão está inchando.

Ela digita a resposta usando apenas uma das mãos, enquanto mantém a outra apoiada no balcão com o saco de gelo em cima.

Sydney: Pode ser porque essa não foi a primeira vez que dei um soco nela hoje. Ou talvez seja porque você não foi o primeiro a dar um soco em Hunter hoje.

Eu: Uau. Estou impressionado. Ou aterrorizado. Três socos por dia é sua média?

Sydney: Três socos agora é a média de toda a minha vida.

Sorrio.

Ela dá de ombros e larga o telefone. Em seguida tira o saco de gelo da mão e o leva até minha boca.

— Seus lábios então inchando — explica ela.

Agarro a bancada atrás de mim com mais força. Estou ficando muito preocupado por ela estar tão confortável nessa situação. Penso em Maggie, e me pergunto se ela entenderia a cena que está acontecendo aqui caso entrasse pela porta nesse momento.

Preciso de uma distração.

Eu: Quer um bolo de aniversário?

Ela sorri e faz que sim.

Eu: É melhor eu não dirigir, pois você fez com que eu virasse um bêbado enfurecido, mas se não se importar em caminhar, o Park's Diner tem ótimas sobremesas, e fica a menos de um quilômetro e meio daqui. Acho que já parou de chover.

— Só vou me trocar — diz ela, apontando para as próprias roupas. Ela pega algumas peças da mala e vai para o banheiro. Pego a garrafa de Pinho Sol, fecho-a e escondo-a embaixo do armário.

5.

Sydney

Não interagimos muito enquanto comemos. Estamos sentados um do lado do outro com as costas encostadas na parede e as pernas esticadas e apoiadas no assento à nossa frente. Observamos em silêncio os clientes do restaurante, e não consigo parar de me perguntar como deve ser para ele, incapaz de ouvir qualquer coisa do que está acontecendo à nossa volta. Talvez eu seja direta demais para o meu próprio bem, mas preciso perguntar a ele o que está passando pela minha cabeça.

Eu: Como é ser surdo? Você sente como se guardasse um segredo que ninguém mais sabe? Como se levasse certa vantagem sobre os outros porque não escuta e isso fez com que apurasse os demais sentidos? Como se tivesse superpoderes e ninguém sequer desconfiasse de nada ao olhar para você?

Ridge quase cospe a bebida enquanto lê minha mensagem. Ele ri, e me dou conta de que sua risada é o único som que já o ouvi fazer. Sei que alguns surdos são capazes de falar, mas não ouvi nenhuma palavra dele a noite inteira. Nem mesmo para a garçonete. Ou ele aponta para o que quer ou escreve.

Ridge: Honestamente, nunca pensei assim. Mas gosto que você veja as coisas dessa forma. Para ser sincero, nem penso muito sobre o assunto. É uma coisa normal para mim. Não tenho com o que comparar, porque isso é tudo o que conheço.

Eu: Desculpe. Estou sendo uma daquelas pessoas de novo, né? Acho que pedir para você comparar ser surdo com não ser surdo é como me pedir para comparar ser uma garota com ser um garoto.

Ridge: Não precisa se desculpar. Gosto de saber que você se interessa o bastante a ponto de me perguntar. A maioria das pessoas acha um pouco estranho e nem toca no assunto. Já percebi que é difícil fazer amigos, mas isso também é bom. Os poucos amigos que tenho são verdadeiros, então encaro isso como uma boa maneira de me afastar dos idiotas superficiais e ignorantes.

Eu: Bom saber que não sou uma idiota superficial e ignorante.

Ridge: Queria poder dizer o mesmo do seu ex.

Suspiro. Ridge tem razão, mas dói saber que não fui capaz de enxergar todas as mentiras de Hunter.

Coloco o celular na mesa e termino de comer meu bolo.

— Obrigada — agradeço enquanto apoio o garfo no prato.

Cheguei realmente a esquecer por um tempo que era meu aniversário, até ele se oferecer para me trazer para comer bolo.

Ridge dá de ombros como se não fosse nada demais, mas é, *sim*, algo importante. Nem acredito que, depois do dia que tive, estou com um humor minimamente bom. Ridge é o responsável por isso, porque, se não fosse por ele, nem sei onde eu estaria essa noite ou qual seria meu estado de espírito.

Ele toma um gole do refrigerante e se empertiga, depois indica a porta e concordo em ir embora.

O efeito do álcool já está passando. Ao sairmos do restaurante e seguirmos pela rua escura, sinto que estou começando a sucumbir à tristeza de novo. Acho que Ridge nota minha expressão porque coloca o braço ao meu redor e aperta de leve meus ombros. Ele me solta e pega o telefone.

Ridge: Se quer saber, ele não te merece.

Eu: Eu sei. Mas dói saber que achei que ele me merecesse. E, para ser sincera, estou mais magoada com Tori do que com o que aconteceu com Hunter. Só estou com raiva dele.

Ridge: É, nem conheço o cara e também estou com bastante raiva dele. Não consigo imaginar como você deve estar se sentindo. Estou surpreso que ainda não tenha pensado em alguma vingança.

Eu: Não sou tão inteligente assim. Queria ser, porque estou me sentindo bem vingativa nesse momento.

Ridge para de andar e se vira para mim. Ergue uma sobrancelha e dá um sorriso malicioso. Eu rio, porque pelo seu sorriso dá para perceber que está tramando algo.

— Tudo bem — concordo, assentindo sem sequer saber o que ele vai sugerir. — Desde que a gente não acabe na cadeia.

Ridge: Você sabe se ele deixa o carro destrancado?

* * *

— Peixe? — pergunto franzindo o nariz com nojo.

Paramos em um mercado perto do nosso condomínio, e ele está comprando um peixe inteiro enorme e cheio de escamas. Suponho que isso faça parte do seu plano mirabolante de vingança, mas pode ser que ele só esteja com fome.

Ridge: Precisamos de fita adesiva.

Eu o sigo até o corredor de ferramentas, onde ele pega um rolo grosso de fita adesiva prateada e resistente.

Peixe fresco e fita adesiva.

Ainda não sei bem o que ele tem em mente, mas estou gostando das possibilidades.

* * *

Quando voltamos para casa, indico o carro de Hunter. Subo e pego a chave sobressalente que ainda está na minha bolsa, enquanto Ridge embrulha o peixe com fita adesiva. Desço e entrego a chave para ele.

Eu: Então, o que exatamente vamos fazer com esse peixe?

Ridge: Observe e aprenda, Sydney.

Vamos até o carro de Hunter, e Ridge destranca a porta do carona. Ele me pede para cortar vários pedaços da fita enquanto enfia a mão embaixo do banco . Observo atentamente, para o caso de ter que me vingar de alguém no futuro, e ele posiciona o peixe na parte de baixo do assento. Entrego-lhe mais pedaços de fita adesiva, tentando conter o riso enquanto ele prende o peixe ali. Depois de se assegurar que está bem preso, ele se afasta do carro e fecha a porta, olhando em volta com uma expressão inocente. Tapo a boca com a mão, segurando o riso, mas ele está tranquilo e calmo.

Nós nos distanciamos do carro e assim que chegamos à escada, começamos a rir.

Ridge: Esse carro vai cheirar a defunto daqui a mais ou menos 24 horas. E ele nunca vai descobrir o porquê.

Eu: Você é mau. Estou achando que você já fez isso antes.

* * *

Ele continua rindo quando entramos. Tiramos os sapatos na porta, e ele joga a fita adesiva na bancada. Vou ao banheiro e me certifico de destrancar a porta que dá para o quarto dele antes de sair. Na sala, todas as luzes estão apagadas, com exceção do abajur ao lado do sofá. Eu me deito e dou uma última olhada no celular antes de colocá-lo no silencioso.

Ridge: Boa noite. Sinto muito pelo seu aniversário.

Eu: Graças a você, foi melhor do que poderia ter sido.

Enfio o telefone embaixo do travesseiro e me cubro. Fecho os olhos, mas assim que ouço o silêncio paro de sorrir. Sinto as lágrimas brotarem, então, cubro a cabeça e me preparo para uma longa noite de sofrimento. O alívio que senti com Ridge foi legal, mas não há nada para me distrair do fato que estou tendo o pior dia da minha vida. Não consigo entender como Tori foi capaz de fazer uma coisa dessas comigo. Somos melhores amigas há quase três anos. Eu contava tudo para ela. Confiava plenamente nela. Contei coisas que nunca sonhei contar para Hunter.

Por que ela arriscaria nossa amizade por sexo?

Nunca me senti tão magoada. Puxo o cobertor por cima dos olhos e começo a soluçar.

Feliz aniversário para mim.

* * *

Seguro firmemente o travesseiro sobre minha cabeça, mas não é o suficiente para abafar o som de alguém andando pelo cascalho. Por que essa pessoa faz tanto barulho quando caminha? E por que consigo ouvir isso?

Espere um pouco. Onde estou?

Ontem foi mesmo real?

Relutante, abro os olhos e me deparo com a luz do sol, por isso cubro o rosto com o travesseiro, me dando um minuto para me acostumar. O som parece mais alto, então afasto o travesseiro e abro apenas um olho. A primeira coisa que vejo é uma cozinha diferente da minha.

Ah, é. Isso mesmo. Estou no sofá de Ridge, e 22 é a pior idade de todas.

Tiro o travesseiro da cabeça e resmungo enquanto fecho os olhos de novo.

— Quem é você e por que está dormindo no meu sofá?

Tenho um sobressalto e abro os olhos ao ouvir a voz profunda que não está a mais de trinta centímetros de mim. Dois olhos me observam. Afundo a cabeça no sofá para aumentar a distância entre mim e os olhos curiosos e tento identificar a quem pertencem.

É um cara. Um cara que nunca vi antes. Ele está diante do sofá, sentado no chão, e tem uma tigela nas mãos. Mergulha a colher e a leva até a boca, depois, começa a mastigar, fazendo barulho. Acho que não é cascalho o que ele está comendo.

— Você vai dividir o apartamento com a gente? — pergunta ele de boca cheia.

Nego com a cabeça.

— Não — sussurro. — Sou amiga do Ridge.

Ele inclina a cabeça e me olha desconfiado.

— Ridge só tem um amigo — afirma. — Eu.

O garoto enfia outra colherada de cereal na boca e continua invadindo meu espaço pessoal.

Apoio as mãos no sofá e me sento para que ele não fique tão próximo do meu rosto.

— Está com ciúme? — pergunto.

O cara continua me encarando.

— Qual é o sobrenome dele?

— O sobrenome de quem?

— Do seu grande amigo Ridge — diz ele com arrogância.

Reviro os olhos e encosto a cabeça no sofá. Não sei quem é esse cara, mas realmente não estou a fim de ficar comparando nosso nível de amizade com Ridge.

— Não sei o sobrenome dele. Nem o nome do meio. A única coisa que sei é que ele tem um gancho de direita certeiro. E só estou dormindo no seu sofá porque o cara com quem eu namorava há dois anos resolveu que seria legal transar com a minha melhor amiga, com quem divido o apartamento, e eu realmente não estava a fim de ficar por lá para assistir.

Ele assente e engole.

— É Lawson. E ele não tem nome do meio.

Como se essa manhã já não estivesse ruim o suficiente, Bridgette aparece no corredor e vai até a cozinha.

O cara no chão come outra colherada de cereal e olha para ela, finalmente desviando seu inconveniente foco de mim.

— Bom dia, Bridgette — cumprimenta ele com um tom estranho e sarcástico. — Dormiu bem?

Ela lança um breve olhar para ele e revira os olhos.

— Vai se ferrar, Warren.

Ele volta a olhar para mim com um sorriso debochado.

— Essa é Bridgette — sussurra. — Durante o dia, ela finge que me odeia, mas, à noite, ela me *ama*.

Rio, sem realmente acreditar que Bridgette seja capaz de amar alguém.

— Merda! — grita ela, agarrando-se à bancada antes de tropeçar. — Cacete! — Ela chuta uma das minhas malas que ainda está no chão ao lado da bancada. — Avise à sua amiguinha que, se ela for ficar aqui, precisa guardar as tralhas dela no quarto!

Warren faz uma expressão como se estivesse com medo por mim, em seguida se vira para Bridgette.

— Você acha que sou seu criado? Fale você mesma.

A garota aponta para a mala na qual quase tropeçou.

— TIRA... SUAS... TRALHAS... DA... COZINHA! — berra ela, antes de voltar para o próprio quarto.

Warren se vira lentamente para mim e começa a rir.

— Por que ela acha que você é surda?

Dou de ombros.

— Sei lá. Ela chegou a essa conclusão ontem à noite, e não a corrigi.

Ele ri de novo, ainda mais alto dessa vez.

— Ah, essa é clássica — diz ele. — Você tem algum bicho de estimação?

Nego com a cabeça.

— Tem alguma coisa contra filme pornô?

Não sei como começamos a brincar de entrevista, mas mesmo assim eu respondo.

— Nada contra ao princípio do pornô, eu apenas não *participaria* de um.

Ele assente, avaliando minha resposta por um tempo.

— Você tem amigos irritantes?

Nego com a cabeça.

— Minha melhor amiga é uma piranha traidora e não falo mais com ela.

— Quais são seus hábitos de higiene?

Eu rio.

— Tomo banho quase todo dia. Não demoro mais do que 15 minutos.

— Você cozinha?

— Só quando estou com fome.

— Você é bagunceira?

— Provavelmente menos do que você — respondo, observando o fato de que ele usou a camiseta como guardanapo pelo menos três vezes durante nossa conversa.

— Você escuta música disco?

— Prefiro comer arame farpado.

— Beleza, então — conclui ele. — Acho que você pode ficar.

Ergo os pés e me sento com as pernas cruzadas.

— Não percebi que eu estava sendo entrevistada.

Ele olha para as minhas malas e, depois, para mim.

— Está na cara que você precisa de um lugar para ficar, e nós temos um quarto sobrando. Se você não ficar com ele, Bridgette quer trazer a irmã pra cá no mês que vem, e essa é a última coisa de que Ridge e eu precisamos.

— Não posso ficar aqui — respondo.

— Por que não? Pelo visto você vai passar o dia procurando outro apartamento. Qual é o problema com o nosso? Você nem vai precisar andar muito para chegar aqui.

Quero dizer que Ridge é o problema. Ele tem sido legal comigo, mas acho que isso pode virar uma questão delicada. Estou solteira há menos de 24 horas, e não gosto nem um pouco de que em vez de ter sofrido com pesadelos envolvendo Tori e Hunter, tive um sonho um pouco perturbador com Ridge sendo extremamente prestativo.

Não conto para Warren que Ridge é o motivo pelo qual não posso ficar aqui. Principalmente porque isso lhe renderia mais perguntas e porque Ridge acabou de entrar na cozinha e está nos observando.

Warren pisca para mim e leva a tigela até a pia. Ele olha para Ridge.

— Já conheceu nossa nova colega de quarto?

Ridge responde usando a Língua de Sinais. Warren nega com a cabeça e faz outros sinais. Fico sentada no sofá observando a conversa silenciosa, dos dois, ligeiramente surpresa por Warren conhecer a Língua de Sinais. Ele aprendeu por causa de Ridge? Será que são irmãos? Warren ri e Ridge me olha de relance antes de voltar para o quarto.

— O que ele disse? — pergunto, ficando preocupada se Ridge não me quiser mais aqui.

Warren dá de ombros e segue para o próprio quarto.

— Exatamente o que eu achava que ia dizer. — Ele entra no quarto e, depois, sai com um boné e um molho de chaves na mão. — Ele disse que vocês dois já combinaram tudo. — Warren calça os sapatos que estavam ao lado da porta de entrada. — Estou indo para o trabalho. Aquele ali é o seu quarto. Pode arrumar suas coisas, se quiser. Mas talvez você precise colocar as tralhas do Brennan num canto. — Ele abre a porta e sai, mas depois se vira. — Ah, e qual é o seu nome?

— Sydney.

— Bem, Sydney, bem-vinda ao lugar mais estranho que você vai morar na vida.

Ele fecha a porta ao sair.

Não tenho certeza se me sinto bem com isso, mas que alternativa eu tenho? Pego o celular embaixo do travesseiro e começo a digitar uma mensagem para Ridge, porque não me lembro de ter acertado nada ontem à noite sobre minha mudança. Antes de terminar a mensagem, recebo uma dele.

Ridge: Tudo bem para você?

Eu: E para você?

Ridge: Perguntei primeiro.

Eu: Acho que sim. Mas só se estiver tudo bem para você também.

Ridge: Bem, então acho que isso significa que vamos dividir o apartamento.

Eu: Se vamos dividir o apartamento, posso pedir um favor?

Ridge: Claro.

Eu: Se um dia eu começar a namorar de novo, por favor, não faça como Tori e transe com meu namorado, pode ser?

Ridge: Não posso prometer nada.

Alguns segundos depois, ele sai do quarto e vai até onde estão as minhas malas. Ele as leva até a porta do outro quarto. Abre e faz um sinal com a cabeça, indicando que eu deveria ir atrás dele. Eu me levanto e o sigo até o quarto. Ele coloca as malas em cima da cama e pega o celular.

Ridge: Brennan ainda tem um monte de coisas aqui. Vou guardar tudo em uma caixa e colocar em um canto até que ele venha buscar. Ah, e seria bom você trocar os lençóis.

Ele me lança um olhar desconfiado, devido a condição da roupa de cama, e eu rio. Depois aponta para o banheiro.

Ridge: Nós dividimos o banheiro. Tranque a porta principal que dá para o corredor e as duas portas que dão para os quartos quando for usar. Não tenho como saber quando você está no banho, é óbvio. Então, se não quiser que eu a pegue desprevenida, melhor não se esquecer de trancar.

Ele vai até o banheiro e aperta o interruptor ao lado da porta, acendendo a luz. Depois volta para o telefone.

Ridge: Coloquei o interruptor do lado de fora porque é uma maneira fácil de alguém chamar minha atenção, pois não vou ouvir uma batida. Basta piscar a luz para me avisar que precisa entrar no banheiro. O apartamento foi todo projetado dessa forma. Tem um interruptor do lado de fora da porta do meu quarto para o caso de alguém precisar de mim. Mas, em geral, estou com meu celular por perto, então as mensagens de texto são sempre uma opção.

Ele me mostra onde estão os lençóis limpos e tira os objetos das gavetas da cômoda enquanto arrumo a cama.

— Vou precisar de móveis?

Ridge nega com a cabeça.

Ridge: Ele vai deixar tudo aqui. Você pode usar.

Assinto, analisando o quarto que inesperadamente acaba de se tornar meu novo lar. Sorrio para Ridge para ele saber que sou grata pela ajuda.

— Obrigada.

Ele sorri.

Ridge: Vou para o meu quarto trabalhar por algumas horas. Se precisar de alguma coisa, é só chamar. Vou ao mercado mais tarde. Pode ir comigo e comprar o que precisa para o apartamento.

Ele se vira de costas para sair do quarto e faz um cumprimento com a cabeça. Eu me sento na beirada da cama e respondo com o mesmo gesto enquanto ele fecha a porta. Eu me deito e solto um grande suspiro de alívio.

Agora que tenho um lugar para morar, tudo o que preciso é de um emprego. E talvez de um carro, pois Tori e eu dividíamos o dela. Depois, talvez, eu ligue para os meus pais para contar que me mudei.

Ou talvez não. Vou esperar algumas semanas para ver como as coisas vão ficar por aqui.

Ridge: Ah, só para você saber, não fui eu quem escreveu na sua testa.

O quê?

Corro para a cômoda e me olho no espelho pela primeira vez hoje. Há uma frase escrita com caneta preta na minha testa: *Alguém escreveu na sua testa.*

Ridge

Eu: Bom dia. Como está a tese?

Maggie: Você quer que eu seja superficial ou está me dando uma chance para desabafar?

Eu: Pode desabafar.

Maggie: Estou péssima, Ridge. Odeio isso. Passo horas todos os dias trabalhando no texto e tudo o que quero é pegar um bastão e acertar meu computador que nem naquele filme *Como enlouquecer seu chefe*. Se essa tese fosse meu filho, eu ia dá-lo para adoção sem pensar duas vezes. Se fosse um cachorrinho fofo, eu o largaria no meio de um cruzamento movimentado e iria embora.

Eu: E depois você ia voltar, pegá-lo e brincar com ele a noite toda.

Maggie: Estou falando sério, Ridge. Acho que estou enlouquecendo.

Eu: Bem, você já sabe o que eu acho.

Maggie: Já, eu sei muito bem. E não vamos falar sobre isso agora.

Eu: Foi você quem quis desabafar. Não precisa se estressar desse jeito.

Maggie: Pode parar.

Eu: Não consigo, Maggie. Você sabe como me sinto, e eu não posso deixar de dar minha opinião quando nós dois sabemos que tenho razão.

Maggie: É exatamente por isso que nunca reclamo, porque sempre acabamos batendo na mesma tecla. Pedi para você parar. Por favor, Ridge.

Eu: Tá bom.

Eu: Foi mal.

Eu: Agora é o momento que você me manda uma mensagem dizendo "tudo bem, Ridge, eu te amo".

Eu: Olá?

Eu: Não faça isso, Maggie.

Maggie: Uma moça tem o direito de um minuto para fazer xixi, poxa! Não estou brava, só não quero mais falar sobre isso. Como você está?

Eu: Ufa. Que bom. Temos uma nova colega de apartamento.

Maggie: Achei que ela só fosse se mudar no mês que vem.

Eu: Não, não é a irmã de Bridgette. É Sydney. Te contei sobre ela alguns dias atrás. Depois que decidi contar sobre o namorado, ela ficou sem ter para onde ir. Warren e eu vamos deixá-la ficar aqui até ela conseguir outro lugar para morar. Você vai gostar dela.

Maggie: Então pelo visto ela acreditou no que você contou sobre o namorado?

Eu: Sim. Ela ficou muito chateada no início, porque não contei antes. Mas ela teve um tempo para absorver tudo, então acho que entendeu. Então, que horas você chega aqui na sexta-feira?

Maggie: Não tenho certeza. Depende se vou conseguir adiantar minha tese, só que não vou mais falar sobre isso. Então vou chegar na hora que tiver que chegar.

Eu: Tudo bem, então. Vejo você quando chegar. Eu te amo. Avise quando estiver saindo.

Maggie: Também te amo. E sei que você só está preocupado. Não espero que concorde com as minhas decisões, mas quero que você me entenda.

Eu: Eu entendo, linda. Você sabe que sim. Eu te amo.

Maggie: Tb te amo.

Apoio a cabeça com força na cabeceira e esfrego o rosto com as mãos, me sentindo totalmente frustrado. É claro que entendo a decisão dela, mas nunca vou ficar bem em relação a isso. Ela é tão teimosa, e não consigo pensar numa maneira de fazer com que ela me entenda.

Eu me levanto, enfio o celular no bolso de trás da calça e vou até a porta do quarto. Ao abri-la, sinto o que tenho certeza que é o cheiro do paraíso.

Bacon.

Warren está sentado na mesa de jantar. Olha para mim, apontando para o seu prato cheio de comida.

A gente tem que ficar com ela, diz ele na Língua de Sinais. *Mas os ovos estão muito ruins. Só estou comendo porque não quero reclamar. Vai que ela nunca mais cozinhe para a gente. O resto está uma delícia.* Ele usa os sinais o tempo todo, sem verbalizar.

Em geral, Warren repete em voz alta tudo o que está sinalizando, para respeitar as outras pessoas. Quando ele não faz isso, sei que quer manter o assunto só entre nós dois.

Como a conversa que estamos tendo enquanto Sydney está na cozinha.

E ela até perguntou como gostamos do café, acrescenta ele.

Olho para a cozinha. Sydney sorri, então retribuo o sorriso. Estou chocado por vê-la de bom humor hoje. Depois que voltamos da nossa ida ao mercado alguns dias antes, ela passou a maior parte do tempo no quarto. Ontem, em determinado momento, Warren foi até o quarto dela perguntar se queria jantar alguma coisa, e ele me contou que ela estava na cama chorando, então ele saiu e a deixou sozinha. Quis ver como ela estava, mas realmente não há nada que eu possa fazer para que se sinta melhor. Tudo o que Sydney pode fazer é dar tempo ao tempo, por isso estou feliz de ver que hoje ela saiu da cama.

E não olhe agora, Ridge. Mas você viu a roupa que ela está usando? Viu aquele vestido? Ele morde os nós dos dedos e faz uma careta, como se sentisse dor só de olhar para ela.

Balanço a cabeça e ocupo o lugar na frente dele.

Depois eu olho.

Estou muito feliz pelo namorado ter traído ela. Ele sorri. *Caso contrário, eu teria que comer Oreos recheados com pasta de dente no café da manhã.*

Eu devolvo o sorriso.

Pelo menos você não teria que escovar os dentes.

— Essa foi a melhor decisão que já tomamos — afirma ele. — Talvez mais tarde a gente a convença a passar o aspirador de pó com esse vestido, enquanto ficamos no sofá observando.

Warren ri da própria piada, mas não esboço sorriso algum. Acho que ele não percebeu que fez os sinais e *falou* em voz alta essa última frase. Antes que eu tenha chance de avisá-lo, um biscoito passa voando por cima da minha cabeça e o acerta no rosto. Ele se sobressalta com o susto e olha para Sydney. Ela está se aproximando da mesa com a expressão de quem diz "você mexeu com a pessoa errada". Ela me entrega um prato de comida e coloca o próprio prato na mesa antes de se sentar.

— Eu disse em voz alta, né? – pergunta Warren. Concordo com a cabeça. Ele olha para Sydney que continua encarando-o de cara feia.

— Foi um elogio. — Ele dá de ombros.

Ela ri e assente, como se ele tivesse dado uma boa explicação. Ela pega o telefone e começa a digitar. Olha rapidamente para mim, balançando de leve a cabeça quando meu celular vibra no bolso. Ela me mandou uma mensagem, mas parece que não quer que isso fique óbvio. Tento parecer casual ao enfiar a mão no bolso, pegar o telefone e ler a mensagem por baixo da mesa.

Sydney: Não coma os ovos.

Olho para ela com a sobrancelha erguida, me perguntando o que pode haver de errado com os ovos. Ela casualmente me manda outra mensagem de texto enquanto continua conversando com Warren.

Sydney: Coloquei detergente e talco de bebê. Quero ensinar uma lição para que ele não escreva mais na minha testa.

Eu: O quê? Quando você vai contar para ele?

Sydney: Não vou contar.

Warren: Sobre o que você e Sydney estão conversando?

Olho para Warren e noto que ele está me encarando com o celular na mão. Ele pega o garfo e come mais um pouco de ovo, e só de ver essa cena me faz rir. Ele se curva sobre a mesa, arranca o telefone da minha mão e começa a ler as mensagens. Tento recuperar o aparelho, mas Warren afasta o braço, então não consigo alcançar. Ele fica imóvel durante alguns segundos e, imediatamente, cospe no prato o que tinha na boca. Ele joga meu celular de volta e pega o copo. Calmamente, toma um gole e o coloca na mesa. Depois empurra a cadeira para trás e se levanta.

Aponta o dedo para Sydney.

— Você está acabada, garota — informa ele. — Isso significa guerra.

Sydney está rindo para ele com um brilho desafiador nos olhos. Quando Warren volta para o quarto e fecha a porta, ela perde o ar confiante e se volta para mim, com os olhos arregalados.

Sydney: Me ajude! Sou péssima em pegadinhas!

Eu: É mesmo. Detergente e talco? Você realmente precisa de ajuda. Ainda bem que tem um mestre ao seu lado.

Ela sorri e começa a comer o café da manhã.

Antes que eu consiga dar minha primeira mordida, Bridgette sai séria do outro quarto. Vai até a cozinha e faz um prato para ela. Warren volta e se senta à mesa.

— Só saí para dar um efeito dramático — explica ele. — Mas eu ainda não tinha acabado de comer.

Bridgette se senta, prova o bacon e olha para Sydney.

— FOI... VOCÊ... QUE... FEZ... ISSO? — pergunta ela, apontando para a comida no intuito de dar mais dramaticidade.

Inclino a cabeça porque Bridgette está falando com Sydney do mesmo jeito que fala comigo. Como se ela fosse surda.

Olho para Sydney que apenas concorda com a cabeça em resposta a Bridgette, que agradece:

— MUITO... OBRIGADA! — Ela prova os ovos.

E cospe tudo no prato.

Tosse e vai beber alguma coisa correndo. Então se afasta da mesa e olha para Sydney.

— EU... NÃO... POSSO... COMER... ESSA... MERDA! — Ela joga a comida no lixo da cozinha e volta para o próprio quarto.

Nós três caímos na gargalhada depois que a porta se fecha. Quando paramos de rir, me viro para Warren.

Por que Bridgette acha que Sydney é surda?

Warren ri.

— Não sabemos — responde ele. — Mas ainda não estamos a fim de corrigi-la.

Dou risada, mas me sinto um pouco confuso. Não sei quando foi que Warren começou a se referir a si mesmo e a Sydney como "nós", mas não tenho certeza se gosto disso.

* * *

A luz do meu quarto pisca, então fecho o laptop e vou até a porta. Ao abrir, encontro Sydney do lado de fora segurando o seu computador. Ela me entrega um pedaço de papel.

Já acabei meu dever de casa da semana. Inclusive já limpei o apartamento inteiro, menos o quarto de Bridgette, é claro. Warren não me deixa assistir a TV porque não é a minha noite, seja lá o que isso signifique. Então queria saber se posso ficar um pouco com você. Tenho que me manter ocupada, ou vou começar a pensar em Hunter de novo, e em seguida vou sentir pena de mim mesma, e daí vou ter vontade de tomar Pinho Sol e realmente não quero isso, porque não quero me tornar uma bêbada enfurecida como você.

Abro um sorriso e dou um passo para o lado fazendo um gesto que indica meu quarto. Ela olha em volta. O único lugar que há para se sentar é minha cama, então é para onde aponto. Eu me sento e coloco meu laptop no colo. Ela se senta do outro lado e faz o mesmo.

— Obrigada — diz Sydney sorrindo.

Ela abre o computador e olha para a tela.

Tentei não seguir o conselho que Warren deu pela manhã sobre admirar o vestido que ela está usando, mas é difícil não olhar, principalmente porque ele comentou de forma tão direta. Não sei bem que tipo estranho de lance ele e Bridgette estão tendo, mas me incomoda que ele e Sydney estejam se dando tão bem.

E fico muito irritado por isso me incomodar. Não a vejo dessa maneira, então não entendo por que estou sentado aqui pensando sobre isso. E se ela estivesse ao lado de Maggie, eu não teria a menor dúvida de que Maggie faz muito mais o meu tipo fisicamente. Ela é mignon, tem olhos escuros e cabelos pretos e lisos. Sydney é o completo oposto. É mais alta que Maggie — bem na média de altura das garotas —, mas seu corpo é muito mais definido e tem mais curvas do que Maggie. Sydney definitivamente preenche bem o vestido, e é disso que Warren gosta. Pelo menos ela colocou um short antes de aparecer no meu quarto. Isso ajuda um pouco. As blusas que usa costumam ser grandes demais para ela, sobrando nos ombros, o que me faz pensar que talvez ela tenha colocado algumas camisetas de Hunter na mala.

O cabelo de Maggie está sempre liso, mas é difícil definir o de Sydney. Parece mudar de acordo com o clima, mas isso não é necessariamente ruim. A primeira vez que a vi sentada na varanda, achei que tivesse cabelo castanho, mas ele só estava molhado. Depois de tocar violão para ela durante uma hora naquela noite, olhei quando ela entrou no apartamento, e notei que o cabelo tinha secado formando ondas louras que passavam dos ombros. Hoje estava encaracolado e preso em um coque bagunçado no topo da cabeça.

Sydney: Pare de me encarar.

Merda.
Rio e tento mudar o rumo dos meus pensamentos.

Eu: Você parece triste.

Na primeira noite que ela apareceu aqui, passou a impressão de estar mais feliz do que nesse momento. Talvez ela tenha demorado um pouco para se dar conta da realidade.

Sydney: Tem algum jeito de conversarmos pela internet? É bem mais fácil do que por SMS.

Eu: Claro. Qual é seu sobrenome? Vou adicioná-la no Facebook.

Sydney: Blake.

Abro meu laptop e procuro o nome dela. Quando encontro seu perfil, mando um convite de amizade. Ela aceita quase imediatamente e manda uma mensagem.

Sydney: Olá, Ridge Lawson.

Eu: Olá, Sydney Blake. Melhor?

Ela assente.

Sydney: Você é programador de computadores?

Eu: Já está stalkeando meu perfil? Sou, sim. Trabalho de casa. Eu me formei há dois anos em engenharia da computação.

Sydney: Quantos anos você tem?

Eu: 24.

Sydney: Por favor, me diga que 24 é muito melhor que 22.

Eu: 22 vai ser bom pra você. Talvez não nesta semana ou na próxima, mas vai melhorar.

Ela suspira, leva uma das mãos à nuca e massageia o local. Depois começa a digitar de novo.

Sydney: Sinto saudade dele. Isso é loucura? Também sinto falta de Tori. Ainda odeio os dois e quero que sofram, mas tenho saudade do que eu tinha com ele. Está começando a doer muito. Logo que tudo aconteceu, achei que eu fosse ficar melhor sem ele, mas agora apenas me sinto perdida.

Não quero dar uma resposta severa, mas, ao mesmo tempo, não sou uma garota, por isso não vou dizer que o que ela está sentindo é normal. Porque, para mim, *não* é normal.

Eu: Você só sente falta da ideia dele. Você não era feliz com ele, mesmo antes de descobrir a traição. Só estava com ele porque era cômodo. Você só está sentindo falta de um relacionamento, e não necessariamente de Hunter.

Ela me olha e inclina a cabeça, estreitando os olhos na minha direção por alguns segundos antes de voltar para o computador.

Sydney: Como você pode dizer que eu não era feliz com ele? Eu era, sim. Antes de descobrir o que Hunter estava fazendo, eu realmente achava que ele era o cara certo para mim.

Eu: Não, você não achava isso. Você queria que ele fosse o cara certo, mas não era o que sentia.

Sydney: Você está sendo um babaca agora, sabia?

Largo o laptop e vou até a minha escrivaninha. Pego meu caderno e uma caneta e volto para a cama, me acomodando ao lado dela. Abro o caderno na primeira letra de música que ela me mandou.

Leia isto, escrevo no topo da página, e em seguida ponho o caderno no colo dela.

Ela olha para o papel e depois pega a caneta. *Não preciso ler. Fui eu que escrevi.*

Eu me aproximo mais dela e puxo o caderno para o meu colo, depois circulo alguns versos do refrão e aponto novamente. *Leia estas palavras como se você não as tivesse escrito.*

Relutante, ela olha para o caderno e lê o refrão.

Você não me conhece tanto quanto pensa
Quero o contrário, essa é a diferença
Ah, você vive uma mentira
Vive uma mentira

Pensa que estamos bem, mas perdeu o lance
Podia ter mudado, te dei a chance.
Ah, você vive uma mentira
Vive uma mentira

Quando tenho certeza de que ela teve tempo de ler, pego a caneta e escrevo: *Essas palavras vieram de algum lugar dentro de você, Sydney. Pode dizer a si mesma que estava melhor com ele, mas leia a letra que escreveu. Pense no que estava sentindo quando compôs.* Circulo vários versos e leio as palavras com ela.

Você vira à direita, pneus cantam ao vento
Vejo seu sorriso, sumido por um tempo
Por um tempo

Você pisa fundo, a qualquer preço
O mundo embaça, e não te reconheço
Reconheço

Olho para ela, que continua encarando o papel. Uma única lágrima escorre por sua bochecha, e ela se apressa para enxugá-la.

Sydney pega a caneta e começa a escrever. *São apenas palavras, Ridge.*

Respondo: *São as suas palavras, Sydney. Palavras que vieram de você. Está dizendo que se sente perdida sem ele, mas você se sentia ainda mais perdida quando estava* com ele. *Leia o resto.*

Ela respira fundo e volta a olhar para a letra.

Eu grito: vá com calma, a cidade já passou
A estrada endurece, você se cansou?
Se cansou.

Você me olha e dirige até o fim
Abro a porta, acabou pra mim
Pra mim

Então, digo

Você não me conhece tanto quanto pensa
Quero o contrário, essa é a diferença
Ah, você vive uma mentira
Vive uma mentira

Você não me conhece tanto quanto pensa
Quero o contrário, essa é a diferença
Ah, você vive uma mentira
Vive uma mentira

Pensa que estamos bem, mas perdeu o lance
Podia ter mudado, te dei a chance.
Ah, você vive uma mentira
Vive uma mentira

6.

Sydney

Continuo com os olhos fixos nas palavras no caderno.

Será que ele tem razão? Será que escrevi isso porque era assim que eu me sentia?

Nunca paro muito para pensar quando estou escrevendo letras de música, porque nunca achei que alguém fosse ler, então o significado por trás das palavras não importava muito. Mas parando para pensar, talvez o fato de eu não ter refletido muito sobre elas seja uma prova de que realmente refletem meu sentimento. Para mim, é mais difícil escrever uma música quando é necessário inventar sentimentos por trás delas. Nesse caso, a letra exige muita reflexão, pois os sentimentos não são genuínos.

Ah, nossa! Ridge está coberto de razão. Escrevi essa letra há semanas, bem antes de descobrir sobre Hunter e Tori.

Eu me recosto na cabeceira e volto a abrir o laptop.

Eu: Tudo bem, você venceu.

Ridge: Não é uma competição. Só estou tentando fazer você enxergar que talvez esse rompimento tenha sido exatamente o que você precisava. Não te conheço muito bem, mas levando em consideração as letras que escreveu, acho que estava doida por uma chance de ficar sozinha um tempo.

Eu: Bem, você diz que não me conhece muito bem, mas parece que me conhece melhor do que eu mesma.

Ridge: Só conheço o que você me contou por meio das letras de música. Falando nisso, gostaria de repassá-las comigo? Eu já ia mesmo compilar com as músicas e enviar tudo para Brennan. E seria ótimo poder contar, literalmente, com seus ouvidos.

Rio e o cutuco com o cotovelo.

Eu: Claro. O que eu faço?

Ele se levanta e pega o violão, depois faz um gesto com a cabeça em direção à varanda. Não quero ir até lá. Não me importo que eu já estivesse pronta para terminar tudo com Hunter, pois com certeza eu não estava preparada para deixar Tori. E ficar lá fora será uma distração muito grande.

Faço uma careta e balanço a cabeça. Ele olha na direção do meu apartamento, do outro lado do pátio, comprime os lábios, formando uma linha fina e depois assente em compreensão. Então volta para a cama e se senta ao meu lado.

Ridge: Quero que você cante a letra enquanto toco. Vou ficar olhando para você porque quero me certificar de que estamos na mesma página e que as palavras estão se encaixando na partitura.

Eu: Não. Não vou cantar na sua frente.

Ele bufa e revira os olhos.

Ridge: Você está com medo de que eu ria da sua voz horrível? NÃO CONSIGO OUVI-LA, SYDNEY!

Eu: Ok. Tudo bem.

Ele larga o celular e começa a tocar a música. Quando chega a minha vez de cantar, ele olha para mim, mas fico paralisada. E não é por nervosismo. Fico imóvel porque estou fazendo aquilo de novo: prendendo a respiração, pois vê-lo tocar é tão... ele é incrível.

Ridge não perde o ritmo quando deixo passar a introdução. Ele volta desde o início. Eu me controlo, saio do transe patético de admiração e começo a cantar. Provavelmente nunca vou cantar na frente de ninguém de forma tão íntima assim, mas o fato de ele não conseguir ouvir ajuda. Ridge fica me olhando intensamente, o que é um pouco desconcertante.

Ele para após cada estrofe a fim de fazer anotações em uma página. Eu me inclino para ver o que ele está escrevendo. Ele coloca notas musicais em uma partitura em branco, com a letra.

Ele aponta para um dos versos e pega o celular.

Ridge: Que nota você cantou nessa parte aqui?

Eu: Si.

Ridge: Não acha que ficaria melhor se subisse um pouco mais?

Eu: Não sei, mas podemos tentar.

Ele toca a segunda parte da música de novo, e sigo seu conselho de cantar uma nota mais alta. Fico surpresa ao notar que ele tem razão. Fica melhor mesmo.

— Como você sabia? — pergunto.

Ele dá de ombros.

Ridge: Apenas sei.

Eu: Mas como? Você não escuta, como pode saber o que vai ficar bom ou não?

Ridge: Não preciso ouvir. Eu sinto a música.

Balanço a cabeça sem entender. Talvez eu até consiga compreender como ele aprendeu a tocar violão. Com bastante prática e um bom professor e, quem sabe, muito estudo é possível que ele toque desse jeito. Mas isso não explica como ele sabe qual nota uma voz deveria assumir e, principalmente, qual *soa* melhor.

Ridge: O que foi? Você parece confusa.

Eu: E estou MESMO. Não entendo como consegue diferenciar as vibrações ou seja lá como você sinta a música. Estou começando a achar que você e Warren estão tentando passar a melhor pegadinha de todas em mim e você só está fingindo que é surdo.

Ridge ri, depois chega para trás até encostar na cabeceira da cama. Ele se senta ereto e deixa o violão ao lado. Abre as pernas e fica batucando no espaço entre elas.

O que é isso? Espero que meus olhos não estejam tão arregalados quanto imagino que estejam. De jeito nenhum vou me sentar tão perto dele assim. Nego com a cabeça.

Ele revira os olhos e pega o telefone.

Ridge: Vem logo! Quero te mostrar como eu sinto. Você tem que se segurar e parar de achar que quero te seduzir.

Hesito por mais alguns segundos, mas sua expressão ansiosa me faz pensar que estou sendo um pouco imatura. Vou engatinhando na cama, depois me viro com cuidado e me sento na frente dele com as costas paralelas ao seu peito, mas a vários centímetros de distância. Ele coloca o violão diante de mim e passa o outro braço à minha volta para mantê-lo no lugar. Puxa o instrumento para si, o que me leva a encostar nele. Ridge se inclina e pega o celular.

Ridge: Vou tocar um acorde. E quero que me diga onde você o sente.

Concordo com a cabeça, e ele segura o violão. Toca um acorde e o repete algumas vezes, depois para. Pego meu telefone.

Eu: Senti no seu violão.

Ele balança a cabeça e pega o próprio celular.

Ridge: Sei que você sentiu no violão, bobinha. Mas em que parte do corpo?

Eu: Toca de novo.

Fecho os olhos e, dessa vez, tento levar isso a sério. Perguntei como era possível sentir a música, e ele está tentando me mostrar. Então o mínimo que posso fazer é tentar compreender. Ele toca o acorde algumas vezes, e realmente estou me esforçando para me concentrar, mas sinto a vibração em tudo quanto é lugar, principalmente no violão pressionado no meu peito.

Eu: É difícil para mim, Ridge. Sinto em todos os lugares.

Ele me empurra de leve e me afasto. Ridge deixa o violão de lado, levanta-se e sai do quarto. Espero por ele, curiosa sobre o que está fazendo. Ele volta segurando algo na mão fechada. Quando a estende para mim, abro a minha. Fones de ouvido.

Ele se acomoda atrás de mim, e me encosto de novo no seu peito para colocar os fones. Fecho os olhos e apoio a cabeça no seu ombro. Ele me envolve com os braços e pega o violão, posicionando-o no meu peitoral. Consigo sentir sua cabeça descansando de leve na minha e, de repente, me dou conta de que estamos sentados de forma muito íntima. Nunca fiquei assim com alguém com quem não estivesse namorando sério.

É estranho, porque com ele parece algo muito natural. Não que ele tivesse qualquer outra coisa na cabeça além da música. É algo que gosto nele, porque se eu estivesse apoiada assim em Warren, tenho certeza de que as mãos dele não estariam no violão.

Consigo sentir seus braços se movendo um pouco, então sei que ele está tocando, mesmo que eu não consiga ouvir. Eu me concentro na vibração e volto toda minha atenção para o movimento dentro do meu peito. Quando consigo localizar exatamente onde sinto a vibração, encosto no local e dou um tapinha. Percebo quando ele assente e, em seguida, continua tocando.

Ainda consigo sentir no meu peito, mas dessa vez é mais embaixo. Desço a mão até o local, e ele assente de novo.

Eu me afasto um pouco dele e me viro para olhá-lo.

— Uau!

Ele dá de ombros e abre um sorriso tímido. É fofo.

Eu: Isso é loucura. Ainda não consigo entender como você consegue tocar um instrumento desse jeito, mas agora sei como você o sente.

Ridge não parece se importar com o meu elogio, e adoro o fato de ele ser despretensioso, porque é óbvio que tem muito mais talento do que todo mundo que conheço.

— Uau! — exclamo novamente, balançando a cabeça.

Ridge: Para com isso. Não gosto de elogios. É estranho.

Largo o celular e cada um pega o próprio laptop.

Eu: Bem, você não deveria ser tão impressionante. Acho que não faz ideia do talento incrível que tem, Ridge. Sei que você diz que precisa trabalhar duro para isso, mas um monte de gente que ouve também dá duro, sendo que essas pessoas não conseguem compor músicas como as suas. Quer dizer, talvez eu entenda todo esse lance do violão que você acabou de explicar, mas e quanto a voz? Como é que você consegue saber o som de uma voz e em que tom deve estar?

Ridge: Na verdade, não consigo diferenciar os sons de uma voz. Nunca senti uma pessoa cantar do mesmo jeito que "ouço" um violão. Consigo inserir voz a uma música e desenvolver melodias porque estudei muitas canções e aprendi quais são os tons que combinam com determinadas notas, com base na forma escrita da música. Não vem de forma natural. Trabalho muito nisso. Amo o conceito de música, e por mais que eu não consiga ouvi-la, aprendi a compreendê-la e a curti-la de um jeito diferente. Tenho que me esforçar mais nas melodias. Às vezes escrevo uma música, mas Brennan me diz que não podemos usá-la porque se parece muito com uma que já existe ou porque não soa tão bem para quem ouve como eu achei.

Ele pode minimizar o quanto quiser, mas tenho certeza de que estou sentada ao lado de um gênio musical. Odeio que ele pense que sua habilidade venha apenas do esforço do trabalho. Quer dizer, é claro que isso ajuda, porque é preciso treinar para se sobressair, e essa é uma verdade até para os talentosos. Mas ele tem um talento incrível. Sofro por ele, sabendo o que poderia fazer com esse talento se não fosse surdo.

Eu: Você consegue ouvir algo? Qualquer coisa?

Ele nega com a cabeça.

Ridge: Já usei aparelho auditivo, mas atrapalhavam mais do que ajudavam. Tenho uma grave perda auditiva, então isso não me ajuda a ouvir vozes nem o meu violão. Quando eu usava, sabia que havia sons, mas não conseguia decifrá-los. Para ser sincero, o aparelho era apenas um constante lembrete de que sou surdo. Sem isso, quase nem penso sobre o assunto.

Eu: Por que você quis aprender a tocar violão, mesmo sabendo que nunca ia ouvir?

Ridge: Brennan. Ele quis aprender quando éramos crianças, então aprendemos juntos.

Eu: É o cara que morava aqui? Há quanto tempo você o conhece?

Ridge: Há 21 anos. É meu irmão mais novo.

Eu: Ele toca na sua banda?

Parecendo confuso, Ridge olha para mim.

Ridge: Não te contei sobre a nossa banda?

Balanço a cabeça.

Ridge: Ele é o vocalista. E também toca violão.

Eu: Quando vocês vão tocar? Quero ir.

Ele ri.

Ridge: Eu não toco. É um pouco complicado. Brennan insiste que sou líder da banda tanto quanto ele, porque componho a maioria das músicas. Por isso que às vezes falo como se eu fizesse parte do grupo. Acho isso ridículo, mas ele tem certeza de que não estaríamos onde estamos sem mim, então meio que aceito por enquanto. Mas com o sucesso que acho que ele vai conquistar, terei que acabar obrigando-o a renegociar. Não gosto de sentir que estou levando vantagem sobre ele.

Eu: Se ele não se sente assim, então você definitivamente não deveria se sentir. E por que não toca com eles?

Ridge: Toquei algumas vezes. É um pouco difícil sem conseguir ouvir tudo o que está acontecendo com a banda durante a música, então acho que estou atrapalhando quando toco com eles. Além disso, estão em turnê agora, e não posso viajar, por isso só tenho mandado o que componho.

Eu: Por que não pode sair em turnê com eles? Você não trabalha de casa?

Ridge: Tenho outras obrigações. Mas da próxima vez que eles tocarem em Austin, vou levar você.

Vou levar você. Acho que gostei demais dessa parte da mensagem.

Eu: Qual é o nome da banda?

Ridge: Sounds of Cedar.

Fecho meu laptop com força e olho para ele.
— Fala sério!
Ele concorda com a cabeça e abre de volta meu computador.

Ridge: Você já ouviu falar?

Eu: Já. Todo mundo na faculdade já ouviu falar da sua banda, considerando que vocês tocaram quase todos os fins de semana no ano passado. Hunter adora vocês.

Ridge: Ah. Bem, essa é a primeira vez que eu gostaria de ter um fã a menos. Então você já viu Brennan tocando?

Eu: Só fui uma vez com Hunter, e foi um dos últimos shows, mas já vi. Na verdade, acho que eu devo ter a maioria das músicas no celular.

Ridge: Uau. Que mundo pequeno. Estamos quase fechando um contrato de gravação. É por isso que ando tão estressado com essas músicas. E preciso que você me ajude.

Eu: CARAMBA! Acabou de cair a ficha que estou escrevendo as letras do SOUNDS OF CEDAR!!!

Deixo o computador de lado, me viro de bruços e, com o rosto afundado no colchão, grito e balanço as pernas.

Caramba! Isso é demais.

Eu me recomponho, ignorando a risada de Ridge, depois me sento e pego o laptop.

Eu: Então foi você quem escreveu a maioria das músicas?

Ele assente.

Eu: Você escreveu a letra da música "Something"?

Ele concorda de novo. Sério, não acredito que isso esteja acontecendo. Agora sei que foi ele quem escreveu aquelas letras e ainda estou sentada ao seu lado, o que me deixa muito animada.

Eu: Vou escutar sua música. Já que você decifrou a letra que escrevi, é minha vez de decifrar a sua.

Ridge: Escrevi essa música há dois anos.

Eu: Mesmo assim, foi você quem escreveu. Veio de dentro de você, Ridge ;)

Ele pega um travesseiro e joga na minha cabeça. Rio enquanto vou passando as músicas na pasta do meu celular até encontrar a que quero e aperto *play*.

ALGO

Me pergunto por que
Dizer adeus é tão difícil
E só penso que
Na verdade é o que eu preciso

É duro recomeçar
No carro, olho pelo espelho
E vejo algo chegando
Algo certo para você
Espere um pouco e vai ver

Vai achar algo que queira
Algo que precisa
Alguma coisa que queira repetir
Ah, tudo bem se sentir assim

Vai descobrir, se escutar
No momento entre os beijos
Que algo vai funcionar
Algo que perdemos
E tudo bem se entregar e acertar

Achei que com o tempo
Não teríamos mudado
E percebi que você encontrou
Um culpado

E em meu coração
Sei que tudo é só um jogo
Ter vontade e desejar
Não acende nossa chama de novo
Espere um pouco e vai ver

Vai achar algo que queira
Algo que precisa
Alguma coisa que queira repetir
Ah, tudo bem se sentir assim

Vai descobrir, se escutar
No momento entre os beijos

Que algo vai funcionar
Algo que perdemos
E tudo bem se entregar e acertar

Não tem muito o que pensar
Você sempre saberá
Que tínhamos algo real, real
Agora aquilo se foi
Se foi

Achar algo que queira
Algo que precisa
Achar algo que queira
Algo que precisa
Algo que precisa

Quando a música termina, me endireito na cama. Eu estava prestes a lhe perguntar sobre a letra e o significado por trás dessas palavras, mas não tenho certeza se quero. Sinto vontade de escutar de novo sem ser observada por ele, porque é muito difícil me concentrar enquanto Ridge olha para mim. Ele apoia o queixo nas mãos e me observa tranquilamente. Tento conter o sorriso, mas é difícil. Noto que ele abre um sorriso antes de olhar para o celular.

Ridge: Por que tenho a sensação de estar diante de uma fã louca?

Provavelmente porque sou uma.

Eu: Não sou uma fã louca. Não fique se achando. Já vi como você pode ser mau com planos de vingança e já presenciei seu grave caso de alcoolismo, por isso não estou tão encantada quanto poderia.

Ridge: Meu pai era alcoólatra, então sua piadinha é um pouco de mau gosto.

Olho para ele toda arrependida e um pouco sem graça.
— Desculpe. Só estava brincando.

Ridge: Eu também.

Dou um chute no seu joelho e olho para ele com raiva.

Ridge: Bem, mais ou menos. Meu pai é alcoólatra, mas não estou nem aí se você fizer piada sobre isso.

Eu: Não dá mais. Você estragou tudo.

Ele riu, mas depois um silêncio estranho pairou. Sorrio e volto a olhar para o telefone.

Eu: Ai, meu Deus, você me dá um autógrafo?

Ele revira os olhos.

Eu: Por favor! E posso tirar uma foto com você? Ai, meu Deus, estou na cama de Ridge Lawson!

Estou rindo, mas ele não está me achando engraçada.

Eu: Ridge Lawson, você autografa o meu peito?

Ele deixa o laptop de lado, pega uma caneta na mesinha de cabeceira e se vira para mim.

Não quero *realmente* um autógrafo dele. Com certeza sabe que estou brincando.

Ele tira a tampa da caneta e, com facilidade, me deita na cama, levando a caneta até a minha testa.

102

Ele está tentando assinar no meu *rosto*?

Ergo as pernas para formar uma barreira com os joelhos enquanto tento afastar as mãos dele.

Droga, ele é forte.

Ele coloca uma das minhas mãos embaixo do seu joelho, prendendo um dos meus braços na cama. Depois também prende meu outro braço, com o qual tento afastar o rosto dele. Estou rindo, gritando e tentando me afastar dele, mas toda vez que me mexo, a caneta risca meu rosto enquanto ele tenta autografar.

Não consigo derrotá-lo, então, por fim, suspiro e fico quieta para que ele deixe de rabiscar meu rosto inteiro.

Ridge se levanta, tampa a caneta e abre um sorriso maldoso.

Pego meu laptop.

> **Eu:** Você não é mais meu mestre de pegadinhas. Essa virou oficialmente uma guerra com três lados. Com licença, pois vou procurar no Google ideias para minha vingança.

Fecho o laptop, saio do quarto e ele fica rindo. Quando passo pela sala em direção ao meu quarto, Warren olha para mim. Duas vezes.

— Você deveria ter ficado aqui vendo filme pornô comigo — diz ele ao observar os rabiscos no meu rosto.

Ignoro o comentário.

— Ridge e eu acabamos de discutir as regras da TV — minto. — Fiquei com as noites de quinta.

— Não ficou, não — retruca Warren. — Amanhã é quinta e assisto à programação pornográfica todas as quintas.

— Não mais. Acho que você deveria ter me perguntado sobre meus hábitos televisivos quando me entrevistou.

Ele resmunga.

— Está bem. Pode ficar com as quintas-feiras, mas só se você usar o mesmo vestido de hoje mais cedo.

Dou risada.

— Vou queimar aquele vestido.

Ridge

Por que você cedeu as noites de quinta para Sydney ver TV?, pergunta Warren na Língua de Sinais. Ele se joga no sofá ao meu lado. *Você sabe que adoro as noites de quinta. E não trabalho na sexta.*

Nunca conversei com ela sobre as noites de TV.

Ele lança um olhar raivoso para a porta do quarto de Sydney.

Que mentirosa. Como você a conheceu, aliás?

Por causa da música. Ela está escrevendo letras para a banda.

Warren arregala os olhos e se empertiga no sofá, virando-se para me olhar como se eu tivesse acabado de traí-lo.

Não acha que isso é algo que o empresário de vocês deveria saber?

Rio e respondo com sinais:

Bem lembrado. Ei, Warren, Sydney está oficialmente escrevendo as letras para a gente.

Ele franze o cenho.

E você não acha que o empresário de vocês deveria ter discutido as questões financeiras com ela? Que porcentagem vamos pagar?

Ela não vai receber porcentagem porque se sente culpada em aceitar enquanto não estiver pagando o aluguel. Sendo assim está tudo bem por ora.

Ele se levanta e me lança um olhar penetrante.

Como sabe que pode confiar nela? E se acontecer alguma coisa com uma das músicas que ela ajudou a compor? E se for selecionada para o disco e ela, de repente, decidir que quer uma porcentagem? E por que diabos você não está mais escrevendo as letras?

Suspiro. Já discutimos isso tantas vezes que me dá até dor de cabeça.

Não consigo. Você sabe que não. É por pouco tempo, até eu superar o bloqueio. E fique calmo. Ela concordou em ceder os direitos de tudo o que contribuir para a banda.

Ele se joga de volta no sofá, frustrado.

Só não traga mais ninguém para nossa banda sem falar comigo primeiro, OK? Eu me sinto deixado de lado quando você não me inclui nas decisões. Ele cruza os braços no peito e faz uma careta.

Ah, magoou? Tadinho!

Eu me inclino para a frente e o abraço, mas ele tenta me afastar. Vou para cima dele e dou um beijo na sua bochecha, e ele começa a socar meu braço numa tentativa de se afastar de mim. Rio e solto a cabeça dele, depois olho para cima, deparando-me com Sydney, que acabara de sair do seu quarto.

Ela está nos encarando. Warren desliza a mão pela minha coxa e apoia a cabeça no meu ombro. Estendo a mão e acaricio sua bochecha enquanto olhamos para ela com uma expressão séria. Ela balança lentamente a cabeça e volta para o quarto.

Assim que sua porta se fecha, nos afastamos.

Eu queria detestar um pouco mais Bridgette esta noite, porque Sydney definitivamente precisa de mim, sinaliza Warren.

Rio, sabendo que Sydney deve estar afastando todos os homens por causa da semana que teve.

Aquela garota só precisa ficar sozinha por um tempo.

Warren discorda com a cabeça.

Não, aquela garota definitivamente precisa de mim. Estou pensando em uma maneira de pregar uma peça que envolva ela aceitar transar comigo.

Bridgette, aviso. Não sei por que fiz isso. Nunca a menciono quando ele está falando de outras garotas.

— Você é um tremendo desmancha prazeres — responde ele, recostando-se no sofá no mesmo instante em que recebo uma mensagem de texto.

Sydney: Posso lhe fazer uma pergunta?

Eu: Só se prometer nunca mais começar uma pergunta querendo saber se pode fazer uma pergunta.

Sydney: OK, engraçadinho. Sei que eu não deveria estar pensando nele, mas estou curiosa. O que ele escreveu naquele papel quando fomos buscar minha bolsa? E o que você respondeu que o levou a te dar um soco?

Eu: Concordo que você não devia estar pensando nele, mas estou chocado que tenha demorado tanto para perguntar sobre isso.

Sydney: Então?

Droga. Detesto ter que escrever isso, mas se ela quer saber...

Eu: Ele escreveu: "Está trepando com ela?".

Sydney: Meu Deus! Que canalha!

Eu: Pois é.

Sydney: E o que você respondeu para ele dar um soco na sua cara?

Eu: Escrevi: "Por que você acha que estamos aqui para buscar a bolsa dela? Paguei com uma nota de cem e agora ela me deve o troco."

Reli a mensagem e não tenho certeza se parece tão engraçada quanto achei que parecia.

Olho para a porta do quarto dela, que está se abrindo. Ela corre até a sala e vem direto para o sofá. Não sei se é sua expressão ou suas mãos que estão me atacando, mas cubro imediatamente a cabeça e me encolho atrás de Warren. Ele não gosta muito de ser usado como escudo humano, então pula para fora do sofá. Ela continua batendo nos meus braços, até que acabo ficando na posição fetal. Estou tentando não rir, mas ela bate como uma menina. Isso não é nada comparado ao que a vi fazer com Tori.

Ela se afasta e, relutante, paro de cobrir minha cabeça. Ela volta para o quarto pisando firme, e observo-a bater a porta.

Warren está de pé ao lado do sofá com as mãos no quadril. Ele olha para mim e em seguida para a porta de Sydney. Ergue as palmas das mãos, balança a cabeça e volta para o seu quarto.

Eu deveria pedir desculpas a ela. Foi só uma brincadeira, mas deu para ver como ela ficaria irritada. Bato algumas vezes na porta. Ela não abre, então mando uma mensagem.

Eu: Posso entrar?

Sydney: Depende. Tem alguma nota menor que cem dessa vez?

Eu: Pareceu engraçado na hora. Foi mal.

Alguns segundos se passam até que ela abre a porta e dá um passo para o lado. Ergo as sobrancelhas e sorrio, tentando parecer inocente. Ela me fulmina com o olhar e volta para a cama.

Sydney: Não é o que eu gostaria que você tivesse dito, mas entendo por que fez isso. Ele é um babaca, e eu também ia querer provocá-lo naquele momento.

Eu: Ele é um babaca, mas talvez eu devesse ter respondido de outra forma. Desculpa.

Sydney: Devia mesmo. Talvez em vez de insinuar que eu era uma prostituta, você poderia ter dito algo do tipo "Quem me dera".

Rio do comentário dela, e ofereço outra opção de resposta.

Eu: Ou eu poderia ter escrito: "Só quando você está sendo fiel a ela. Ou seja, nunca."

Sydney: Ou você poderia ter dito "Não, não estou. Sou completamente apaixonado por Warren."

Pelo menos ela estava levando na brincadeira. Estou me sentindo mal de verdade por ter escrito aquilo, mas por mais estranho que seja, essa pareceu a resposta mais adequada no momento.

Eu: A gente não conseguiu trabalhar muito ontem à noite. Está a fim de fazer uma linda música comigo?

7.

Sydney

Ridge larga o violão pela primeira vez em mais de uma hora.

Não trocamos nenhuma mensagem até agora porque estávamos inspirados. É muito legal como conseguimos trabalhar bem juntos. Ele toca a música várias vezes, e fico deitada na cama dele com um caderno na minha frente. Escrevo a letra conforme as palavras vão chegando, na maioria das vezes, embolando o papel e jogando-o no outro lado do quarto, até começarmos de novo. Mas terminei quase que a letra inteira de uma música, e ele só cortou dois versos que não gostou. Acho que foi um grande progresso.

Há algo que eu realmente amo nesses momentos que passamos compondo juntos. Todas as minhas preocupações e meus pensamentos sobre o que está dando errado na minha vida parecem desaparecer durante esse curto espaço de tempo. É ótimo.

Ridge: Agora vamos tocar a música inteira. Sente-se para que eu possa vê-la cantar. Quero ter certeza de que está perfeita antes de mandar para Brennan.

Ele toca a música, então começo a cantar. Está me observando atentamente, e o modo que os olhos dele parecem acompanhar cada movimento que faço me deixa constrangida. Talvez seja porque ele não consegue expressar palavras pela fala, mas tudo o que faz compensa isso.

Até que é fácil interpretá-lo, mas só quando ele *quer* que isso aconteça. Na maioria das vezes, é capaz de controlar sua expressão, e não consigo imaginar no que ele está pensando. Ridge é o rei da comunicação não verbal. Tenho quase certeza de que, considerando os olhares dele, mesmo que *pudesse* falar, não seria necessário.

Acho desconfortável ficarmos nos olhando enquanto eu canto, então fecho os olhos e tento me lembrar da letra enquanto ele continua tocando a música. É estranho cantar com ele tão perto de mim. Na primeira vez que escrevi uma letra, ele estava tocando a uns duzentos metros de distância, lá na sua própria varanda. Ainda assim, por mais que na época eu fingisse estar escrevendo sobre Hunter, sabia que era em Ridge que eu pensava quando cantava.

UM POUCO MAIS
Por que não deixa
Que eu te leve daqui
Viver o que quisermos
Onde você quiser ir

Serei o seu ninho
O lugar pra nós dois
Juntos é bem mais difícil
Se sentir sozinho

Conquistar tudo que sempre sonhamos
E um pouco mais
Só um pouco mais

O violão para, então, naturalmente, *eu* paro. Abro os olhos, e ele está me observando com uma de suas expressões neutras.

Retiro o que disse. A expressão não é nem um pouco neutra. Ele está pensando. Pelo modo que semicerra os olhos, percebo que está tendo uma ideia.

Ele desvia os olhos e pega o celular.

Ridge: Você se importa se eu tentar uma coisa?

Eu: Só se você prometer nunca começar uma pergunta querendo saber se me importo de você tentar alguma coisa.

Ridge: Boa tentativa, mas isso não fez o menor sentido.

Rio e olho para ele. Concordo de leve com a cabeça, com medo do que ele está prestes a "tentar". Ridge se ajoelha e se inclina para a frente, apoiando as mãos nos meus ombros. Tento não ficar ofegante, mas não consigo. Não sei o que ele está fazendo ou por que está tão próximo de mim, mas... Merda.

Merda.

Por que meu coração está reagindo dessa forma?

Ele me empurra até me deitar no colchão. Pega o violão atrás de si, o coloca ao meu lado e se deita do outro.

Acalme-se, coração. Por favor. Ridge tem poderes supersônicos e vai sentir os batimentos pela vibração do colchão.

Ridge se aproxima mais de mim e, considerando sua hesitação, acho que ele não sabe se vou deixá-lo chegar ainda mais perto.

Eu vou. Com certeza, vou.

Ele está olhando fixo para mim, pensando no que fazer em seguida. Sei que ele não vai passar uma cantada. Seja lá o que ele está prestes a fazer, está deixando-o mais apreensivo do que se estivesse planejando apenas me beijar. Está observando meu pescoço e meu peito como se estivesse procurando uma parte específica do meu corpo. O olhar dele se detém na minha barriga. Ele pega o celular.

Ai, meu Deus. O que ele vai fazer? Será que vai me tocar? Quer me sentir enquanto canto essa música? Sentir exige tocar, e tocar exige mãos. As mãos *dele*. Sentindo *meu* corpo.

Ridge: Confia em mim?

Eu: Não confio mais em ninguém. Minha confiança foi totalmente exterminada essa semana.

111

Ridge: Será que consegue confiar em mim por cinco minutos? Quero sentir sua voz.

Respiro fundo e olho para ele — deitado ao meu lado — e concordo com a cabeça. Ridge larga o telefone sem desviar os olhos de mim. Parece que quer me avisar para manter a calma, mas o efeito é completamente o oposto. Estou em pânico.

Ele se aproxima e passa o braço sob o meu pescoço.

Ah.

Ele está ainda mais perto.

Seu rosto está logo acima do meu. Ele estica o braço e pega o violão, puxando-o para mais perto de nós dois. Ainda está me olhando com uma expressão que parece querer me acalmar.

Mas não consegue. Ele não me acalma *nem um pouco*.

Ele baixa a cabeça até o meu peito e encosta o rosto na minha camiseta.

Ah, que ótimo. Com certeza está sentindo meu coração disparado. Fecho os olhos e sinto vontade de morrer de tanta vergonha, mas não tenho tempo para isso, porque ao meu lado ele começa a dedilhar as cordas do violão. Percebo que está tocando com ambas as mãos, com a que está sob minha cabeça e a outra que ele passou por cima de mim. A cabeça dele está no meu peito, e sinto seu cabelo roçar meu pescoço. Ele está esparramado em cima de mim para poder alcançar o instrumento com as mãos.

Ai, meu querido menino Jesus da manjedoura.

Como é que ele pode esperar que eu *cante*?

Tento me acalmar, regulando a respiração, mas é muito difícil com ele nessa posição. Como sempre acontece quando perco a deixa, ele volta para o início. Ao chegar a hora, começo a cantar. Mais ou menos. É bem baixo porque ainda estou tentando fazer o ar voltar para os meus pulmões.

Depois de alguns versos, encontro a firmeza da minha voz. Fecho os olhos e me esforço ao máximo para imaginar que estou sentada na cama dele exatamente como na hora que passou.

Traço um destino
Pra você mapear
Podemos seguir os planos
Ou nunca mais voltar

Sentindo a brisa
Nunca estive tão bem
E vendo as estrelas
Até que sumam no além

Conquistar tudo que sempre sonhamos
E um pouco mais
Só um pouco mais

Ele termina o último acorde, mas não se mexe. Suas mãos permanecem no violão. Seu ouvido continua firme no meu peito. Minha respiração está mais pesada após ter cantado a música inteira, e a cabeça dele acompanha meu peito subir e descer.

Ele suspira fundo, depois ergue a cabeça e rola para o lado, sem me olhar. Ficamos deitados em silêncio por alguns minutos. Não sei muito bem por que ele parece tão indiferente, mas estou nervosa demais para fazer qualquer movimento brusco. Seu braço ainda está debaixo de mim, e ele não faz qualquer tentativa de retirá-lo, então nem sei se ele já encerrou sua pequena experiência.

Também não tenho certeza se sou capaz de me mexer.

Sydney, Sydney, Sydney. O que você está fazendo?

Tenho certeza absoluta de que *não* quero ter essa reação. Faz uma semana que terminei com Hunter. A última coisa que quero — ou de que preciso — é me apaixonar por este cara.

No entanto, estou começando a achar que isso aconteceu *antes* dessa semana.

Merda.

Viro a cabeça e olho para ele, que está me observando, mas não sei o que a expressão dele significa. Se eu tivesse que adivinhar, diria que ele está pensando: *Ei, Sydney, nossas bocas estão tão próximas que podíamos fazer um favor a elas e reduzir essa distância.*

Ele olha para minha boca, e fico impressionada com meu poder telepático. Seus lábios carnudos estão entreabertos enquanto ele inspira devagar várias vezes.

Consigo escutar a respiração dele, o que me surpreende, porque esse é um dos sons que ele mantém no mais absoluto controle. Gosto do fato de ele parecer não conseguir controlá-lo nesse momento. Por mais que eu diga que não quero me prender a nenhum homem e permanecer independente e forte, a única coisa em que estou pensando é no quanto eu gostaria que ele assumisse o controle completo e absoluto sobre mim. Quero que ele domine esta situação ao rolar para cima de mim e forçar sua boca incrível na minha, tornando-me de uma vez por todas dependente dele para respirar.

Recebo uma mensagem no celular, o que interrompe minha imaginação hiperativa. Ridge fecha os olhos e se vira para o outro lado. Suspiro, sabendo que ele não ouviu o barulho da mensagem, portanto se afastou por livre e espontânea vontade. E fico me sentindo esquisita por ter criado aquele diálogo detalhado na minha cabeça. Estendo a mão acima da cabeça tateando até encontrar meu telefone.

Hunter: Já está disposta a conversar?

Reviro os olhos. *Bela maneira de arruinar o momento, Hunter.* Eu esperava que depois de vários dias ignorando suas mensagens e seus telefonemas, ele ia se mancar. Balanço a cabeça e respondo:

Eu: Seu comportamento está beirando o assédio. Pare de entrar em contato comigo. Está tudo acabado entre nós.

Ridge

Pare de se culpar, Ridge. Você não fez nada errado. Não está fazendo nada errado. Seu coração está batendo acelerado assim porque você nunca tinha sentido ninguém cantando. Foi intenso. Você teve uma reação normal a um acontecimento marcante. É só isso.

Meus olhos ainda estão fechados e meu braço continua embaixo dela. Eu deveria retirá-lo, mas estou tentando me recuperar.

E *realmente* quero ouvir mais uma música.

Isso pode estar deixando-a constrangida, mas tenho que ajudá-la a superar, porque não consigo imaginar outra situação em que vou conseguir fazer isso.

Eu: Posso tocar outra?

Ela está segurando o celular, trocando mensagens com alguém que não sou eu. Pergunto-me se seria Hunter, mas não tento espiar, por mais que eu queira.

Sydney: Tudo bem. A primeira não foi o que você esperava?

Caio na gargalhada. Acho que foi bem mais do que eu esperava, de mais formas que gostaria de admitir. Tenho quase certeza de que isso também ficou óbvio para ela no final da música, porque eu estava tão próximo dela. Mas sentir sua voz e o que provocava em todas as outras partes de mim era mais importante do que o que *ela* estava fazendo comigo.

Eu: Nunca "ouvi" ninguém assim. Foi incrível. Nem sei como descrever. Tipo, você estava aqui cantando, então acho que não precisa que eu realmente descreva o que aconteceu. Mas sei lá. Eu gostaria que tivesse sentido o mesmo que eu.

Sydney: Tudo bem, eu acho. Não estou fazendo nada muito profundo aqui.

Eu: Sempre quis sentir alguém cantando uma das minhas músicas, mas seria um pouco estranho fazer isso com um dos garotos da banda, entende?

Ela ri e concorda com a cabeça.

Eu: Vou tocar a que ensaiamos ontem à noite e depois quero repetir essa. Tudo bem para você? Se estiver cansada de cantar, é só me avisar.

Sydney: Tranquilo.

Ela baixa o telefone e me reposiciono no seu peito. Meu corpo inteiro está travando uma luta interna. O lado esquerdo do meu cérebro está me dizendo que isso é, de alguma forma, errado, enquanto o lado direito quer ouvi-la cantar de novo. Meu estômago não para de se revirar, e meu coração está se autoflagelando e fazendo carinho em si mesmo, tudo ao mesmo tempo.

Talvez eu nunca volte a ter essa oportunidade, então a envolvo com o braço e começo a tocar. Fecho os olhos e busco as batidas do seu coração, que diminuíram desde a primeira música. A vibração da voz dela encontra minha bochecha e juro que meu coração se contraiu. Ela soa como imaginei que uma voz soaria durante uma música, mas multiplicado por mil. Eu me concentro em como a voz dela se mistura com a vibração do violão, e fico totalmente maravilhado.

Quero sentir o alcance da voz dela, mas sem usar minhas mãos é difícil. Tiro a mão do violão e paro de tocar. E ela simplesmente para de cantar. Balanço a cabeça e faço um gesto circular com o dedo, querendo que ela continue cantando, mesmo que eu tenha parado de tocar.

Sua voz recomeça e mantenho o ouvido firmemente encostado no peito dela, enquanto levo a palma à sua barriga. Ela contrai os músculos sob a minha mão, mas não para de cantar. Consigo sentir sua voz em tudo quanto é lugar: na minha cabeça, no meu peito, na minha mão.

Encostado nela, eu relaxo e ouço o som de uma voz pela primeira vez.

* * *

Envolvo a cintura de Maggie com o braço e a puxo para perto. Eu a sinto se contorcer embaixo de mim, então aperto ainda mais. Ainda não estou pronto para deixá-la ir para casa. Ela me dá um tapa na testa e me empurra para longe, enquanto tenta sair debaixo de mim.

Rolo para o lado na intenção de deixá-la se levantar, mas, em vez disso, ela está dando tapas no meu rosto. Abro os olhos e encontro Sydney me encarando. Sua boca está se mexendo, mas minha visão continua embaçada demais para distinguir o que ela está tentando dizer. Sem mencionar que a luz estroboscópica não ajuda em nada.

Espere um pouco. Não tenho luz estroboscópica.

Eu me sento na cama. Sydney me entrega meu celular e começa a digitar, mas meu telefone está sem bateria. Será que pegamos no sono?

As luzes. Elas estão acendendo e apagando.

Pego o celular de Sydney da sua mão e vejo a hora: 8h15 da manhã. Também leio a mensagem que ela acabou de tentar me mandar.

Sydney: Tem alguém na porta do seu quarto.

Warren não estaria acordado tão cedo assim em uma sexta-feira. É o dia de folga dele.

Sexta-feira.

Maggie.

MERDA!

Pulo depressa da cama e agarro os pulsos de Sydney, colocando-a de pé. Ela parece chocada porque estou em pânico, mas precisa voltar para o próprio quarto. Abro a porta do banheiro e gesticulo para ela entrar. Ela obedece, mas depois se vira e volta para o meu quarto. Seguro seus ombros e a forço a retornar para o banheiro. Ela afasta minhas mãos e aponta para o meu quarto.

Quero o meu celular!, explica ela, indicando a cama.

Pego o aparelho, mas antes de entregar a ela, digito uma mensagem:

> Eu: Sinto muito, mas acho que é Maggie. Você não pode estar aqui ou ela vai entender tudo errado.

Devolvo o telefone para ela, que lê a mensagem e olha para mim.

Quem é Maggie?

Quem é Maggie? Como é que ela pode não se lembrar...

Ah.

Será que nunca mencionei Maggie para ela?

Pego o telefone de novo.

> Eu: É minha namorada.

Ela olha para a resposta e contrai o maxilar. Ergue lentamente os olhos para mim, arranca o telefone da minha mão, agarra a maçaneta e entra no banheiro, fechando a porta na minha cara.

Eu *realmente* não estava esperando essa reação.

Mas não tenho tempo para explicar, porque a luz continua piscando. Vou direto para a porta do quarto e a destranco.

Warren está na porta com o braço apoiado no batente. Nem há sinal de Maggie.

Meu pânico diminui no mesmo instante, volto para o quarto e caio na cama. As coisas poderiam ter ficado feias. Olho para Warren porque ele obviamente está aqui por um motivo.

Por que você não está respondendo às minhas mensagens?, pergunta ele com a Língua de Sinais.

Minha bateria acabou. Respondo, pegando meu telefone e coloco para carregar.

Mas você nunca deixa isso acontecer.

Há uma primeira vez para tudo.

Ele assente, mas como quem parece suspeitar de algo, como se quisesse dizer: *Você está escondendo alguma coisa.*

Ou talvez eu só esteja sendo paranoico.

Você está escondendo alguma coisa, declara ele.

Ou *não* estou sendo coisa nenhuma.

E acabei de checar o quarto da Sydney. Ele ergue uma sobrancelha suspeita. *Ela não está lá.*

Olho para o banheiro e, depois, para Warren, perguntando-me se eu deveria mentir sobre a situação. Tudo que fizemos foi pegar no sono.

Eu sei. Ela estava aqui.

Ele fica sério.

A noite toda?

Concordo de forma casual.

Estávamos trabalhando nas letras das músicas e acho que acabamos dormindo.

Ele está agindo de um jeito estranho. Se eu não o conhecesse tão bem, pensaria que está com ciúmes. Espere um pouco. Eu o conheço bem, *sim*. Ele *está* com ciúmes.

Isso te incomoda, Warren?

Ele dá de ombros e responde:

Sim. Um pouco.

Por quê? Você passa quase todas as noites na cama de Bridgette.

Ele balança a cabeça.

Não é isso.

Então o que é?

Ele desvia o olhar e noto seu constrangimento. Ele solta o ar e faz um sinal que indica o nome de Maggie. Depois volta a me fitar nos olhos.

Você não pode fazer isso, cara. Você fez essa escolha há anos, e tentei dar minha opinião na época. Mas você está nessa agora, e se tenho que ser o amigo chato que precisa fazer lembrá-lo disso, que assim seja.

Estremeço porque fico meio puto da vida com a forma que ele se refere ao meu relacionamento com Maggie.

Nunca mais se refira ao meu namoro com Maggie como "estar nessa".

Seu rosto assume uma expressão pesarosa.

Você sabe o que estou querendo dizer, Ridge.

Eu me levanto e ando até ele.

Há quanto tempo somos melhores amigos?

Ele dá de ombros.

Sou só isso para você? Um melhor amigo? Ridge, achei que fôssemos muito mais do que isso. Ele abre um sorriso como se estivesse tentando ser engraçado, mas não rio. Ao perceber como seus comentários me incomodaram, fica com uma expressão neutra. *Dez anos.*

Dez. Dez anos. Você me conhece melhor do que isso, Warren.

Ele assente, mas deixa claro que ainda tem dúvidas.

Tchau. Digo com um sinal. *Feche a porta quando sair.*

Eu me volto para minha cama e, quando olho de novo para a porta, ele já não está mais lá.

8.

Sydney

Por que estou com tanta raiva? A gente não fez nada.

Fizemos?

Nem sei direito o que aconteceu na noite passada antes de pegarmos no sono. Tecnicamente não foi nada, mas, pensando bem, ocorreu alguma coisa, e é por isso que acho que estou tão zangada, porque me sinto totalmente confusa.

Primeiro, ele passa duas semanas inteiras sem me contar sobre Hunter. Depois esquece de mencionar que é surdo, embora eu não tenha nenhum direito de ficar chateada com isso. Não é algo que ele deveria ter obrigação de ter me contado.

Mas Maggie?

Sua namorada?

Durante essas três semanas em que estamos conversando, como é que ele pôde se esquecer de falar que tem namorada?

Ele é exatamente como Hunter. Tem um pau, duas bolas e nenhum coração, e isso o torna irmão gêmeo de Hunter. Eu deveria começar a chamá-lo por esse nome, inclusive. Eu deveria simplesmente chamar *todos* os homens assim. Daqui em diante deveríamos nos referir a todos os homens como Hunter.

Meu pai deveria agradecer aos céus por eu não estar cursando direito, porque sou de longe a pior julgadora de caráter que já pisou neste planeta.

Ridge: Alarme falso. Era só Warren. Sinto muito por isso.

Eu: VAI SE FERRAR!

Ridge: ???

Eu: Nem comece.

Passo alguns segundos encarando meu celular silencioso até que ouço uma batida no banheiro. Ridge abre a porta e entra no meu quarto, com as mãos erguidas como se não fizesse ideia do que me deixou chateada. Eu rio, mas não é uma risada feliz.

Eu: Esta conversa requer o meu laptop. Tenho muito o que dizer.

Abro meu computador e ele volta para o quarto. Dou-lhe um tempo para fazer login e abro o chat.

Ridge: Pode, por favor, me explicar por que está tão zangada?

Eu: Hum. Vou enumerar. (1) Você tem namorada. (2) Você tem namorada. (3) Por que, se você tem namorada, eu cheguei a pisar no seu QUARTO? (4) Você tem namorada!

Ridge: Tenho namorada. Tenho mesmo. E você estava no meu quarto porque combinamos de trabalhar juntos na composição das músicas. Não me lembro de ter acontecido nada entre a gente na noite passada para que você tenha uma reação como essa. Ou será que estou enganado?

Eu: Ridge, estou aqui há três semanas! Já faz três semanas que conheço você e nunca, NEM UMA VEZINHA sequer, mencionou que tinha namorada. E falando em Maggie, será que ao menos ela sabe que me mudei para cá?

122

Ridge: Sabe. Conto tudo para ela. Olhe só, não foi uma omissão intencional, juro. Ela só nunca surgiu em nenhuma das nossas conversas.

Eu: Tudo bem, vou deixar passar que você nunca tenha me contado nada sobre ela, mas não vou deixar o resto para lá.

Ridge: E aí você me deixa confuso porque não sei bem o que você acha que a gente fez.

Eu: Você é como todos os outros garotos.

Ridge: Hã?

Eu: Você pode dizer honestamente que sua reação pela possibilidade de ela estar na sua porta hoje mais cedo foi normal e inocente? Você entrou em pânico com medo de que ela me visse com você, o que significa que você estava fazendo alguma coisa que não queria que ela visse. Sei que tudo o que fizemos foi dormir, mas e a FORMA como a gente pegou no sono? Acha que ela não teria problema com o fato de você ter dormido com os braços em volta de mim e o seu rosto praticamente colado no meu peito? E não é só isso, na outra noite eu ainda me sentei bem no meio das suas pernas... Será que ela ia simplesmente entrar sorrindo e beijá-lo e dito "oi" se visse isso? Duvido. Tenho certeza de que ela teria terminado tudo com você, finalizando com um soco em mim.

Ai, por que isso está me deixando tão chateada? Bato de leve a cabeça na cabeceira da cama, me sentindo completamente frustrada.

Algum tempo depois, Ridge surge entre a porta do banheiro e a do meu quarto. Ele está mordendo o lábio inferior. Sua expressão é bem mais calma do que há alguns minutos. Ele entra devagar no quarto e se senta na beirada da minha cama com o laptop nos joelhos.

Ridge: Desculpe.

Eu: OK. Beleza. Tanto faz. Mas vá embora.

Ridge: Sério, Sydney. Não vi as coisas dessa forma. Não mesmo. A última coisa que quero é que as coisas fiquem estranhas entre a gente. Gosto de você. Me divirto com você. Mas, se por um segundo que seja, a fiz acreditar que havia algo a mais acontecendo entre a gente, sinto muito, muito mesmo.

Suspiro e pisco para tentar afastar as lágrimas.

Eu: Não estou chateada porque achei que fosse acontecer alguma coisa entre a gente. Não QUERO que nada aconteça entre a gente. Ainda não faz nem uma semana que estou solteira. Fiquei chateada porque sinto que houve um momento ou outro que (por mais que nenhum de nós queira cruzar essa linha) a gente quase fez isso. E você pode lidar com suas atitudes do seu jeito, mas foi muito injusto comigo não saber que você tinha namorada. Eu me sinto como...

Apoio as costas na cabeceira da cama e fecho os olhos com força para evitar que as lágrimas escorram.

Ridge: Como você se sente?

Eu: Sinto como se você quase tivesse me transformado em uma Tori. Eu com certeza beijaria você ontem à noite e mesmo sem saber que você estava envolvido com outra pessoa, uma coisa dessas faria de mim uma Tori. E nunca quero ser como ela, Ridge. Nem consigo explicar como a traição deles me magoou, e eu nunca, jamais, quero fazer isso com outra garota. Então, é por isso que estou chateada. Nem conheço Maggie, mas, ainda assim, você me fez sentir como se eu já a tivesse traído. E, por mais inocente que você seja, isso é culpa sua.

Ridge termina de ler a mensagem e se deita calmamente na minha cama. Ele leva as mãos à testa e respira fundo. Nós dois ficamos imóveis enquanto refletimos sobre a situação. Depois de alguns minutos de silêncio, ele se senta.

Ridge: Nem sei o que dizer agora, a não ser que sinto muito. Você tem razão. Mesmo que eu achasse que você já soubesse sobre Maggie, consigo entender o que está dizendo. Mas também preciso que você saiba que eu nunca faria uma coisa dessas com ela. Claro que o que aconteceu entre a gente ontem à noite não é algo que eu gostaria que ela visse, mas isso é só porque Maggie não entende o processo de compor músicas. É algo muito íntimo e, como não escuto, tenho que usar minhas mãos ou meus ouvidos para compreender coisas que chegam naturalmente para as outras pessoas. É só isso. Eu não pretendia que nada acontecesse entre a gente. Só estava curioso. Intrigado. E errado.

Eu: Entendo. Nunca achei, nem por um segundo, que as suas intenções não fossem sinceras quando me pediu para cantar para você. É que tudo aconteceu tão rápido hoje cedo, e eu ainda estava tentando me recuperar de ter acordado na sua cama com as luzes piscando. E então você esfregou a palavra "namorada" na minha cara. É muita coisa para processar. E acredito quando você diz que achava que eu soubesse.

Ridge: Obrigado.

Eu: Só me prometa uma coisa: que nunca vai ser um Hunter e que eu nunca, jamais, serei uma Tori.

Ridge: Prometo. E isso é impossível, porque a gente tem muito mais talento que eles.

Ele olha para mim e abre aquele seu sorriso contagiante, que me faz sorrir automaticamente em resposta.

Eu: Agora dê o fora daqui. Vou voltar a dormir porque alguém passou a noite inteira babando no meu peito e roncando alto pra caramba.

Ridge ri, mas antes de ir embora, ele manda outra mensagem.

Ridge: Estou doido para você conhecê-la. Tenho certeza de que vai gostar muito dela.

Ele fecha o laptop, levanta-se e volta para o próprio quarto.

Fecho meu computador e cubro a cabeça com as cobertas.

Odeio que meu coração esteja desejando tanto que ele não tivesse namorada.

* * *

— Não, ela já se mudou — diz Bridgette.

Ela está segurando o celular entre o ombro e a cabeça, e ao que tudo indica está contando para a irmã que ocupei o quarto vago. Bridgette ignora completamente que estamos no mesmo cômodo enquanto continua conversando sobre mim.

Sei que estou sendo um pouco maldosa por ainda não ter esclarecido que não sou surda, mas ela acha que eu não seria capaz de ler lábios?

— Não sei. Ela é amiga de Ridge. Eu deveria ter ignorado quando ele me pediu para sair, na *chuva*, diga-se de passagem, para buscá-la e trazê-la para o apartamento. Parece que ela levou um pé na bunda do namorado e ficou sem ter para onde ir.

Ela se senta no bar, de costas para mim. Dá risada de alguma coisa que a pessoa do outro lado da linha diz.

— Nem me diga. Ele parece gostar de abrigar gente perdida, não é?

Aperto o controle remoto com força, me contendo para não jogá-lo na cabeça dela.

— Já pedi para você não perguntar sobre Warren — diz ela, suspirando. — Você sabe que ele me irrita para caramba, mas não... *Merda!* Simplesmente não consigo ficar longe dele.

Espere um pouco. Eu ouvi direito? Será que Bridgette tem... *sentimentos?*

Ela tem sorte porque gosto de Warren, ou o controle ia acertar sua linda cabecinha bem nesse instante. Ela também tem sorte por ter alguém batendo bem alto na porta para me distrair da intenção de machucá-la.

Bridgette se levanta, se vira para mim e aponta para a porta.

— TEM... ALGUÉM... NA... PORTA!

Em vez de atender, ela volta para o quarto e fecha a porta.

Tão hospitaleira.

Eu me levanto e vou até a porta de entrada, sabendo que provavelmente é Maggie. Toco na maçaneta, respiro fundo e estabilizo minha respiração.

Aí vamos nós.

Abro a porta e me deparo com uma das mulheres mais lindas que já vi na vida. Ela tem cabelo liso e preto, descendo pelos seus ombros naturalmente bronzeados. Está sorrindo. Seu rosto está brilhando. Ela se resume a um rosto bonito com dentes brancos, que estão sorrindo para mim. Sorrio em resposta, apesar de não querer.

Eu estava torcendo para que ela fosse feia. Não sei bem por quê.

— Sydney? — pergunta ela. É só uma palavra, mas pela voz dela percebo que é surda, assim como Ridge. Mas, diferente dele, ela consegue falar. E pronuncia muito bem.

— Você deve ser a namorada! — exclamo, fingindo animação.

Será que estou mesmo fingindo? Talvez não. Toda a postura dela me faz sentir feliz e iluminada, e talvez eu esteja me sentindo um pouco animada de conhecê-la.

Estranho.

Ela dá um passo à frente e me abraça. Fecho a porta e ela tira os sapatos, seguindo até a geladeira.

— Ridge me contou várias coisas sobre você — começa ela, abrindo uma lata de refrigerante e pegando um copo no armário. — Acho muito legal que você esteja ajudando-o nesse momento de bloqueio criativo. Faz meses que ele está estressado com isso, coitado. — Ela enche o copo com gelo e refrigerante. — Então, como você está se

adaptando? Vi que sobreviveu à Bridgette. E Warren é um pentelho. —
Ela me olha cheia de expectativa, mas ainda estou adorando que ela
seja tão... Agradável? Encantadora? Alegre?

Sorrio de volta para ela e me debruço na bancada. Estou tentando
pensar em como exatamente devo respondê-la. Ela conversa comigo
como se pudesse me ouvir, então falo em voz alta:

— Estou gostando. Nunca morei com tanta gente, então ainda
preciso me acostumar.

Ela sorri e prende uma mecha grossa de cabelo atrás da orelha.

Droga. Até as orelhas dela são bonitas.

— Que bom — responde Maggie. — Ridge me contou sobre seu
péssimo aniversário semana passada e que vocês saíram para comer
bolo, mas isso não compensa a ausência de uma comemoração de
verdade.

Para ser sincera, fico incomodada que ele tenha lhe contato que
me levou para comer bolo. Isso me irrita porque talvez ele tenha razão
e conte mesmo tudo para ela. E mais ainda, porque tenho a impressão
de que ele não me conta nada. Não que eu tenha esse direito.

Meu Deus, odeio sentimentos. E a minha consciência. Os dois
estão travando uma guerra sem fim, e não sei ao certo qual prefiro
desligar.

— Então vamos sair hoje para comemorar — declara ela.

Não reajo por um tempo.

— Vamos?

Ela concorda com a cabeça.

— Isso. Eu, você, Ridge e Warren, se ele não estiver ocupado. A
gente pode até convidar Bridgette, mas seria ridículo. — Ela anda até
o quarto de Ridge, mas se vira para mim de novo. — Consegue ficar
pronta em uma hora?

— Hum. — Dou de ombros. — Tudo bem.

Ela abre a porta do quarto de Ridge e entra. Fico paralisada, ouvindo. Por que estou tentando escutar?

Ouço Maggie rir do outro lado da porta e isso me faz estremecer.

Ah, *Uhu!* Isso vai ser mesmo *divertido*.

Ridge

Tem certeza de que não quer ficar em casa hoje à noite?

Maggie nega com a cabeça.

Aquela pobrezinha precisa se divertir um pouco depois da semana que teve. E andei tão ocupada com o estágio e a tese. Preciso de uma noite de folga. Ela se inclina para a frente e me dá um beijo no queixo. *Quer chamar um táxi para poder beber ou prefere dirigir?*

Maggie sabe que não bebo quando estou com ela. Não sei por que ela sempre tenta usar psicologia reversa comigo.

Bela tentativa, respondo na Língua de Sinais. *Eu dirijo.*

Ela ri.

Tenho que trocar de roupa e me arrumar. Vamos sair em uma hora.

Ela tenta passar por mim, mas a seguro pela cintura e a coloco deitada de costas. Sei que ela nunca demora mais que meia hora para se arrumar. Isso nos dá bons trinta minutos.

Então me deixe lhe ajudar com a roupa.

Tiro sua camiseta pela cabeça e meus olhos se fixam no seu lindo e delicado sutiã de renda. Sorrio.

É novo?

Ela assente e dá um sorriso sexy.

Comprei para você. Abre na frente, do jeito que você gosta.

Mexo no fecho e o abro.

Obrigado. Mal posso esperar para experimentar.

Ela ri e dá um tapinha no meu braço. Tiro seu sutiã e fico em cima dela, encostando minha boca à sua.

Passo a meia hora seguinte recordando-me de como senti falta dela, do quanto a amo. Lembro de como é bom quando estamos juntos. Fico repassando tudo isso porque, na semana que passou, parecia que eu tinha começado a esquecer.

* * *

Eu: Fique pronto em trinta minutos. Vamos sair.

Warren: Não estou a fim. Meu expediente começa cedo amanhã.

Não. Ele tem que ir. Não posso sair sozinho com Maggie e Sydney.

Eu: Não, você vai. Fique pronto em trinta minutos.

Warren: Não vou, não. Divirtam-se.

Eu: Você vai, sim. Tem 30 minutos.

Warren: Não vou, não.

Eu: Vai, sim.

Warren: Não.

Eu: Vai.

Warren: Não.

Eu: Por favor. Você me deve isso.

Warren: Que porra é essa de que estou devendo?

Eu: Vamos ver... Ah, tipo um ano de aluguel, por exemplo.

Warren: Golpe baixo, cara. Tudo bem.

Graças a Deus. Não sei como Sydney fica quando bebe, mas se ela for só um pouco parecida com Maggie, acho que não conseguiria lidar sozinho com as duas.

Vou até a cozinha e encontro Maggie na pia pegando a garrafa de Pinho Sol. Ela me oferece um pouco, mas eu nego.

Pensei que poderíamos economizar um pouco tomando algumas doses aqui antes. Você acha que Sydney também quer?

Dou de ombros e pego meu celular para perguntar.

Eu: Quer tomar uma dose antes de sairmos?

Sydney: Não, valeu. Não sei se estou a fim de beber hoje à noite, mas vocês podem ir em frente.

Ela não quer, sinalizo para Maggie.

Warren sai do quarto e vê minha namorada se servindo de uma dose de Pinho Sol.

Merda. Lá se vai nosso esconderijo.

Ele nem pisca quando a vê enchendo um copo.

— Pode preparar dois — diz ele. — Como Ridge está me obrigando a sair essa noite, vou encher a cara para ele se arrepender.

Inclino a cabeça.

Há quanto tempo você sabe que não é um produto de limpeza?

Ele dá de ombros.

— Você é surdo, Ridge. Ficaria surpreso de saber quantas vezes estou bem atrás de você sem que saiba.

Ele pega a dose que Maggie serviu, e os dois voltam a atenção para algo atrás de mim. A expressão de choque deles me obriga a olhar para o mesmo que eles.

Ah, uau!

Eu não deveria ter me virado.

Sydney está saindo do quarto, mas não tenho certeza se aquela é mesmo Sydney. A garota não está usando camisetas largas nem andando pela casa com o cabelo preso e sem maquiagem. Está usando um vestido preto sem alça que não tem nada de simples. O cabelo loiro está solto e acredito que tenha um cheiro tão incrível quanto a aparência. Ela sorri ao passar por mim e diz para Maggie e para Warren:

— Obrigada. — Ela está sorrindo para os dois, que devem ter dito como está bonita. Depois ergue a mão e grita: — Não!

E sinto um líquido escorrer por minhas costas.

Eu me viro e vejo Warren e Maggie cuspindo na pia. Ele está bebendo água direto da torneira, fazendo uma cara feia que significa que não gostou do que acabou de engolir.

— Mas que merda é essa? — pergunta Maggie, fazendo careta e limpando a boca.

Sydney corre para a cozinha tapando a boca com a mão. Está balançando a cabeça, tentando não rir, mas também parece arrependida.

— Desculpem! — repete ela algumas vezes.

O que acabou de acontecer?

Warren se recompõe e se vira para Sydney. Ele fala e faz sinais ao mesmo tempo, e fico contente com isso. Ele nem imagina como me sinto isolado com um grupo de pessoas que escutam. Mas, não importa o que aconteça, ele sempre usa os sinais quando estou presente.

— A gente acabou de tomar uma dose de Pinho Sol de verdade?

Ele lança um olhar severo para Sydney. Ele traduz a resposta dela para a Língua de Sinais:

— Não era para vocês dois beberem. Era para ser Ridge. E não, não é Pinho Sol de verdade aí dentro, seu idiota. Não estou tentando matar o cara. Era suco de maçã e vinagre.

Ela tentou me pregar uma peça.

E fracassou.

Começo a rir e envio um SMS para ela.

Eu: Valeu a tentativa. Foi um esforço admirável, mas o tiro saiu pela culatra.

Ela me mostra o dedo do meio.

Olho para Maggie e, por sorte, ela está achando tudo isso engraçado.

— De jeito nenhum eu poderia morar aqui — diz ela, indo até a geladeira para pegar leite.

Depois serve um copo para ela e outro para Warren com a intenção de tirarem o gosto da boca.

— Vamos nessa — diz Warren depois de beber e colocar o copo dentro da pia. — Ridge vai dirigir porque daqui a três horas nem vou conseguir andar.

9.

Sydney

Não faço a menor ideia de aonde vamos, mas estou me esforçando ao máximo para parecer animada. Estou no banco de trás com Warren, que está conversando comigo sobre a banda, explicando seu envolvimento. Faço as perguntas adequadas e aceno nos momentos certos, mas minha mente está em outro lugar.

Sei que não posso esperar que a dor e o sofrimento desapareçam de uma hora para a outra, mas hoje foi o pior dia desde o meu aniversário de verdade. Percebo que toda a dor que eu estava sentindo não tinha sido tão ruim porque eu tive Ridge durante a semana. Não sei se é por causa da forma que ele sempre faz uma piada quando está por perto ou se é porque realmente estou um pouco apaixonada por ele, mas os momentos que passei ao seu lado foram os únicos em que consegui me sentir minimamente feliz. Os únicos que eu não fiquei pensando no que Hunter e Tori fizeram comigo.

Agora, porém, vendo-o no banco da frente segurando a mão de Maggie... Não estou gostando disso. Não gosto que o polegar dele às vezes acaricia as costas da mão dela. Não gosto do jeito que ela olha para ele. E muito menos de como ele olha para ela. Não gostei de como eles entrelaçaram os dedos quando acabaram de descer a escada. Não gostei de ele ter aberto a porta do carro para ela e tocado suas costas enquanto ela entrava no carro. Não gostei da conversa silenciosa que eles tiveram enquanto ele dava marcha a ré. Não gostei de como ele riu de algo que ela disse para depois puxá-la para si e dar um beijo na sua testa. Não gosto de sentir que todas essas coisas parecem anular os únicos bons momentos que tive desde a semana passada.

Nada mudou. Nada de significativo aconteceu entre nós dois, e sei que as coisas vão continuar como sempre foram. Ainda vamos compor músicas juntos. Talvez ainda me escute cantar. Vamos permanecer interagindo da mesma maneira que fizemos desde que o conheci, então essa situação não deveria estar me incomodando.

No fundo, sei que eu não queria ter nada com ele, principalmente nesse momento da minha vida. Sei que preciso ficar sozinha. *Quero* ficar sozinha. Mas também sei que o motivo de eu estar me sentindo tão confusa diante disso tudo é que ainda tinha um pouco de esperança. Embora não estivesse pronta para nada nesse momento, pensei que houvesse a possibilidade. Presumi que talvez um dia, quando me sentisse pr6onta, as coisas poderiam evoluir entre nós dois.

No entanto, após Maggie entrar em cena, percebo que não poderá haver um *talvez um dia* entre nós. Nunca haverá *talvez um dia*. Ele a ama, e ela obviamente o ama, e não posso culpá-los, porque, seja lá o que eles têm, é lindo. O modo que se olham, como interagem e se preocupam um com o outro é algo que eu não me dera conta de que faltava entre mim e Hunter.

Talvez um dia eu tenha isso também, mas não com Ridge, e saber disso diminui qualquer raio de esperança que brilhara em meio à tempestade que atingira minha semana.

Meu Deus, estou muito deprimida.

Odeio Hunter.

Realmente odeio Tori.

E, nesse momento, estou me sentindo tão patética e miserável que também me odeio.

— Você está chorando? — pergunta Warren.

— Não.

Ele faz que sim com a cabeça.

— Você está chorando, sim.

Nego com a cabeça.

— Não estou, não.

— Mas estava quase — afirma ele, olhando para mim de forma solidária. Ele coloca o braço em volta do meu ombro e me puxa para perto. — Fique firme, garota. Talvez hoje à noite a gente consiga encontrar alguém que arranque de vez aquele idiota do seu ex dessa sua cabecinha linda.

Rio e dou um tapa no peito dele.

— Eu até me ofereceria para isso, mas Bridgette não gosta de dividir — continua ele. — Ela é um pouco egoísta assim mesmo, se é que você não notou.

Rio de novo, mas quando meus olhos encontram os de Ridge pelo retrovisor, meu sorriso desaparece. O maxilar dele está tenso e ele fixa os olhos nos meus por alguns segundos antes de voltar sua atenção para o caminho.

É difícil interpretá-lo durante a maior parte do tempo, mas eu podia jurar que vi um breve brilho de ciúme no fundo daqueles olhos. E não gosto de sentir que é bom vê-lo com ciúme porque estou me apoiando em Warren.

Fazer 22 anos estragou minha alma. Quem sou eu? E por que estou tendo essas reações horríveis? Paramos o carro no estacionamento da boate. Eu já tinha vindo aqui algumas vezes com Tori, então me sinto aliviada por não ser um lugar totalmente desconhecido. Warren segura minha mão e me ajuda a sair do veículo, em seguida envolve meus ombros com o braço e caminhamos juntos até a entrada.

— Vou fazer um trato com você — sugere ele. — Mantenho minhas mãos longe para que ninguém presuma que você está totalmente apaixonada por mim. Detesto ser empata foda, e me recuso a ser um. Mas se alguém a incomodar, basta me procurar e sinalizar para que eu possa entrar em ação e tirá-la dessa situação.

Assinto.

— Parece um bom plano. Que tipo de sinal eu faço para você?

— Sei lá. Pode passar a língua nos lábios de forma sedutora. Talvez juntar os seios com as mãos.

Dou uma cotovelada de leve nele.

— Ou talvez posso apenas coçar o nariz?

Ele dá de ombros.

— Acho que funciona também.

Ele abre a porta, e todos nós entramos. A música está alta e, no segundo que as portas se fecham atrás de nós, Warren se inclina e grita no meu ouvido:

— Às vezes há mesas livres no andar do bar. Vamos lá!

Ele pega minha mão e se vira para Ridge e Maggie fazendo um gesto para que nos sigam.

* * *

Não precisei usar o código secreto que Warren e eu combinamos, e já faz mais de duas horas que estamos aqui. Dancei com várias pessoas, mas assim que a música acaba, dou um sorriso educado e volto para nossa mesa. Warren e Maggie pareciam ter bebido bastante, mas Ridge não tomou nenhuma gota de álcool. Com exceção de uma dose que Warren me convenceu a tomar logo que chegamos, também não bebi mais nada.

— Meu pé está doendo — digo.

Maggie e Ridge dançaram um pouco, mas apenas as músicas lentas, portanto me esforcei para não observá-los.

— Não! — exclama Warren, tentando me fazer ficar em pé. — Quero dançar.

Nego com a cabeça. Ele está bêbado e falando alto e, todas as vezes que dançamos juntos, ele dançava tão mal que acabava esmagando meu pé.

— Vou dançar com você — oferece-se Maggie.

Ela passa por cima de Ridge para sair da mesa, e Warren segura sua mão. Eles descem para a pista de dança, e essa é a primeira vez que Ridge e eu ficamos sozinhos na mesa.

Não gosto disso.

Gosto, sim.

Não gosto.

Gosto.

137

Viu só? Alma podre. Corrompida e podre.

Ridge: Está se divertindo?

Na verdade não estou, mas faço que sim, porque não quero ser uma garota chata sofrendo de amor que quer que todos à sua volta se sintam tão mal quanto ela.

Ridge: Preciso dizer uma coisa, e talvez eu esteja meio por fora aqui, mas estou tentando não esconder nada de você.

Olho para ele e assinto novamente.

Ridge: Warren está apaixonado por Bridgette.

Leio a mensagem dele duas vezes. Por que ele precisaria me contar isso? A não ser que ache que estou a fim de Warren.

Ridge: Ele sempre gostou de azarar, e só queria que você soubesse. Não quero que se magoe de novo. Só isso.

Eu: Valeu pela preocupação, mas não é necessário. Sério. Não tenho o menor interesse nele.

Ridge sorri.

Eu: Você tinha razão. Gostei de Maggie.

Ridge: Eu sabia. Todo mundo gosta dela. Ela é adorável.

Ergo a cabeça e olho ao redor quando começa a tocar uma música do Sounds of Cedar. Eu me viro na mesa e observo por cima da grade. Warren e Maggie estão ao lado do DJ, e Warren está conversando com ele enquanto Maggie dança ao lado dos dois.

Eu: Estão tocando uma das suas músicas.

Ridge: É mesmo? Isso sempre acontece quando Warren está por perto. Colocaram "Getaway"?

Eu: É. Como você sabe?

Ridge pressiona a palma da mão no peito e sorri.

Eu: Uau. Você consegue diferenciar suas músicas assim?

Ele confirma com a cabeça.

Eu: Qual é a história de Maggie? Ela se comunica muito bem. E também parece dançar muito bem. Tem uma perda auditiva diferente da sua?

Ridge: Isso, ela tem uma perda auditiva moderada. Ouve quase tudo com o aparelho auditivo, e é por isso que também fala tão bem. E ela dança bem, sim. Eu só danço músicas lentas quando ela quer que eu dance junto, porque não consigo ouvir, né?

Eu: É por isso que Maggie fala e você não? Por que ela consegue ouvir?

Seus olhos se fixam nos meus por alguns segundos, e depois ele volta a olhar para a tela do seu celular.

Ridge: Não. Eu poderia falar se quisesse.

Eu deveria parar. Sei que ele deve ficar irritado com essas perguntas, mas estou curiosa demais.

Eu: E por que você não quer?

Ele dá de ombros, mas não escreve nada.

Eu: Não, eu quero saber. Tem que haver um motivo. Imagino que facilitaria as coisas para você.

Ridge: Eu só não falo. Mas consigo fazer bem tudo que eu quero.

Eu: Eu sei, principalmente quando Maggie e Warren estão por perto. Por que precisaria falar se eles podem fazer isso por você?

Aperto enviar antes de me dar conta de que provavelmente não deveria ter escrito isso. Mas notei que Warren e Maggie falam muito por ele. Fazem o pedido para a garçonete e, em várias ocasiões durante a semana, reparei que Warren fazia isso por ele.

Ridge lê a mensagem e olha para mim. Acho que o deixei constrangido e me arrependo no mesmo instante de ter escrito aquilo.

Eu: Sinto muito. Não quis dizer isso assim. É só que você parece deixar que os dois façam coisas por você que normalmente não seriam necessárias se falasse por conta própria.

Minha explicação parece incomodá-lo ainda mais do que a outra mensagem. Sinto como se estivesse cavando a própria cova.

Eu: Desculpe. Vou parar. Quem sou eu para julgar sua situação? Está claro que não posso me colocar no seu lugar. Eu só estava tentando entender.

Ele olha para mim e morde o canto do lábio inferior. Já notei que ele faz isso quando está pensando muito em alguma coisa. Ele continua me encarando de um jeito que me faz sentir a garganta seca. Desvio o olhar, coloco canudo na boca e tomo um gole de refrigerante. Quando volto a olhar para ele, encontro-o digitando.

Ridge: Eu tinha 9 anos quando parei de verbalizar.

A mensagem dele provoca um efeito ainda pior no meu estômago do que seu olhar. Não sei o motivo.

Eu: Você falava? Por que parou?

Ridge: Devo demorar um pouco para digitar a explicação.

Eu: Tranquilo. Você pode me contar em casa quando estivermos com nossos laptops.

Ele se aproxima da beirada da mesa e olha pelo parapeito. Sigo seu olhar até Maggie e Warren, que ainda estão dançando próximos à cabine do DJ. Quando confere que os dois continuam ocupados, ele volta para o seu lugar, apoia os cotovelos na mesa e começa a digitar.

Ridge: Parece que eles ainda não estão prontos para ir para casa, então, acho que temos tempo agora. Brennan e eu não tivemos muita sorte com nossos pais. Os dois eram viciados. Talvez ainda sejam, mas não temos como saber, porque não falamos com eles há anos. Minha mãe passou a maior parte da nossa infância na cama, dopada com remédios para dor, e nosso pai estava atrás das grades. Quando eu tinha 5 anos, fui matriculado em uma escola para surdos. Foi onde aprendi a Língua de Sinais. Quando eu chegava em casa ensinava para Brennan, porque nenhum dos nossos pais sabia se comunicar desse jeito. Eu o ensinava porque tinha 5 anos e nunca havia conversado com ninguém. Eu estava tão desesperado para me comunicar que obrigava meu irmão de 2 anos a aprender sinais de palavras como "biscoito" e "janela" só para que tivesse alguém com quem falar.

Eu me senti triste. Olhei para ele, que continuava digitando.

Ridge: Imagine só, no primeiro dia de aula, você descobrir que, na verdade, existe uma forma de se comunicar. Quando vi as

141

crianças conversando com as mãos, fiquei impressionado. Passei os primeiros cinco anos da minha vida sem saber como faria para me comunicar com alguém. A escola começou a me ensinar a formar palavras usando minha voz, a ler e a usar a Língua de Sinais. Passei os anos seguintes praticando com Brennan tudo que aprendia. Ele se tornou tão fluente na Língua de Sinais quanto eu. Queria que ele aprendesse, mas eu também não queria usá-lo de intermediário para me comunicar com meus pais. Então, quando eu falava com eles, sempre usava minhas próprias palavras. Eu não conseguia ouvir minha voz, é claro, e sei que é diferente quando pessoas surdas falam, mas eu queria ter um modo de me comunicar com eles, mesmo que não soubessem usar os Sinais. Um dia, quando eu estava conversando com meu pai, ele pediu para Brennan me mandar calar a boca e que meu irmão falasse por mim. Não entendi o motivo, mas ele estava bravo. Depois disso, toda vez que tentava falar com meu pai, a mesma coisa acontecia, e ele pedia para Brennan me dizer que eu devia parar de verbalizar. E Brennan ficava traduzindo o que meu pai queria me falar. Por fim, percebi que ele não queria que eu falasse porque não gostava do som da minha voz. Tinha vergonha porque eu era surdo. Ele não gostava que eu falasse em público, pois as pessoas ficariam sabendo que eu não ouvia. Então me mandava calar a boca sempre que eu dizia algo. Um dia, em casa, ficou muito irritado porque eu continuava falando e começou a gritar com Brennan. Ele presumiu que como eu continuava verbalizando, Brennan não estava me dizendo que ele não queria mais que eu falasse. Ele estava muito bêbado naquele dia e levou a raiva longe demais, o que não era incomum. E bateu tanto em Brennan que o fez desmaiar.

Meus olhos ficaram cheios de lágrimas, e tive que respirar fundo.

Ridge: Ele só tinha 6 anos, Sydney. Seis. Nunca mais quis dar motivo para meu pai bater nele, então aquela foi a última vez que falei em voz alta. Acho que depois disso apenas se tornou um hábito.

Ele coloca o celular na mesa e cruza os braços. Parece não esperar uma resposta minha. Talvez nem queira. Ridge me observa e sei que ele nota as lágrimas escorrendo pelas minhas bochechas, mas não reage a isso. Respiro fundo e pego um guardanapo para enxugar os olhos. Eu queria que ele não estivesse me vendo desse jeito, mas não consegui me conter. Ele dá um sorriso meigo e estica o braço para segurar minha mão, mas nesse instante Warren e Maggie voltam para a mesa.

Ridge recolhe a mão e olha para eles. Maggie está se apoiando nos ombros de Warren e ri sem nenhum motivo aparente. Warren está tentando se segurar na mesa. Parece que ele também precisa de algum apoio, mas não consegue se agarrar a coisa alguma. Ridge e eu nos levantamos para ajudá-los. Ridge tira Maggie dos braços do amigo e coloco o braço de Warren nos meus ombros. Ele encosta a testa na minha.

— Syd, estou tão feliz que você tenha sido traída. Estou tão feliz que esteja morando com a gente.

Rio e afasto o rosto dele do meu. Ridge indica a saída com a cabeça, e eu concordo. Se eles tomassem mais uma bebida, provavelmente teríamos que carregá-los para fora.

— Gosto daquele seu vestido, Syd. Aquele azul, sabe? Mas, por favor, não o use outra vez. — Warren está apoiando a cabeça na minha enquanto seguimos para a escada. — Não gosto de como sua bunda fica nele porque acho que amo Bridgette, mas seu vestido me faz amar sua bunda.

Uau. Ele está realmente bêbado para admitir que acha que ama Bridgette.

— Já disse que vou queimar aquele vestido — respondo, rindo.

— Que bom — diz ele, suspirando.

Chegamos à saída e noto que Ridge está carregando Maggie. Os braços dela estão envolvendo seu pescoço, e Maggie mantém os olhos fechados. Assim que alcançamos o carro, ela abre os olhos enquanto Ridge tenta colocá-la de pé. Ela tenta dar um passo, mas acaba cambaleando. Ele abre a porta de trás, e ela praticamente cai dentro do veículo. Ele a posiciona no outro lado do banco e ela se apoia na porta do carro, fechando os olhos de novo. Ridge se afasta e gesticula para Warren entrar também. Ele dá um passo à frente e estende a mão para dar uns tapinhas na bochecha de Ridge.

— Cara, sinto pena de você. Aposto que é muito difícil não beijar Sydney, porque é difícil para mim, sendo que eu nem gosto dela tanto quanto você.

Warren entra no carro e cai em cima de Maggie. Agradeço por ele estar bêbado demais para usar a Língua de Sinais e porque sei que Ridge não entendeu o que ele disse. Percebo isso pelo olhar confuso que ele lança para mim. Ridge ri, se abaixa e pega uma das pernas de Warren que ainda está balançando para fora do carro. Ele a empurra para dentro e fecha a porta, mas minha mente continua concentrada nas palavras de Warren.

Ridge passa na minha frente e abre a porta do carona para mim. Dou um passo, mas congelo no instante em que sua mão toca minhas costas.

Olho para ele, que retribui meu olhar. Sua mão continua nas minhas costas enquanto me aproximo lentamente do carro. No segundo em que começo a entrar no veículo, ele se afasta e espera que eu me acomode antes de fechar a porta.

Apoio a cabeça no banco e fecho os olhos, assustada com o que aquele simples gesto acabou de provocar em mim.

Ouço ele se sentar atrás do volante e ligar o carro, mas mantenho os olhos fechados. Não quero olhar para ele. Não quero sentir o que sempre sinto quando olho para Ridge. Não gosto do fato de que todo minuto que passo ao seu lado, me sinto cada vez mais como Tori. Recebo uma mensagem no celular e sou obrigada a abrir os olhos. Ridge está com seu telefone na mão, olhando para mim.

Ridge: Ela não costuma fazer isso. Talvez nem três vezes por ano. Mas anda muito estressada e gosta de sair. Isso ajuda.

Eu: Eu não estava julgando ela.

Ridge: Eu sei. Só queria que você soubesse que ela não é uma alcoólatra enfurecida como eu.

Ele dá uma piscadela e começo a rir. Olho para o banco de trás onde Warren está jogado em cima de Maggie. Os dois estão apagados. Eu me viro e digito outra mensagem.

Eu: Valeu por me contar aquilo tudo mais cedo. Você não precisava ter feito isso, e sei que provavelmente não queria. Valeu mesmo.

Ele lança um olhar de esguelha para mim e volta a atenção para o telefone.

Ridge: Nunca contei essa história para ninguém. Nem para Brennan. Acho que ele era novo demais na época e nem deve se lembrar.

Ele guarda o celular e engata a ré.

Por que será que a única pergunta que eu gostaria de fazer para ele nesse momento é a mais imprópria? Quero saber se ele já contou para Maggie, mas a resposta não deveria ter importância para mim. Não deveria mesmo, mas tem.

Ele começa a dirigir e liga o rádio, o que me deixa confusa. Ridge não ouve, então não entendo por que deveria se importar se o som está ligado ou não.

Mas então me dou conta de que não fez isso por ele mesmo. Fez por mim.

Ridge

Depois de passar em um *drive-thru* para comprar comida, paramos no condomínio e deixo o carro em ponto morto.

Eu: Leve a comida lá para cima e abra a porta enquanto acordo esses dois.

Ela pega as duas bebidas e a sacola com os lanches, e segue na direção do apartamento, enquanto ando até a porta de trás e a abro. Sacudo Warren até acordá-lo e o ajudo a sair do carro. Depois acordo Maggie e também a ajudo. Ela ainda está bêbada demais para conseguir andar, então a pego no colo e fecho a porta do carro. Eu me certifico de que Warren está bem na minha frente, indo para a escada, porque não tenho certeza se ele vai conseguir subir sem cair.

Quando entramos, Warren cambaleia até o próprio quarto, e levo Maggie para o meu. Coloco-a na cama, tiro seus sapatos e sua roupa e a cubro. Em seguida, volto para a sala, onde Sydney serviu nosso lanche. Já é quase meia-noite e não comemos desde o almoço. Eu me sento diante dela.

Eu: Então, agora que você sabe um dos meus segredos profundos e obscuros, quero saber um dos seus.

Nossos celulares ficam em cima da mesa enquanto comemos. Ela sorri e começa a digitar uma resposta.

Sydney: Você tem mais de um segredo profundo e obscuro?

Eu: Estamos falando de você agora. Se vamos trabalhar juntos, preciso saber no que estou me metendo. Conte um pouco sobre sua família. Algum alcoólatra enfurecido?

Sydney: Não, apenas idiotas enfurecidos. Meu pai é advogado e ele odeia o fato de eu não ter cursado Direito. Minha mãe é dona de casa. Nunca trabalhou na vida. É uma mãe maravilhosa, mas também é uma daquelas mães perfeitas, sabe? Tipo no filme *Mulheres perfeitas*.

Eu: Irmãos?

Sydney: Não. Filha única.

Eu: Eu não desconfiaria de que você era filha única. Nem que é filha de um advogado.

Sydney: Por quê? Só porque não sou metida e mimada?

Rio e concordo com a cabeça.

Sydney: Valeu. Eu tento.

Eu: Não quero parecer insensível nem nada, mas se seu pai é advogado e você ainda mantém um relacionamento com seus pais, por que não ligou para eles semana passada? Quando não tinha para onde ir?

Sydney: A primeira coisa que minha mãe insinuou para mim foi que não queria que eu fosse ela. Porque não estudou e sempre dependeu do meu pai para tudo. Ela me criou para ser independente e responsável financeiramente, então sempre me orgulhei de não ter que pedir ajuda para eles. Às vezes é difícil, ainda mais quando realmente preciso de ajuda, mas sempre consigo me virar. Também não pedi a ajuda deles porque meu pai ia dizer de um jeito nada legal que se eu estivesse cursando Direito ele pagaria meus estudos.

Eu: Peraí. É você quem está pagando a faculdade? Mas se mudasse para Direito é o seu pai quem pagaria?

Ela assente.

Eu: Isso não é muito justo.

Sydney: Como falei, meu pai é um idiota. Mas não saio por aí culpando meus pais por tudo. Tenho muito a agradecer. Cresci em um lar relativamente normal, meus pais estão vivos e saudáveis, e me apoiam até certo ponto. São melhores que a maioria e um pouco piores que outros. Odeio quando as pessoas passam a vida inteira culpando os pais por qualquer coisa ruim que aconteça com elas.

Eu: É, concordo totalmente. E por esse motivo fui emancipado aos 16 anos. Decidi tomar as rédeas da minha vida.

Sydney: Sério? E Brennan?

Eu: Levei ele comigo. O juiz achou que ele tinha ficado com meus pais, mas ele se mudou comigo. Bem, com Warren. Somos amigos desde que tínhamos 14 anos. Os pais dele são surdos, e é por isso que ele conhece a Língua de Sinais. Assim que me emancipei, deixaram a gente morar com eles. Meus pais ainda eram os responsáveis legais por Brennan, mas acharam que prestei um grande favor a eles ao tirá-lo de casa.

Sydney: Nossa, os pais de Warren foram muito legais.

Eu: Foram, sim. Eles são ótimos. Não sei como Warren acabou desse jeito.

Ela ri.

Sydney: Eles continuaram criando Brennan depois que você foi para a faculdade?

Eu: Não, na verdade, a gente só passou sete meses com eles. Quando fiz 17 anos, nos mudamos para um apartamento. Saí da escola e fiz um supletivo para poder começar a faculdade mais cedo.

Sydney: Uau. Então você criou seu irmão?

Eu: Não é bem assim. Brennan morava comigo, mas ele não era do tipo que precisava ser criado. Tinha 14 anos quando fomos morar sozinhos. Eu só tinha 17. Gostaria muito de dizer que era um adulto maduro e responsável, mas na verdade foi o oposto. Nosso apartamento se tornou o ponto de encontro de todos que conhecíamos, e Brennan curtia tanto quanto eu.

Sydney: Estou chocada. Você parece tão responsável.

Eu: Eu não era tão incontrolável quanto poderia ter sido, considerando que estava por conta própria e era muito novo. Por sorte, todo nosso dinheiro era para pagar as contas e o aluguel, então nunca adquiri hábitos ruins. A gente apenas gostava de se divertir. Formamos a banda quando Brennan tinha 16 e eu, 19, então isso ocupou bastante o nosso tempo. Foi quando comecei a namorar Maggie e fiquei bem mais tranquilo desde então.

Sydney: Você está com Maggie desde os 19 anos?

Assinto, mas não digito uma resposta. Quase não toquei na comida por causa da troca de mensagens, então pego meu hambúrguer. Ela faz o mesmo, e comemos tudo em silêncio. Levantamos e retiramos a mesa. Depois ela acena para mim e vai para o quarto. Sento-me no sofá e ligo a TV. Após ficar trocando de canal por quinze minutos, acabo parando em um de filmes. As legendas estavam desativadas, mas nem me importo de acioná-las. Estou cansado demais para ler, mas acompanho o filme, mesmo assim.

A porta do quarto de Sydney se abre e ela sai, parecendo um pouco surpresa quando vê que ainda estou acordado. Ela está usando uma de suas camisetas largas de novo e seu cabelo está molhado. Volta para o quarto e depois aparece com o telefone na mão e se senta ao meu lado.

Sydney: Não estou cansada. O que você está assistindo?

Eu: Sei lá, mas acabou de começar.

Ela ergue os pés e apoia a cabeça no braço do sofá. Seus olhos estão fixos na TV, mas os meus estão focados nela. Sou obrigado a admitir que a Sydney que saiu com a gente esta noite é completamente diferente da que está deitada aqui. Está sem maquiagem e seu cabelo não parece mais perfeito, sua roupa tem alguns furos, e não consigo evitar um sorriso só de olhar para ela. Se eu fosse Hunter, estaria enfiando a porrada em mim mesmo neste momento.

Ela se inclina para pegar o telefone quando olha para mim. Quero desviar o olhar para a TV e fingir que ela não acabou de me flagrar observando-a, mas isso deixaria as coisas ainda mais constrangedoras. Por sorte, ela não parece se importar que eu estivesse olhando, porque volta a atenção para o telefone.

Sydney: Como você está assistindo a isso sem legenda?

Eu: Estou cansado demais para ler. Às vezes assisto sem legenda e tento adivinhar o que estão falando.

Sydney: Vou tentar também. Coloque no mudo e vamos assistir juntos como surdos.

Eu ri. Assistir como surdos? Essa é nova. Aponto o controle para a TV e aperto o mudo. Ela volta a atenção para o programa, mas não consigo desviar os olhos dela.

Não entendo essa obsessão repentina de ficar olhando para ela, mas não consigo evitar. Não estamos tão próximos assim. Não estamos nos tocando. Ela sequer está olhando para mim. Ainda assim, o simples fato de observá-la me faz sentir terrivelmente culpado, como se estivesse fazendo algo errado. Olhar não tira pedaço, então por que me sinto tão culpado?

Tento afastar o sentimento de culpa, mas no íntimo sei exatamente o que está acontecendo.

Me sinto culpado não apenas porque estou olhando para ela. Estou assim por causa dos sentimentos que isso desperta em mim.

* * *

É a segunda vez seguida que acordo desse jeito. Afasto a mão que está dando tapas no meu rosto e abro os olhos. Warren está de pé diante mim. Ele bate com uma folha de papel no meu peito e depois bate na lateral da minha cabeça. Vai até a porta da frente, pega sua chave e vai trabalhar.

Por que ele está indo trabalhar assim tão cedo?

Pego meu celular e vejo que são seis da manhã. Pelo visto ele *está* saindo na hora.

Eu me sento no sofá e encontro Sydney encolhida do outro lado, dormindo profundamente. Pego o papel que Warren colocou no meu peito e leio:

Que tal você ir para o seu quarto e dormir na cama com sua namorada?!

Embolo o bilhete e me levanto para jogá-lo no lixo e enterrá-lo lá no fundo. Volto para o sofá e coloco a mão no ombro de Sydney para acordá-la. Ela se vira, esfrega os olhos e olha para mim.

Ela sorri ao me ver. É isso. Ela apenas sorriu, mas, de repente, meu peito está pegando fogo e parece que uma onda de calor percorreu todo o meu corpo. Reconheço essa sensação e não é nada boa. Nem um pouco. Não me sinto assim desde que tinha 19 anos.

Desde que comecei a gostar de Maggie.

Aponto para o quarto dela querendo indicar que deveria ir para a cama e volto rapidamente para o meu quarto. Tiro a calça jeans e a camiseta e delicadamente me deito ao lado de Maggie. Envolvo-a nos braços e a puxo para o meu peito. Passo a meia hora seguinte tentando dormir enquanto repito na minha mente:

> *Você é apaixonado por Maggie.*
> *Maggie é perfeita para você.*
> *Você é perfeito para ela.*
> *Ela precisa de você.*
> *Você é feliz quando está com ela.*
> *Você está com a única garota com quem deveria estar.*

10.

Sydney

Já faz duas semanas que Ridge e eu estamos trabalhando juntos nas letras. Alguns dias depois de Maggie voltar para casa, ele acabou tendo que passar seis dias viajando devido a uma emergência familiar. Ele foi vago sobre o que era, mas isso me fez lembrar de quando eu ainda morava com Tori e ele ficou vários dias sem aparecer na varanda. Uma emergência familiar também foi a explicação que ele dera na época.

Com base nas conversas de Warren e Brennan que ouvi, sei que não tinha nada a ver com Brennan. Mas ele nunca mencionou nenhum outro parente além do irmão. Quando voltou alguns dias depois, perguntei se estava tudo bem e ele disse que sim. Não pareceu querer entrar em detalhes, e estou tentando me convencer de que a vida particular dele não é da minha conta.

Eu me dediquei aos estudos e, de vez em quando, tento compor sozinha, mas não é a mesma coisa quando não tenho a música para acompanhar. Já faz alguns dias que Ridge está em casa, mas ele passa a maior parte do tempo no quarto tentando colocar o trabalho em dia. Não tenho como não me perguntar se ele está mantendo distância por outros motivos.

Tenho passado bastante tempo com Warren e descobri várias coisas sobre seu relacionamento com Bridgette. Não interagi mais com ela, então, até onde sei, ainda acha que sou surda.

Pelo que Warren me contou, a relação deles é qualquer coisa, menos típica. Warren não conhecia Bridgette antes de ela se mudar para

153

o apartamento deles seis meses atrás, mas ela é amiga de longa data de Brennan. Warren diz que eles dois não se dão bem e, durante o dia, levam vidas separadas. Mas, à noite, a história é completamente diferente. Ele tenta me dar mais detalhes do que eu gostaria de saber, por isso sempre tenho que mandá-lo calar a boca e parar de me dar informações demais.

Eu realmente gostaria que ele ficasse quieto nesse exato instante, porque está no meio de uma dessas confissões exageradas. Tenho que ir para a aula daqui a meia hora e estou tentando terminar de ler um texto, mas ele está decidido a me contar sobre a noite passada e como não a deixou tirar o uniforme do Hooters porque ele gosta de fazer encenações e, ai, meu Deus, por que ele acha que quero ouvir isso?

Por sorte, Bridgette sai do quarto e provavelmente é a primeira vez que fico feliz em vê-la.

— Bom dia, Bridgette — diz Warren, seguindo-a com o olhar enquanto ela passa pela sala. — Dormiu bem?

— Vai se ferrar, Warren — responde Bridgette.

Estou percebendo que esse é o cumprimento típico dos dois. Ela entra na cozinha e olha para mim, e depois para Warren sentado ao meu lado no sofá. Estreita os olhos para ele e se vira para a geladeira. Ridge está sentado à mesa de jantar, concentrado no laptop.

— Não gosto de como ela vive grudada em você — diz Bridgette de costas para mim.

Warren me olha e começa a rir. Parece que ela ainda acha que sou surda, mas não gosto nem um pouco que ela esteja falando merda sobre mim.

Ela se vira e olha para Warren.

— Você acha isso engraçado? — pergunta. — É óbvio que ela está caidinha por você, e você não pode demonstrar o mínimo de respeito por mim para ficar longe dela pelo menos até eu sair de casa. — Bridgette se vira de costas outra vez. — Primeiro ela conta uma história triste pro Ridge para poder se mudar pra cá, e, agora, está se aproveitando do fato de você saber Língua de Sinais pra te dar mole.

— Bridgette, para com isso.

Warren não está mais rindo porque percebeu como os nós dos meus dedos estão brancos enquanto agarro com força o meu livro. Acho que ele está com medo de que ela seja atingida na cabeça por um livro de capa dura. E tem razão de sentir medo.

— *Você* que tem que parar, Warren — continua ela, virando-se para ele. — Ou você para de rastejar até a minha cama à noite ou para se aconchegar com *ela* no sofá durante o dia.

Deixo o livro cair no colo, fazendo um barulho alto, então começo a bater os pés no chão de frustação, raiva e irritação. Não consigo suportar essa garota por nem mais um segundo.

— Bridgette, por favor! — grito. — Cala a boca! Cala a boca, cala a boca, cala a *boca*, pelo amor de Deus! Não sei por que você acha que sou surda, mas com certeza *não* sou uma piranha nem estou usando Língua de Sinais para dar mole pro Warren. Eu nem *sei* Língua de Sinais. E, de agora em diante, para de gritar quando estiver falando comigo!

Bridgette inclina seu rostinho bonito e fica boquiaberta, em choque. Ela passa alguns segundos me encarando em silêncio. Ninguém na sala se mexe. Ela volta a atenção para Warren, e a raiva nos seus olhos é substituída por mágoa. Ela desvia o olhar no instante em que sua mágoa fica evidente, dá meia-volta e entra no próprio quarto.

Ergo o olhar e noto que Ridge está com os olhos fixos em mim, provavelmente se perguntado o que foi que acabou de acontecer. Apoio a cabeça no sofá e suspiro.

Eu esperava que fosse me sentir melhor com isso, mas não foi o que aconteceu.

— Bem — começa Warren —, lá se foi a minha chance de realizar as fantasias que tinha planejado para essa noite. Valeu mesmo, Sydney.

— Vai se ferrar, Warren — digo, entendendo um pouco melhor a atitude de Bridgette. Pego o livro no meu colo, me levanto e vou até a porta de Bridgette. Bato, mas ela não abre. Bato de novo, giro a maçaneta, abro uma fresta da porta e dou uma olhada lá dentro.

— Bridgette?

Um travesseiro atinge a porta.

— Saia da porra do meu quarto!

Eu a ignoro e abro um pouco mais a porta, até conseguir vê-la. Ela está sentada na cama, com os joelhos no peito. Ao me ver entrando no quarto, ela rapidamente enxuga as lágrimas e se vira de costas.

Ela está chorando e me sinto realmente péssima. Vou até a cama e me sento na beirada, o mais longe possível dela. Até posso estar me sentindo mal, mas ela ainda me assusta.

— Sinto muito — digo.

Ela revira os olhos e se deita na cama, produzindo um som abafado.

— Não sente nada — responde. — Não culpo você. Eu mereci.

Inclino a cabeça. Ela realmente acabou de admitir que mereceu isso?

— Não vou mentir, Bridgette. Você é meio antipática.

Ela ri e cobre os olhos com os braços.

— É, eu sei. Mas as pessoas me irritam tanto que simplesmente não consigo evitar. Não é como se meu objetivo de vida fosse ser assim.

Eu me deito ao lado dela.

— Então não seja. Dá muito mais trabalho ser antipática do que não ser.

Ela nega com a cabeça.

— Você só diz isso porque você não é assim.

Suspiro. Ela pode até achar isso, mas eu tenho me sentido uma pessoa horrível.

— Se quer saber, sou pior do que você imagina. Talvez eu não expresse meus sentimentos da mesma maneira que você, mas com certeza tenho pensamentos ruins. E, ultimamente, péssimas intenções. Estou começando a achar que não sou tão legal quanto sempre achei que fosse.

Bridgette passa um tempo sem reagir à minha confissão. Por fim, ela suspira fundo e se senta na cama.

— Posso perguntar uma coisa? Agora que sei que você pode responder?

Também me sento e concordo com a cabeça.

— Você e Warren... — Ela faz uma pausa. — Vocês parecem se dar muito bem e fiquei curiosa para saber se...

Sorrio porque sei aonde ela quer chegar com isso, então interrompo sua linha de raciocínio.

— Warren e eu somos amigos, e nunca seremos nada além disso. Por mais estranho que pareça, ele está caidinho por uma garçonete do Hooters que ele conhece.

Bridgette sorri por um instante antes de olhar fixo para mim.

— Há quanto tempo Warren sabe que eu achava que você era surda?

Paro para pensar nas últimas semanas.

— Desde a manhã em que me mudei? — Estremeço, sabendo que Warren está prestes a ter que lidar com o lado de Bridgette que todos conhecemos tão bem. — Mas, por favor, pegue leve com ele, Bridgette. Por mais estranha que seja a forma como vocês demonstram seus sentimentos, ele realmente gosta de você. Acho que talvez até ame você, mas ele estava bêbado quando admitiu isso, então não tenho certeza.

Se é possível ouvir o coração de alguém parar de bater, acabei de ouvir o dela fazer isso.

— Ele admitiu?

Assinto.

— Algumas semanas atrás. Enquanto saíamos de uma balada, sendo que ele estava completamente bêbado, mas disse algo sobre como tinha certeza de que talvez amasse você. Não sei se deveria estar contando isso.

Ela olha para o chão e fica em silêncio por vários segundos, até que volta a olhar para mim.

— Você sabe que a maioria das coisas que as pessoas dizem quando estão bêbadas são mais precisas e sinceras do que as que elas dizem sóbrias?

Concordo, sem saber se isso é verdade ou apenas a opinião dela. Bridgette se levanta e abre a porta.

Ai, não.

Ela está prestes a matar Warren, e é um pouco por minha culpa. Eu me levanto e corro para a porta, preparada para assumir a responsabilidade por ter revelado a ela algo que Warren me contara. Porém, quando chego à sala, ela está passando a perna por cima dele e se acomodando no seu colo. Os olhos de Warren estão arregalados como se ele estivesse apavorado, e tenho a impressão de que ela não costuma fazer essas coisas.

Bridgette segura o rosto de Warren e ele, hesitante, coloca as mãos nas suas costas. Ela suspira, encarando-o nos olhos.

— Não acredito que estou me apaixonando por um cara tão idiota — declara-se ela.

Ele fica olhando para Bridgette por vários segundos enquanto absorve o que ela acabou de dizer, então leva as mãos até a nuca dela e a beija. Ele se levanta com Bridgette enroscada nele. Sem parar de beijá-la, os dois vão direto para o quarto de Warren, que fecha a porta.

Estou sorrindo, porque provavelmente Bridgette é a única pessoa da face da Terra que conseguiria fazer uma declaração de amor para um cara chamando-o de idiota. E, por mais estranho que pareça, Warren deve ser um dos poucos caras que acharia isso atraente.

Eles são perfeitos um para o outro.

Ridge: Como é que você conseguiu fazer isso? Eu só estava esperando ela sair do quarto e estrangulá-lo. Você passou dois minutos com ela, e agora ela está caidinha por ele.

Eu: Bridgette não é tão ruim quanto parece.

Ridge: Sério?

Eu: Bem, talvez seja. Mas acho que admiro isso. Ela é verdadeira.

Ridge sorri, coloca o celular na mesa e volta a atenção para seu laptop. Tem alguma coisa diferente nele. Não consigo definir o que é exatamente, mas dá para perceber nos seus olhos. Ele parece incomodado. Ou triste. Ou talvez apenas cansado?

Na verdade, acho que parece um pouco de todas essas coisas, e fico triste por ele. Quando o conheci, ele parecia tão equilibrado. Mas depois de conhecê-lo melhor, percebi que esse não é bem o caso. O cara na minha frente passa a impressão de estar com a vida confusa, e eu ainda sequer comecei a entender o que está acontecendo.

Ridge: Estou com o trabalho um pouco atrasado, mas acho que consigo colocar tudo em dia essa noite. Se você quiser tocar uma música nova, sabe onde me encontrar.

Eu: Beleza. Tenho grupo de estudo à tarde, mas estarei de volta às sete.

Ele dá um sorriso desanimado e volta para o quarto. Sei que estou começando a interpretar a maioria das expressões dele. E a que acabou de fazer indica nervosismo.

Ridge

Quando ela não apareceu, achei que não estivesse a fim de compor essa noite e disse a mim mesmo que eu não estava chateado com isso.

No entanto, alguns minutos depois das oito, a luz do meu quarto pisca. Uma onda de adrenalina percorre o meu corpo. Digo a mim mesmo que estou reagindo dessa forma porque adoro compor músicas, mas, se esse fosse o caso, por que não fico tão animado quando componho sozinho? Ou com Brennan?

Fecho os olhos. Com cuidado, ponho o violão de lado e respiro fundo. Já faz semanas que não fazemos isso. Desde a noite em que ela me permitiu escutá-la cantando, mudando totalmente a dinâmica da nossa relação de trabalho.

Mas não é culpa dela. Nem tenho certeza se é minha. A culpa é da natureza, porque a atração é uma coisa terrível, e estou ferrado se não conseguir lidar com isso.

Mas sou capaz de fazer isso.

Abro a porta do meu quarto e dou um passo para o lado, enquanto ela entra com o caderno e o laptop. Ela anda confiante até a cama e se senta antes de abrir o computador. Também me sento e abro o meu.

> Sydney: Não consegui prestar atenção na aula hoje porque tudo que eu queria era compor. Mas não escrevi nenhuma letra, porque é muito melhor quando você toca. Senti falta disso. No início achei que não fosse gostar e ficava nervosa, mas amo compor. Amo, amo, amo. Então, vamos nessa. Estou pronta.

Ela está sorrindo para mim e batendo a mão no colchão.

Retribuo seu sorriso, me recosto na cabeceira da cama e começo a tocar a abertura de uma nova música na qual andei trabalhando.

Ainda não terminei, mas espero que, com a ajuda dela, a gente consiga avançar um pouco mais essa noite.

Toco a música várias vezes, e ela fica um tempo me observando, e em seguida escreve um pouco. Ela usa as mãos para me pedir para parar ou voltar, avançar até o refrão ou recomeçar. Eu a observo atentamente enquanto toco, e prosseguimos com isso por mais de uma hora. Ela rabisca várias coisas e algumas de suas expressões não demonstram diversão.

Por fim, ela se senta, arranca a página do caderno, embola e joga no lixo. Fecha o caderno e balança a cabeça.

Sydney: Desculpe, Ridge. Talvez eu só esteja exausta, mas não está saindo nada agora. Podemos tentar de novo amanhã à noite?

Concordo com a cabeça, esforçando-me ao máximo para esconder minha decepção. Não gosto de vê-la frustrada. Ela pega o laptop e o caderno e volta para o quarto. Depois se vira e diz:

— Boa noite.

Assim que ela sai, me levanto, vou até a lata de lixo e pego o papel embolado. Volto para a cama e o desamasso.

> *O vejo, daqui*
> *Tão longe*
> *Desejo mais do que suporto*
> *Eu o quero aqui ~~eu quero~~*
> *Talvez ~~um desses dias~~ um dia*

Há algumas frases aleatórias, umas cortadas, outras não. Leio todas, tentando trabalhar com elas.

> *Correria até ~~ele~~ você, se eu estivesse de pé*
> *Mas não posso fazer isso*
> *Não posso ser dele agora*
> *~~Por que ele não me leva embora~~*

Ler aquelas palavras parece uma invasão de privacidade. Mas será que é? Tecnicamente, estamos nisso juntos, então eu deveria mesmo ler o que ela escreve.

Mas há algo diferente nessa música. É diferente porque não parece ter sido escrita para Hunter.

Parece que poderia ter sido escrita para mim.

Eu não deveria estar fazendo isso. Não deveria estar pegando meu celular e, definitivamente, não deveria estar pensando em convencê-la a vir me ajudar a terminar a música.

> Eu: Não fique com raiva, mas estou lendo sua letra. E acho que sei por que está tão frustrada.

> Sydney: Será que é porque sou péssima compositora e tudo o que tenho em mim são pouquíssimas músicas?

Pego meu violão e vou até o quarto dela. Bato e abro a porta, presumindo que ela ainda está vestida, afinal faz apenas dois minutos que saiu do meu quarto. Vou até a cama dela, me sento, pego seu caderno e uma caneta e coloco a página que ela escreveu em cima do caderno. Escrevo um bilhete e lhe entrego.

Você precisa se lembrar de que a banda para a qual está compondo é formada só por homens. Sei que é difícil escrever de um ponto de vista masculino, porque obviamente você não é um homem. Se parar de escrever as músicas a partir da sua perspectiva e tentar assumir outra, talvez assim as letras venham. Pode ser que esteja difícil porque você sabe que é um cara que vai cantar, mas os sentimentos estão vindo de você. Mude apenas isso e veja o que acontece.

Ela lê meu bilhete, pega a caneta e se encosta na cama. Olha para mim e indica meu violão com a cabeça, demonstrando que vai tentar. Saio da cama e me sento no chão, depois pego o violão e o levo ao peito. Tocar assim me ajuda a sentir as vibrações com mais clareza, ainda mais quando estou compondo uma música nova.

Fecho os olhos, inclino a cabeça para o violão e começo a tocar.

11.

Sydney

Ai, meu Deus. Ele está fazendo aquilo de novo. Aquela coisa incrível.

Quando o vi tocar violão desse jeito antes, não sabia que ele não conseguia ouvir o que tocava. Achei que ele talvez só tocasse assim para conseguir um ângulo diferente com as cordas, mas já sei que ele faz isso para sentir melhor a música. Não sei por que, mas saber disso me faz amar ainda mais observá-lo.

Eu provavelmente deveria estar trabalhando na letra da música, mas assisto Ridge tocar a música inteira sem abrir os olhos. Quando ele termina, olho rapidamente para o caderno, porque sei que ele está prestes a abrir os olhos e olhar para mim. Finjo que estou escrevendo, e ele volta a segurar o violão da forma correta, encosta-se na minha cômoda e recomeça a tocar.

Eu me concentro na letra e penso no que ele disse. Ridge tem razão. Eu não estava pensando que é um garoto quem vai cantar a música. Estava focada em passar meus sentimentos para o papel. Fecho os olhos e tento visualizá-lo cantando a canção.

Tento imaginar como seria ser honesta sobre meus sentimentos por ele e aproveitar isso para fazer uma música ainda melhor. Abro os olhos, risco o primeiro verso da música e começo a reescrever.

> ~~O vejo, daqui~~
> *Ver algo de tão longe*
> *Estar mais perto a cada dia*
> *E querer que seja meu*

Acho que o verdadeiro motivo de eu não estar conseguindo escrever essa noite é porque todos os versos acabam sendo sobre Ridge, e sei que ele vai perceber isso. Ele pegou o papel no lixo e leu, então ele já tem uma ideia. Mesmo assim... ele está aqui, querendo que eu termine a música. Eu me concentro na segunda estrofe e tento seguir seu conselho.

> *Correria pra te encontrar*
> ~~*Mas não posso fazer isso*~~
> *Mas não posso me dar ouvidos*
> *Porque só quero te ter*

Continuo lendo os versos na página, riscando os anteriores e modificando-os, enquanto Ridge toca repetidas vezes.

> ~~*Se eu pudesse ser dele, eu esperaria*~~
> *Se não pode ser agora*
> *Espero aqui, não vou embora*
> *Com você eu sei que fugiria*
> *Talvez um dia*
> *Talvez um dia*

A folha fica toda bagunçada e está difícil de ler, então a deixo de lado e abro meu caderno para reescrever tudo. Ele para de tocar por alguns minutos enquanto passo a limpo. Quando olho, ele aponta para a página, querendo ler o que escrevi. Concordo com a cabeça.

Ele se aproxima da cama e se senta ao meu lado, inclinando-se para ler o que eu já tinha feito.

Tenho total consciência de que talvez ele consiga enxergar o que está por trás da letra e perceba que tem mais a ver com ele do que com Hunter, o que me deixa apavorada. Ele puxa o caderno para mais perto, mas o mantém no meu colo. Seu ombro está encostado no meu, e seu rosto está tão próximo que é provável que ele esteja sentindo minha respiração... se eu estivesse respirando. Forço meus olhos a acompanhar a leitura, concentrando-me nas palavras que reescrevi no caderno em meu colo.

Finjo não te entender
Você me olha
Tento me esconder

Ridge pega a caneta e risca o último verso, depois inclina o rosto para me olhar. Ele aponta a caneta para si mesmo, fazendo um gesto no ar, indicando que quer mudar alguma coisa.

Concordo, nervosa e morro de medo dele não ter gostado. Ridge posiciona a caneta no papel ao lado do verso que riscou. Fica parado por alguns segundos antes de escrever, e depois se vira lentamente para mim. Parece apreensivo, e estou curiosa para saber o motivo. Seus olhos se desviam dos meus, até voltar a atenção para o papel. Ele inspira e solta o ar bem devagar e, então, começa a escrever novos versos. Observo-o compor a letra para a música inteira enquanto acompanho de perto, decifrando as palavras que ele acrescenta.

TALVEZ UM DIA

Ver algo de tão longe
Estar mais perto a cada dia
E querer que seja meu

Correria pra te encontrar
Mas não posso me dar ouvidos
Porque só quero te ter

Refrão:

Se não pode ser agora
Espero aqui, não vou embora
Com você

Eu sei que fugiria
Talvez um dia
Talvez um dia

Finjo não te entender
Você me olha, tento esconder
Mas o amor chegou de vez

Seu perfume em meu colchão
Penso o tempo todo, em vão
Escrevo aqui, pra não dizer

Repetir refrão

Estou errado, mas não sinto assim
Estou livre, preso aqui
Nessa canção que interrompi

Vejo dor nesse caminho
Estar aqui, criar os laços
Estou com ela e em ti me desfaço

Repetir refrão

Quando ele termina de escrever, larga a caneta em cima do caderno. Seus olhos se voltam para os meus, e não sei se ele espera que eu reaja ao que acabou de compor, mas não consigo. Estou tentando não me deixar sentir como se houvesse qualquer verdade por trás dos versos dele, mas as palavras que ele me disse na primeira noite em que compomos juntos voltam à minha mente.

"São as suas palavras, Sydney. Palavras que vieram de você."

Isso foi quando ele estava me explicando que há algo verdadeiro por trás da letra de uma música, porque ela vem de algum lugar dentro do compositor. Olho de novo para o papel.

Estou com ela e por ti me desfaço

166

Ai, meu Deus, não posso. Não pedi isso. Não *quero* isso.

Mas é tão bom... As palavras dele me fazem sentir bem, essa proximidade, seus olhos buscando os meus fazem meu coração bater desordenadamente, e, por mais que eu tente, não consigo entender como algo que faz com que me sinta tão bem pode ser tão errado.

Não sou má pessoa.

Ridge não é má pessoa.

Como é que duas pessoas ótimas e cheias de boas intenções podem acabar tendo sentimentos despertados por tanta bondade, mas que na verdade são tão ruins?

Ridge parece ficar mais preocupado, afasta o olhar e pega o telefone.

Ridge: Você está bem?

Hum. Se estou bem? Pode crer que sim. É por isso que minhas mãos estão suando, meu peito está pesado e estou agarrando o lençol com tanta força, para não deixar que minhas mãos façam algo pelo qual nunca vou me perdoar.

Assinto e, então, me afasto dele quando levanto, me encaminhando para o banheiro. Fecho a porta e me encosto nela, cerrando os olhos e repetindo silenciosamente o mantra que venho usando há semanas:

Maggie, Maggie, Maggie, Maggie, Maggie

Ridge

Depois de alguns minutos, ela finalmente volta para o quarto, sorri para mim, vai até a cama e pega o celular.

Sydney: Desculpe, me senti mal.

Eu: Está melhor?

Sydney: Claro. Não foi nada. Eu só precisava de um pouco de água, acho. Amei a música, Ridge. Está perfeita. Precisamos repassá-la ou podemos encerrar por hoje?

Eu realmente gostaria de tocá-la mais uma vez, mas ela parece cansada. Também daria qualquer coisa para senti-la cantando de novo, mas não tenho certeza se seria uma boa ideia. Já me torturei o suficiente enquanto escrevia o restante da letra. No entanto, o fato de ser bem provável que eu estivesse escrevendo sobre ela, isso não pareceu me impedir, porque a única coisa que estava passando pela minha cabeça era que eu estava finalmente *escrevendo*. Fazia meses que eu não conseguia compor nada e, em questão de minutos, toda a névoa se dissipou e as palavras começaram a fluir sem o menor esforço. Eu teria continuado se não sentisse que já havia ido longe demais.

Eu: Podemos encerrar por hoje. Estou muito feliz com esta música, Syd.

Ela sorri e pego meu violão antes de ir para o quarto.

Passo os minutos seguintes passando a letra para o software de música no meu laptop e preenchendo os acordes do violão. Quando termino, aperto enviar e mando uma mensagem de texto para Brennan.

Eu: Acabei de enviar um rascunho inicial de uma música já com a letra. Eu gostaria que Sydney pudesse escutá-la, então, se você tiver tempo durante a semana para trabalhar um pouco no arranjo, mande para mim. Acho que vai ser bom para ela finalmente poder ouvir algo que criou ganhar vida.

Brennan: Estou dando uma olhada. Odeio admitir isso, mas acho que você estava certo sobre ela. Foi mesmo um presente divino para nós.

Eu: É o que parece.

Brennan: Me dê uma hora. Não estou ocupado e vou ver o que consigo nesse tempo.

Uma hora? Ele vai mandar essa noite ainda? No mesmo instante, mando uma mensagem de texto para Sydney.

Eu: Tente não dormir. Eu talvez tenha uma pequena surpresa para você daqui a pouco.

Sydney: Hum... OK.

* * *

Quarenta e cinco minutos mais tarde, recebo um e-mail com anexo de Brennan com o assunto *gravação preliminar de Talvez um dia*. Abro no celular, pego um fone de ouvido na gaveta da cozinha e vou para o quarto de Sydney. Ela abre a porta depois que bato e me deixa entrar. Eu me sento na cama dela e bato ao meu lado no colchão. Ela me lança um olhar desconfiado, mas se aproxima da cama. Entrego o fone para ela e dou um tapinha no travesseiro, então ela se deita e coloca o fone nos ouvidos. Depois me olha com cautela, como se eu estivesse prestes a lhe pregar uma peça.

Eu me deito ao lado dela, me apoio no cotovelo e então dou play. Coloco o telefone entre nós dois e a observo.

Alguns segundos se passam até que ela vira a cabeça na minha direção. Um "Ai, meu Deus" escapa dos seus lábios, e ela me olha como se eu tivesse acabado de lhe dar o melhor presente do mundo.

E isso me faz sentir muito bem.

Ela sorri, tapa a boca com uma das mãos e seus olhos se enchem de lágrimas. Ergue a cabeça para o teto, provavelmente com vergonha da sua reação emotiva. Mas não deveria. Isso é exatamente o que eu esperava ver.

Continuo observando Sydney escutar a canção e seu rosto transmite um misto de emoções. Ela sorri, depois suspira e fecha os olhos. Quando a música acaba, olha para mim e pede:

— De novo.

Sorrio e dou play outra vez. Continuo olhando para ela, mas no instante em que seus lábios começam a se mover e me dou conta de que ela está cantando a música, meu sorriso desaparece por causa de uma emoção súbita que eu não esperava sentir.

Inveja.

Nunca em toda a minha vida, durante todos os anos neste mundo silencioso, quis tanto ouvir algo como queria poder escutá-la cantar agora. Quero tanto isso que chega a doer fisicamente. Meu peito parece se contrair, e nem percebo que minha mão está em seu coração até que ela se vire para mim assustada. Balanço a cabeça, pois não quero que ela pare. Sydney assente de leve, mas seus batimentos aumentam a cada segundo. Consigo sentir a vibração da sua voz na palma da mão, mas o tecido entre nossas peles atrapalha minha capacidade de senti-la do jeito que quero. Deslizo até alcançar seus ombros e depois subo ainda mais até meus dedos envolverem seu pescoço. Escorrego mais para perto dela com a intenção de encostar meu peito na lateral do seu corpo, porque o desejo irresistível de ouvi-la me dominou totalmente,

170

e não me permito pensar sobre isso enquanto as fronteiras invisíveis vão ficando cada vez mais tênues.

A vibração da voz dela para, e a sinto engolir em seco enquanto olha para mim, demonstrando as exatas emoções que inspiraram a maioria dos versos dessa canção.

Estou errado, mas não sinto assim.

Não há outra maneira de descrever o que estou sentindo. Sei que a forma como penso nela é errada, mas sofro porque, quando estou com ela, parece tão *certo*.

Ela não está mais cantando. Minha mão continua envolvendo seu pescoço, e seu rosto está inclinado na direção do meu. Subo um pouco mais a mão, até tocar seu queixo. Enrosco o dedo no fio do fone de ouvido e o retiro. Meus dedos voltam para seu queixo, deslizando lentamente até sua nuca. Minha palma se encaixa perfeitamente ali, como se tivesse sido feita sob medida para segurá-la desse jeito. Eu a puxo com gentileza para mim e ela vira ligeiramente o corpo na minha direção. Nossos peitos se tocam, criando uma força tão poderosa que meu corpo inteiro exige tocar cada parte dela.

Ela coloca as mãos na minha nuca, tocando, de leve, minha pele, depois enrosca devagar os dedos no meu cabelo. Tê-la tão perto de mim me transmite a sensação de que criamos um espaço só nosso, e que nada no mundo de fora possa entrar ali, assim como nada do lado de dentro seja capaz de sair.

A respiração dela vem em ondas e a sinto nos lábios. Embora eu não consiga ouvi-la, imagino que deve ser como a batida do coração. Apoio a testa na dela e sinto um ruído subindo pelo meu peito até chegar na minha garganta. O som que sinto sair pelos meus lábios a deixa ofegante, e o modo que ela abre a boca faz a minha tomar a dela de imediato em busca do alívio de que preciso desesperadamente.

Alívio é o que sinto no instante em que nossos lábios se encontram. É como se todo sentimento reprimido e negado que tenho em relação a ela tivesse se libertado de repente, e finalmente conseguisse respirar pela primeira vez desde que a conheci.

Seus dedos continuam percorrendo meu cabelo, e a seguro com mais força, puxando-a para mais perto. Ela permite que minha língua encontre a dela, que é quente e suave, e a vibração dos seus gemidos começam a sair da sua boca e invadir a minha.

Meus lábios se fecham suavemente sobre os dela, depois os abro e repetimos isso sem parar, só que com menos hesitação e mais desespero. As mãos dela percorrem minhas costas e mantenho as minhas em sua cintura. Exploro, com a língua, a maneira incrível como a dela acompanha a minha no ritmo da canção que apenas nossas bocas conseguem ouvir. O desespero e a intensidade que esse beijo está tomando deixam claro que parte de nós dois a tentativa de conseguir o máximo do outro antes que o momento acabe.

Porque sabemos que precisa acabar.

Agarro com força a cintura dela enquanto meu coração se parte ao meio, um lado continua onde sempre esteve, com Maggie, e a outra metade fica atraída pela garota deitada debaixo de mim.

Nada na minha vida foi tão bom e, ao mesmo tempo, *doeu* tanto. Afasto a boca e nós dois ofegamos enquanto ela me segura e me mantém próximo. Eu me recuso a permitir que nossas bocas voltem a se encontrar e me esforço para descobrir qual parte do meu coração quero salvar.

Apoio a testa na dela e mantenho os olhos fechados, inspirando e soltando o ar num ritmo rápido. Ela não tenta me beijar de novo, mas sinto o movimento do seu peito conforme muda de ofegante para uma luta contra as lágrimas. Eu me afasto e abro os olhos, fixando-os nela.

Sydney está com os olhos fechados, mas as lágrimas começam a escorrer. Ela afasta o rosto e tapa a boca com uma das mãos enquanto tenta se virar para o outro lado e se distanciar de mim. Apoio o peso do corpo nas mãos e observo o que fiz com ela.

Fiz a única coisa que lhe prometi que jamais faria. Acabei de transformá-la em uma Tori.

Eu me retraio, apoio a testa na lateral da cabeça dela e encosto os lábios na sua orelha. Pego sua mão e a caneta na mesinha de cabeceira ao nosso lado. Viro sua palma para cima e toco a ponta da caneta ali.

Desculpe.

Beijo sua mão, saio da cama e vou embora. Ela abre os olhos apenas para ler o que escrevi. Cerra o punho e o leva ao peito, então começa a soluçar no travesseiro. Pego meu violão, meu celular e minha vergonha... e a deixo completamente sozinha.

12.

Sydney

Não quero sair da cama. Não quero ir à aula. Definitivamente não quero procurar emprego mais uma vez. Não quero fazer nada, exceto manter esse travesseiro sobre meus olhos, porque está formando uma excelente barreira entre mim e todos os espelhos dessa casa.

Não quero me olhar no espelho, porque tenho medo de me ver exatamente como sou. Uma garota sem moral nem respeito pelo relacionamento dos outros.

Não acredito que o beijei ontem à noite.

Não acredito que ele *me* beijou.

Não acredito que comecei a chorar no instante em que ele se afastou e vi sua expressão. Não sabia que um semblante era capaz de exprimir tanto arrependimento e tristeza. Ver como ele se arrependia daquele momento foi um dos piores golpes que meu coração já sofreu. Doeu mais do que o que Hunter fez comigo. Doeu ainda mais do que o que Tori fez comigo.

Porém, por mais que tenha doído ver o arrependimento no rosto dele, isso não se compara com a culpa e a vergonha que senti ao pensar no que fiz com Maggie. No que *ele* fez com Maggie.

Assim que ele colocou a mão no meu peito e se aproximou de mim, soube que eu deveria ter saído da cama e pedido para ele ir embora do quarto.

Mas não foi o que fiz. Não *consegui*.

Quanto mais ele se aproximava e nos olhávamos, mais meu corpo foi consumido pela necessidade. Não era uma necessidade básica, como por água quando estou com sede ou por comida quando sinto fome. Era uma necessidade insaciável de alívio. Alívio da vontade e do desejo por tanto tempo reprimidos.

Nunca tinha me dado conta de como o desejo pode ser poderoso. Consome todas as partes do seu corpo, multiplicando por um milhão os sentidos. Quando você está imerso no momento, o desejo acentua sua visão, e tudo o que você consegue fazer é focar na pessoa à sua frente. Acentua o olfato e, de repente, você percebe que o cabelo dele acabou de ser lavado e que sua camiseta foi retirada há pouco da secadora. Acentua o tato, fazendo sua pele formigar e os dedos tremerem, despertando a vontade incontrolável de *ser* tocada. Acentua o paladar, sua boca fica faminta e carente e a única coisa capaz de satisfazê-la é o alívio de outra boca buscando o mesmo.

Mas qual foi o sentido que meu desejo deixou mais acentuado?

A audição.

Assim que Ridge colocou os fones de ouvido em mim e a canção começou a tocar, os pelos dos meus braços se eriçaram e minha pele se arrepiou. Eu tinha a sensação de que meu coração tentava bater no ritmo da música.

Por mais que Ridge também anseie por esse sentido, ele não tinha como experimentá-lo. Naquele momento, todos os seus outros sentidos combinados não bastariam para compensar o que ele mais desejava. Ele queria me ouvir tanto quanto eu queria ouvi-lo.

O que aconteceu entre nós não se deu por sermos fracos. A mão de Ridge não subiu até meu queixo e deslizou para minha nuca simplesmente porque eu estava disponível e ele ficou com vontade de me beijar. Ele não encostou o corpo no meu por me achar atraente e saber que aquilo seria bom. Não uniu meus lábios aos dele porque gosta de me beijar e tinha consciência de que ninguém nos flagraria.

Apesar do quanto tentamos lutar contra nossa vontade, tudo aconteceu entre nós porque os sentimentos que nutrimos um pelo outro estão ficando cada vez mais fortes que nosso desejo. É fácil lutar contra o desejo. Principalmente quando a única arma que o desejo tem é a atração.

Não é fácil vencer uma guerra travada contra seu coração.

* * *

A casa está silenciosa desde que acordei, há mais de uma hora. Quanto mais tempo fico deitada aqui, me permitindo pensar sobre o que aconteceu, menor é minha vontade de encarar Ridge. Sei que precisamos resolver logo isso, pois quanto mais esperarmos, mais difícil será o confronto.

Relutante, me visto e vou para o banheiro escovar os dentes. O quarto de Ridge está silencioso, e ele costuma acordar tarde porque dorme tarde, então decido deixá-lo descansar. Vou esperá-lo na sala. Espero que Warren e Bridgette estejam ocupados um com outro na cama ou ainda dormindo, porque não sei se conseguirei lidar com os dois essa manhã.

Abro a porta e ando até a sala.

Paro.

Volte, Sydney. Volte para o seu quarto.

Ridge está em pé perto do bar. Contudo, não fico paralisada porque o vi ali. E sim por causa da garota nos seus braços. Da garota que está roçando o corpo no dele, para quem ele está olhando, como se ela fosse a única coisa que importasse. É a garota que está entre mim e o meu *talvez um dia*.

Warren sai do quarto e os vê juntos na cozinha.

— Oi, Maggie. Achei que você só voltaria daqui a umas duas semanas.

Ela se vira ao ouvir a voz de Warren. Os olhos de Ridge se dirigem de Maggie para mim. Em seguida, fica tenso e se empertiga, abrindo uma pequena distância entre eles.

Continuo imóvel, ou talvez esteja apenas tentando me manter longe dos três.

— Já estou indo embora — diz Maggie para Warren, falando em voz alta e fazendo sinais ao mesmo tempo. Ridge se afasta dela e rapidamente desvia o olhar do meu, voltando sua atenção para a namorada. — Meu avô foi internado ontem à noite. — Ela se vira para Ridge e lhe dá um beijo rápido na boca antes de seguir para a porta. — Não é nada sério, mas vou ficar com ele até que receba alta amanhã.

— Cara, sinto muito — diz Warren. — Mas você vem para minha festa no fim de semana, né?

Festa?

Maggie assente e se aproxima novamente de Ridge. Ela envolve seu pescoço com os braços, e ele agarra sua cintura: dois movimentos tão simples que estilhaçam de vez meu coração.

Ele dá um selinho nela e fecha os olhos, levando a mão ao seu rosto. Depois se afasta e dá um beijinho na ponta do seu nariz.

Ai!

Maggie vai embora sem sequer notar que eu estava parada ali. Ridge fecha a porta e se vira, seus olhos encontram os meus, mas não consigo interpretar sua expressão.

— O que vamos fazer hoje? — pergunta Warren, olhando de mim para Ridge.

Nenhum de nós dois desvia o olhar um do outro para responder. Depois de vários segundos, Ridge faz um movimento discreto com os olhos em direção ao seu quarto. Ele se vira para Warren e faz alguns sinais, e volto para o meu quarto.

Fico chocada com o fato de que, nos últimos três minutos, tive que dar inúmeros lembretes aos meus órgãos, sobre coisas especificamente básicas.

Inspire, expire.

Contraia, relaxe.

Batida, batida, pausa. Batida, batida, pausa.

Inspire, expire.

Passo pelo banheiro e sigo para o quarto de Ridge. É óbvio que ele quer conversar, e ainda acho que resolver as coisas logo é melhor do que esperar. Definitivamente é melhor do que não resolver nada.

177

Passar pelo banheiro é algo bem rápido que não devia demorar mais do que alguns segundos, mas, de alguma forma, consigo levar cinco minutos inteiros. Coloco minha mão nervosa na maçaneta, abro a porta e entro no quarto dele.

Ridge está entrando no mesmo instante em que fecho a porta do banheiro. Paramos e nos entreolhamos. Esses olhares vão ter que parar, porque meu coração não aguenta muito mais.

Nós dois vamos até a cama, mas paro antes de me sentar. Presumo que estamos prestes a ter uma conversa séria, então ergo um dedo e volto para meu quarto, pois quero meu laptop.

Quando retorno, ele está sentado na cama com seu computador no colo, então me acomodo ao seu lado, recosto-me na cabeceira e abro o meu. Ele ainda não mandou nenhuma mensagem, então digito primeiro.

Eu: Você está bem?

Aperto enviar e, depois de ler minha pergunta, ele se vira para mim, parecendo um pouco confuso. Olha novamente para o computador e começa a digitar.

Ridge: Em que sentido?

Eu: Em todos, acho. Sei que deve ter sido difícil encontrar Maggie depois de tudo o que aconteceu entre nós, então só queria saber se você está bem.

Ridge: Acho que estou um pouco confuso agora. Você não está brava comigo?

Eu: Eu deveria?

Ridge: Considerando o que aconteceu ontem à noite, eu diria que sim.

Eu: Não tenho mais direito de estar brava com você do que você tem de estar bravo comigo. Não quero dizer que não estou chateada, mas como é que ficar zangada com você poderia nos ajudar a resolver as coisas?

Ele lê minha mensagem e expira demoradamente, apoiando a nuca na cabeceira. Fica de olhos fechados por alguns segundos antes de direcioná-los para o computador e me responder.

Ridge: Maggie apareceu ontem à noite uma hora depois que voltei para o meu quarto. Eu tinha certeza de que você ia entrar e contar para ela como fui babaca por ter beijado você. Depois, quando a vi na cozinha, perto da sua porta, eu estava me preparando para isso.

Eu: Eu jamais contaria para ela.

Ridge: Obrigado por isso. Mas e agora?

Eu: Sei lá.

Ridge: Será que a gente pode tentar não jogar tudo isso para debaixo do tapete nem agir como se nada tivesse acontecido? Porque acho que não vai dar certo para a gente. Tenho muita coisa para dizer, mas sinto medo de que se não disser agora, nunca mais direi.

Eu: Também tenho um monte de coisa para falar.

Ridge: Você primeiro.

Eu: Não, você primeiro.

Ridge: Que tal se a gente falar ao mesmo tempo? Quando nós dois terminarmos de digitar, enviamos juntos.

Eu: Combinado.

Não faço ideia do que ele está prestes a me dizer, mas não deixo isso influenciar o que preciso lhe dizer. Digo exatamente o que quero que ele saiba, depois paro para esperá-lo terminar de escrever. Quando finalmente para, nos olhamos e ele faz um gesto com a cabeça, então apertamos *Enter*.

Eu: Acho que o que aconteceu entre nós se deve a vários motivos. Obviamente, nos sentimos atraídos um pelo outro, temos muito em comum e, em qualquer outra circunstância, realmente acredito que faríamos bem um para o outro. Consigo me imaginar ao seu lado, Ridge. Você é inteligente, talentoso, engraçado, compassivo, sincero e um pouco mau, e gosto disso. ;) Ontem à noite... nem sei como descrever o que aconteceu. Nunca senti tanta coisa enquanto beijava alguém. Mas nem todos os sentimentos foram bons. Senti muita culpa no meio de tudo.

Então, por mais que imaginar nós dois juntos faça sentido, ao mesmo tempo não faz o menor sentido. Não posso sair de um relacionamento totalmente magoada, como aconteceu, e esperar encontrar a felicidade poucas semanas depois. É rápido demais e ainda quero ficar sozinha, não importa que outra coisa também possa parecer certa. Não sei no que você está pensando e, para ser sincera, estou com medo de mandar essa mensagem, porque quero que a gente esteja em sintonia. Quero que a gente trabalhe junto para tentar superar o que estamos sentindo um pelo outro e continuar compondo, sendo amigos e pregando peças ridículas em Warren. Não me sinto preparada para isso acabar, mas se minha presença aqui for difícil demais ou o fizer sentir culpado quando estiver com Maggie, irei embora. É só você falar que eu vou. Bem, acho que você não pode FALAR de verdade. Mas pode DIGITAR que eu vou. (Desculpe pela piada horrível, mas é que o papo está sério demais.)

Ridge: Vou começar pedindo desculpas. Desculpe por ter colocado você nessa situação. Sinto muito por não ter conseguido ser mais forte naquele momento, por não ter cumprido minha promessa de nunca me tornar um Hunter. Só que me arrependo ainda mais de ter deixado você sozinha chorando na cama. Ir embora e não deixar nada solucionado foi a pior coisa que eu poderia ter feito.

Eu queria voltar e conversar com você, mas quando finalmente reuni coragem, Maggie apareceu. Se eu soubesse que ela estava vindo, teria lhe avisado. Depois do que fiz na noite passada e de ver sua expressão quando você nos flagrou juntos essa manhã, percebi que aquilo tinha te magoado demais.

Não tenho a menor ideia do que está passando pela sua cabeça agora, Sydney, mas preciso dizer uma coisa. Não importa como me sinto em relação a você ou o tanto que eu acredito que a gente possa dar certo juntos, nunca, jamais vou terminar com Maggie. Eu a amei desde a primeira vez que a vi, e vou amá-la até morrer.

Mas, por favor, entenda que isso não diminui o que sinto por você. Nunca achei que fosse possível ter sentimentos sinceros por mais de uma pessoa, mas você me mostrou como eu estava terrivelmente errado. Não vou mentir para mim mesmo e dizer que não me importo com você, e pode ter certeza de que não vou mentir para você. Só espero que compreenda o que estou dizendo e que nos dê uma chance de resolver as coisas porque realmente acredito que podemos resolver tudo isso. Se existem duas pessoas nesse mundo capazes de descobrir como ser amigos, somos nós.

Lemos a mensagem um do outro. Leio a dele mais de uma vez. Não esperava que fosse tão sincero e honesto, principalmente sobre o fato de se importar comigo. Nunca imaginei, nem por um segundo, que ele terminaria com Maggie para ficar comigo. Esse seria o pior desfecho possível. Se ele a deixasse e nós tentássemos construir um relacionamento a partir disso, nunca daria certo. A relação teria se formado a partir de traição e infidelidade, e essas duas coisas nunca seriam uma boa base.

Ridge: Uau. Estou impressionado com a gente. Como somos maduros.

O comentário dele me faz rir.

Eu: Somos mesmo.

Ridge: Sydney, nem sei como dizer o que sua mensagem provocou em mim. Sério. Sinto como se o peso de nove planetas (sim, até Plutão, que vira e desvira planeta) estivesse esmagando meu peito desde que deixei seu quarto, ontem à noite. Mas saber que você não me odeia, que não está com raiva nem planejando alguma vingança maligna faz com que eu me sinta muito bem, e agradeço a você por isso.

Eu: Espere aí, nunca disse que eu não estava planejando uma vingança maligna ;) Além disso, como estamos sendo diretos, posso fazer uma pergunta?

Ridge: O que foi que falei sobre nunca começar uma pergunta querendo saber se pode fazer uma pergunta?

Eu: Ai, meu Deus, não acredito que deixei você me beijar. Você é tão IRRITANTE!

Ridge: Hahahaha. Qual é sua pergunta?

Eu: Estou preocupada. É óbvio que temos um problema por causa da atração que sentimos um pelo outro. Como é que superamos isso? Quero compor com você, mas também sei que os poucos momentos entre nós que não deixariam Maggie muito feliz têm a ver com música. Acho que fico irresistível demais quando estou sendo criativa, e quero saber o que preciso fazer para ser menos atraente. Se é que isso é possível.

Ridge: Continue sendo metida. Não é nada atraente, e se permanecer com isso, acho que em uma semana eu já não estarei nem conseguindo olhar na sua cara.

Eu: Combinado. Mas o que faço com a atração que sinto por VOCÊ? Conte alguns defeitos seus para que eu grave na memória.

Ele ri.

Ridge: Acordo tão tarde no domingo que não escovo os dentes até segunda-feira.

Eu: Já é um começo, só que preciso de mais.

Ridge: Vejamos. Uma vez, quando Warren e eu tínhamos 15 anos, eu estava a fim de uma garota. Warren não sabia que eu gostava dela e pediu que eu a chamasse para sair com ele. Convidei a menina, que aceitou porque, ao que tudo indicava, ela também estava a fim de Warren. Mas falei para ele que ela não tinha aceitado.

Eu: Ridge! Isso é horrível!

Ridge: Eu sei. Agora preciso de um defeito seu.

Eu: Quando eu tinha 8 anos, fomos a Coney Island. Eu queria sorvete, mas meus pais não queriam comprar, porque eu estava usando uma blusa nova e não queriam que eu me sujasse. Passamos por uma lixeira e vi uma casquinha com sorvete derretido, então, quando eles não estavam olhando, peguei e comecei a comer.

Ridge: Cara, isso é muito nojento. Mas você só tinha 8 anos, então não vale. Preciso de algo mais recente. Ensino médio? Faculdade?

Eu: Ah! Teve uma vez no ensino médio, que fui dormir na casa de uma garota que eu não conhecia muito bem. A gente se beijou. Eu não estava muito a fim e foi meio nojento, mas eu tinha 17 anos e muita curiosidade.

Ridge: Não. Isso NÃO conta como defeito, Sydney. Caramba. Você tem que colaborar comigo.

Eu: Gosto do bafo de filhotes de cachorro.

Ridge: Melhorou. Não escuto quando peido, então, às vezes, esqueço que os outros ouvem.

Eu: Ai, meu Deus. Sim, esse é o tipo de coisa que realmente mostra quem você é. Acho que vou ficar bem por um tempo.

Ridge: Você precisa me contar mais um e acho que poderemos declarar respectiva repulsa.

Eu: Alguns dias atrás, enquanto eu ia para a faculdade de ônibus, notei que o carro de Tori não estava no estacionamento. Usei minha chave extra para entrar no apartamento porque eu precisava pegar algumas coisas que tinha esquecido lá. Antes de ir embora, abri todas as garrafas de bebida e cuspi dentro.

Ridge: Sério?

Assinto porque estou envergonhada demais para digitar uma resposta. Ele ri.

Ridge: Tudo bem. Acho que estamos quites. Encontre comigo aqui às oito da noite e veremos se podemos trabalhar na música. Se a gente tiver que parar um pouco para reabastecer nossa repulsa mútua com mais alguns defeitos, é só avisar.

Eu: Combinado.

Fecho o laptop e me preparo para sair da cama, mas ele agarra meu pulso. Eu me viro, e Ridge está me olhando com uma expressão séria. Ele se inclina e pega uma caneta, depois segura minha mão e escreve: *Obrigado.*

Comprimo os lábios e assinto. Ele larga minha mão e volto para o meu quarto, tentando ignorar o fato de que nem todos os detalhes repulsivos do mundo seriam capazes de fazer meu coração não reagir àquele simples gesto. Olho para o meu peito.

Ei, coração, está me ouvindo? Você e eu estamos oficialmente em guerra.

Ridge

Assim que ela sai do meu quarto e bate a porta, fecho os olhos e solto o ar.

Estou grato por ela não estar zangada. Estou grato por ela não ser vingativa. Estou grato por ela ser sensata.

Também estou grato porque, pelo visto, ela tem mais força de vontade do que eu, pois sempre que estou perto dela, sinto uma fraqueza como nunca antes.

13.

Sydney

As coisas não mudaram muito na maneira em que trabalhamos juntos, a não ser pelo fato de que passamos a manter um metro e meio de distância um do outro. Finalizamos duas músicas desde *o beijo*, e embora a primeira noite tenha sido um pouco estranha, parece que encontramos nosso esquema. Não falamos mais sobre o que aconteceu, não conversamos sobre Maggie, não discutimos por que ele toca sentado no chão e eu escrevo sozinha na cama. Não há motivo para isso porque nós dois estamos conscientes do que fazemos.

O fato de termos admitido a atração que sentimos um pelo outro não parece ter acabado com ela da forma como esperávamos. Para mim, esse sentimento é como um grande elefante no quarto. Parece ocupar tanto espaço quando estou com ele que me empurra para parede, me deixando sem ar. Fico dizendo para mim mesma que vai melhorar, mas já se passaram quase duas semanas desde o beijo, e as coisas ainda não estão mais fáceis.

Por sorte, tenho duas entrevistas semana que vem, e se eu for contratada, pelo menos vou passar mais tempo fora de casa. Warren e Bridgette trabalham fora e fazem faculdade, então não ficam muito aqui. Ridge trabalha no apartamento, por isso não tiro da cabeça que estamos sozinhos no apartamento durante a maior parte do dia. Porém, de todas as horas, a que mais odeio é quando Ridge está tomando banho. O que significa que estou odiando esse momento, porque é isso que ele está fazendo. Odeio as coisas que penso quando sei que ele está a uma parede de distância, completamente nu.

Meu Deus, Sydney.

Ouço-o desligar o chuveiro e abrir a cortina do boxe, e fecho os olhos com força, tentando mais uma vez não imaginá-lo. Provavelmente esse seria um bom momento para colocar uma música e me distrair.

Assim que a porta do banheiro que dá para o seu quarto se fecha, ouço uma batida na porta da frente do apartamento. Pulo feliz da cama e vou até a sala, me esforçando para tirar da cabeça o fato de que sei que, neste exato momento, Ridge está no quarto se vestindo.

Nem me dou o trabalho de olhar quem é, o que não é muito inteligente da minha parte. Abro a porta e me deparo com Hunter parado timidamente no alto da escada. Ele me olha com uma expressão arrependida e nervosa. Sinto a tristeza aumentar dentro de mim só de olhar para ele. Já faz semanas desde a última vez em que o vi. Eu estava começando a esquecer de como ele era.

O cabelo escuro está mais comprido e isso me faz lembrar de que eu sempre marcava hora para ele no barbeiro. O fato de sequer ter se preocupado em resolver isso sozinho o faz parecer ainda mais patético para mim.

— Eu deveria ter deixado o telefone do seu barbeiro com Tori? Seu cabelo está horrível.

Ele faz uma careta ao ouvir o nome de Tori. Ou talvez seja porque não estou me jogando em seus braços.

— Você parece bem — diz ele, com um sorriso.

— Eu *estou* bem — afirmo, sem ter certeza se é mentira ou não.

Ele roça a mão no queixo e se vira de costa, parecendo arrependido de estar ali.

Como é que ele pode estar aqui? Como sabe onde moro?

— Como você sabia onde me encontrar? — pergunto, balançando a cabeça com curiosidade.

Noto o olhar dele se mover rapidamente na direção do pátio e do apartamento de Tori. É óbvio que ele não quer que eu descubra o que está se passando na sua cabeça, porque isso só deixaria óbvio que ele ainda a visita regularmente.

— A gente pode conversar? — pergunta ele em um tom desprovido da autoconfiança que lhe era característica.

— Se eu deixar você entrar e convencê-lo de que está tudo acabado entre nós, promete que vai parar de mandar mensagens?

Ele concorda de leve com a cabeça, e dou um passo para o lado, deixando-o entrar na sala. Vou até a mesa de jantar e puxo uma cadeira, deixando claro que ele não deve se sentir à vontade e se sentar no sofá. Ele vai até a mesa e observa a sala, provavelmente tentando descobrir quem mais mora aqui comigo.

Ele puxa devagar uma cadeira enquanto fixa os olhos nos sapatos de Ridge enfiados embaixo do sofá. Que bom que ele viu isso.

— Você está morando aqui agora? — pergunta em tom de voz baixo e controlado.

— Por enquanto — respondo, com a voz ainda mais controlada.

Fico orgulhosa de mim mesma por conseguir manter a calma, porque não vou mentir e dizer que não fico magoada ao olhar para ele. Dediquei dois anos da minha vida a ele, e todas as coisas que eu sentia não desapareceram de uma hora para outra. Sentimentos demoram para desaparecer, por isso os meus continuam aqui. Só estão misturados com muito ódio agora. É confuso me sentir assim quando o vejo, porque nunca achei que eu poderia não gostar do garoto que está diante de mim. Também nunca pensei que ele fosse me trair daquele jeito.

— Você acha que é seguro vir morar com um garoto que você mal conhece?

Ele lança um olhar de reprovação para mim enquanto se senta, como se tivesse o direito de julgar qualquer parte da minha vida.

— Você e Tori não me deixaram com muitas opções, não é mesmo? Fiquei totalmente ferrada e sem ter onde morar no dia do meu aniversário. Aliás, acho que você deveria me parabenizar por estar lidando tão bem com tudo isso. Porque, com certeza, você não pode se sentar aí e me julgar.

Ele arfa, se apoia na mesa, fecha os olhos e pressiona as mãos na testa.

— Sydney, por favor. Não vim aqui para brigar ou me justificar. Vim para dizer que sinto muito.

Se tinha uma coisa que eu queria ouvir dele era um pedido de desculpas. Na verdade, havia *duas* coisas: um pedido de desculpas seguido de uma despedida.

— Bem, você está aqui agora — respondo baixinho. — Vai em frente. Pode se desculpar. Diga como está arrependido. — Minha voz não parece mais tão confiante. Na verdade, quero bater em mim mesma, porque estou soando realmente triste e magoada, mas não quero que ele ache que é assim que estou me sentindo.

— Sinto muito, Sydney — começa Hunter, falando rápido e desesperado. — Sinto tanto, tanto... Sei que isso não vai melhorar as coisas, mas tudo sempre foi diferente entre mim e Tori. A gente se conhece há anos, e sei que isso não justifica nada, mas já tínhamos uma relação sexual antes de você nos conhecer. Mas é só isso. Era só sexo, e assim que você surgiu, nenhum de nós conseguiu pensar em uma forma de acabar com algo que já acontecia entre nós há tantos anos. Sei que não faz o menor sentido, mas o que eu tinha com ela era algo totalmente separado do que eu vivia com você. Eu amo você. Se você me der só mais uma chance de provar isso, eu nunca mais falo com ela.

Meu coração está tão acelerado quanto no momento em que descobri que eles estavam transando. Respiro fundo algumas vezes, me esforçando para não subir na mesa e bater nele. Também estou cerrando os punhos para me controlar e não subir na mesa e beijá-lo. Jamais o aceitaria de volta, mas estou tão confusa, porque sinto muita falta do que tínhamos. Era simples e bom, mas meu coração nunca sofreu tanto quanto nas últimas semanas.

O que mais me confunde é que meu coração não está sofrendo assim porque não posso ficar com Hunter, e sim por não poder ficar com Ridge.

Enquanto estou sentada aqui, me dou conta de que estou mais chateada por Ridge ter entrado na minha vida do que por Hunter ter saído. Estou muito ferrada.

Antes de ter a chance de responder, a porta do quarto de Ridge se abre e ele sai de lá. Está usando apenas calça jeans e nada mais. Fico tensa pela maneira que meu corpo reage à sua presença. No entanto, adoro saber que Hunter vai se virar e ver Ridge assim.

Ele para a alguns metros da mesa quando se depara com Hunter sentado na minha frente. Nos encara, um de cada vez, enquanto Hunter se vira para descobrir para quem estou olhando. Noto a preocupação estampada no rosto de Ridge, acompanhada por um lampejo de raiva. Ele me lança um olhar penetrante, e sei bem o que está passando na cabeça dele: está se perguntado o que diabo Hunter está fazendo aqui, assim como eu me senti. Assinto para tranquilizá-lo e para que saiba que estou bem. Desvio o olhar para o quarto dele, informando, em silêncio, que Hunter e eu precisamos de privacidade.

Ridge não se move. Não gostou que eu tenha pedido para ele voltar para o quarto. Pelo jeito, ele não confia em Hunter para deixá--lo sozinho comigo. Talvez seja porque ele não tem como ouvir se eu precisar que volte por qualquer motivo. Seja por qual motivo for, eu o deixei completamente constrangido com meu pedido. Mas, apesar disso, ele assente e finalmente volta para o quarto, não sem antes lançar um olhar ameaçador para Hunter.

Meu ex-namorado olha para mim de novo, não mais com aquela expressão arrependida.

— Que porra é essa? — pergunta ele morrendo de ciúme.

— Aquele era Ridge — respondo com firmeza. — Acho que vocês já se conheceram.

— Vocês dois... são...?

Antes que eu tenha chance de responder, Ridge volta para a sala com o laptop na mão e se acomoda no sofá. Olha para Hunter assim que abre o computador e apoia os pés na mesa de centro à sua frente.

Fico muito feliz por Ridge se recusar a me deixar sozinha com Hunter.

— Não que seja da sua conta — respondo. — Mas, não. A gente não está junto. Ele tem namorada.

Hunter volta a atenção para mim e começa a rir baixinho. Não faço ideia do que ele está achando tão engraçado, mas fico com raiva. Cruzo os braços enquanto o fulmino com o olhar.

Hunter se inclina para a frente e me olha bem nos olhos.

— Por favor, Sydney, me diga que você vê a ironia disso tudo.

Nego com a cabeça, pois não consigo ver ironia nenhuma nessa situação.

Ele percebe que não estou entendendo e começa a rir de novo.

— Estou tentando explicar que o que aconteceu entre mim e Tori foi algo exclusivamente físico. Não significou nada para nenhum de nós, mas você sequer tenta entender meu ponto de vista. Ainda assim, você está praticamente comendo com os olhos esse seu amigo, que é apaixonado por outra garota, e vem me dizer que não enxerga sua hipocrisia? Duvido que não tenham transado nesses dois meses que está morando aqui. Como é que você não vê que o que estão fazendo não é nada diferente do que Tori e eu fizemos? Não pode justificar seus atos sem perdoar os meus.

Estou tentando não ficar boquiaberta e não ser dominada pela raiva. Estou me esforçando para não socar seus olhos acusatórios, mas já aprendi que socar não é tão bom assim.

Fico um tempo em silêncio, até me acalmar, antes de responder. Olho para Ridge, que ainda está me observando. Pela sua expressão, ele sabe que Hunter acabou de passar dos limites. Ridge está agarrando a tela do computador como se estivesse preparado para deixá-lo de lado se eu precisasse dele.

Mas não preciso. Vou resolver tudo sozinha.

Eu me levanto, desviando o olhar de Ridge e fixando-o nos olhos de Hunter que quero tanto arrancar da sua cara.

— Ridge tem uma namorada incrível que não merece ser traída, e sorte a dela que ele é o tipo de homem que sabe o valor que ela tem. Aliás, você está errado quando diz que estou transando com ele, porque não estou. Nós dois sabemos como isso seria errado com ela, então decidimos não fazer nada com a atração que sentimos um pelo outro. Você deveria aprender que não é só porque uma garota deixa seu pau duro *que você deveria transar com ela*!

Eu me afasto da mesa no mesmo instante em que Ridge larga o laptop e se levanta.

— Vá embora, Hunter. Vá logo — peço, sem conseguir olhar para ele por nem mais um segundo. O simples fato de achar que Ridge é como ele me deixa furiosa, e seria bem inteligente da parte dele ir embora. Hunter se levanta e anda até a porta. Ele a abre e vai embora sem olhar para trás. Não tenho certeza se ele foi embora fácil assim porque finalmente entendeu que não quero voltar a namorar ou porque Ridge parecia prestes a acabar com ele.

Tenho a agradável sensação de que Hunter não vai mais me procurar.

Ainda estou olhando para a porta quando meu celular toca. Pego-o no bolso e me viro para Ridge. Ele está segurando seu telefone, me olhando preocupado.

Ridge: Por que ele estava aqui?

Eu: Queria conversar.

Ridge: Você sabia que ele vinha?

Olho para Ridge depois de ler a mensagem e, pela primeira vez, noto que seu maxilar está contraído, e ele não parece muito feliz. Quase poderia achar que está com um pouco de ciúme, mas não quero admitir isso.

Eu: Não.

Ridge: Por que você o deixou entrar?

Eu: Queria que ele pedisse desculpas.

Ridge: Ele pediu?

Eu: Sim.

Ridge: Nunca mais deixe ele entrar aqui.

Eu: Eu não pretendia mesmo. Aliás, você está sendo um babaca agora.

Ele olha para mim e dá de ombros.

Ridge: O apartamento é meu e não o quero aqui dentro. Não o deixe entrar outra vez.

Não estou gostando da atitude dele e, para ser sincera, não me pareceu certo ele ter acabado de se referir a este apartamento como dele. Parece um golpe baixo para me lembrar de que ele está me fazendo um favor. Nem me dou o trabalho de responder. Na verdade, jogo o celular no sofá para que ele não consiga mais falar comigo e sigo para o meu quarto.

Quando chego à porta, sou tomada pelas emoções. Não sei ao certo se foi porque vi Hunter novamente e senti todas aquelas coisas perturbadoras ou se foi porque Ridge está agindo como um babaca. Seja lá o que for, sinto meus olhos se encherem de lágrimas, e odeio deixar qualquer um dos dois me atingir dessa forma.

Ridge agarra meu ombro e me vira de frente para ele, mas mantenho os olhos fixos na parede atrás dele. Não quero olhar para ele agora. Ridge coloca o telefone na minha mão de novo, para que eu leia a mensagem que ele acabou de mandar, mas não quero. Jogo o telefone de volta no sofá, mas ele o pega e me obriga a segurar o aparelho. Desligo e atiro no sofá novamente. Encaro os olhos dele e noto que está bravo. Ele dá dois passos em direção à mesa de centro, pega uma caneta na gaveta e anda até mim. Segura minha mão, mas a puxo de volta, pois não tenho interesse em saber o que ele quer me dizer. Já recebi pedidos de desculpas suficientes essa noite. Tento me afastar, mas ele pega meu braço e o encosta na porta, segurando-o com força enquanto escreve na minha pele. Ao terminar, eu me afasto e o observo jogar a caneta no sofá e voltar para o quarto. Olho para o meu braço.

Pode deixá-lo entrar da próxima vez se é ele quem você realmente quer.

Chego ao meu limite. Ler suas palavras zangadas esgota todas as forças que eu poderia ter para conseguir conter minhas lágrimas. Corro até a porta do meu quarto e sigo direto para o banheiro. Abro a torneira, ensaboo as mãos e, chorando, começo a esfregar as palavras que ele escreveu no meu braço. Sequer ergo o olhar quando a porta que dá para o quarto dele se abre, mas consigo notar sua presença com minha visão periférica. Ele fecha a porta ao entrar e se aproxima lentamente de mim. Ainda estou esfregando meu braço e fungando quando ele estende a mão e pega o sabonete.

Passa um pouco na palma e segura meu pulso. A delicadeza do seu toque é como uma facada no meu coração. Ele passa o sabonete no meu pulso, no local em que as palavras começam, ensaboando minha pele, e afasto minha outra mão, me segurando na beirada da pia para permitir que ele apague o que está escrito.

Ele está se desculpando.

Passa os polegares pelas palavras, enxaguando-as em seguida.

Continuo olhando para o braço, mas sinto seu olhar fixo em mim. Agora que ele está ao meu lado, tenho consciência da minha respiração ofegante, então tento me controlar até não haver mais tinta na minha pele.

Ele pega uma toalha de rosto e seca meu braço antes de me soltar. Levo o braço até o peito e o seguro com minha outra mão, sem saber o que fazer em seguida. Por fim, encontro o olhar dele e no mesmo instante esqueço por que fiquei tão chateada com ele.

Sua expressão é reconfortante, arrependida e talvez com um pouco de desejo. Ele se vira e sai do banheiro, voltando alguns segundos depois com meu celular. Ele liga o aparelho e me entrega, enquanto se encosta na bancada ainda parecendo estar arrependido.

> Ridge: Desculpe. Não quis dizer aquilo. Achei que talvez você estivesse pensando em aceitar o pedido de desculpas dele e fiquei irritado. Você merece alguém muito melhor.

Eu: Ele apareceu sem avisar. Eu nunca voltaria para ele, Ridge. Só achei que se pedisse desculpas, talvez para mim fosse um pouco mais fácil superar a traição dos dois mais rápido.

Ridge: Ajudou?

Eu: Nem um pouco. Estou mais zangada do que antes de ele aparecer aqui.

Enquanto Ridge lê minha mensagem, noto a tensão sumir do seu rosto. Sua reação à minha situação com Hunter beira o ciúme, e odeio me sentir bem com isso. Odeio quando qualquer coisa relacionada a Ridge me faz sentir bem, porque isso é imediatamente seguido por culpa. Por que as coisas entre nós dois têm que ser tão complicadas?

Gostaria de manter as coisas simples, mas não faço a menor ideia de como fazer isso.

Ridge: Vamos compor uma música de raiva para ele. Talvez ajude.

Ele olha para mim com um sorriso malicioso, e me derreto por dentro. Mas depois me recomponho com a mesma velocidade, sentindo-me culpada.

Seria tão bom não ser consumida pela vergonha, para variar.

Concordo e o sigo até seu quarto.

Ridge

Estou sentando no chão de novo. Não é o lugar mais confortável para tocar, mas é bem melhor do que estar ao lado dela, na cama. Parece que nunca consigo me concentrar na música quando estou no espaço pessoal dela, e quando ela está no meu.

Sydney me pediu uma das músicas que eu costumava tocar quando me sentava na varanda para ensaiar, então é nessa que estamos trabalhando. Ela está deitada de bruços, escrevendo em um bloco de papel. Apagando e escrevendo, apagando e escrevendo. Estou sentado no chão sem tocar. Já toquei a música várias vezes e ela sabe a melodia, então fico observando-a enquanto espero.

Amo como ela se concentra tão intensamente na letra. Dá a impressão de estar no seu próprio mundo, o que faz de mim apenas um observador sortudo. De vez em quando, ela coloca a mecha de cabelo que fica caindo no seu rosto atrás da orelha. O que mais gosto é quando ela apaga as palavras. Toda vez que a borracha toca o papel, ela morde o lábio superior.

Odeio que seja isso o que eu mais gosto de observar nela, porque não deveria ser. Desperta um monte de *possibilidades* na minha mente, e começo a imaginar coisas que não deveria. Começo a me ver deitado ao seu lado na cama enquanto ela escreve. Imagino-a mordendo o lábio enquanto estou a apenas alguns centímetros de distância, lendo as palavras que ela escreveu. Fantasio com ela me olhando, notando o que seus gestos simples e inocentes fazem comigo. Eu a imagino deitando-se de costas, convidando-me para criarmos segredos que jamais devem sair deste quarto.

Fecho os olhos, querendo fazer o que for preciso para evitar esses pensamentos, pois me deixam tão culpados quanto se eu realmente estivesse fazendo tudo isso. Parecido com a forma como me senti al-

197

gumas horas atrás, quando pensei que havia uma chance de ela voltar com Hunter.

Fiquei puto.

Com ciúme.

Eu estava pensando e sentindo coisas que não deveria, e sabia disso. Fiquei morrendo de medo disso. Nunca fui ciumento, até agora, e não gosto da pessoa em quem estou me transformando. Principalmente quando sinto ciúme de alguém que não é a minha namorada.

Recuo quando sinto algo atingir minha testa. Abro imediatamente os olhos e encaro Sydney. Ela está na cama, rindo e apontando para o meu telefone. Pego e leio a mensagem.

> **Sydney:** Você está dormindo? A gente ainda não acabou.

> **Eu:** Não. Só estou pensando.

Ela chega para o lado, abrindo espaço, e faz um gesto para que eu me sente ao seu lado.

> **Sydney:** Será que você pode pensar aqui para ler o que escrevi? A letra já está quase pronta, mas empaquei no refrão. Não sei bem o que você quer.

Não discutimos abertamente o fato de não compormos mais juntos na cama. Mas ela está concentrada na letra, então preciso me controlar e focar também. Deixo meu violão de lado e me levanto, então vou até a cama e me deito ao lado dela. Pego o bloco das suas mãos e leio o que Sydney já escreveu.

Ela tem um cheiro tão bom.

Merda.

Tento de alguma forma bloquear meus sentidos, mas sei que é um esforço inútil. Em vez disso, me concentro no que Sydney escreveu e fico logo impressionado com a facilidade com que as palavras chegam a ela.

Vamos deixar
Tudo simples
Você entre os seus
E eu vou me enturmar

Mas você já sabe
Que o que eu quero
É estar ao seu lado
Isso é o que espero

E você notou
Que eu já senti
Seu jeito de olhar
Quando estou aqui

Depois de ler, devolvo o bloco e pego o celular. Fico confuso com a letra porque não era nada do que eu estava esperando. Não sei muito bem se gostei.

Eu: Achei que a gente fosse escrever uma música de raiva por causa de Hunter.

Ela dá de ombros e digita a resposta.

Sydney: Eu tentei, só que Hunter não me inspira mais. Mas não precisa usar a letra se não tiver gostado. Posso tentar algo diferente.

Fico encarando a mensagem, sem saber o que responder. Não gostei da letra, mas não porque não seja boa, e sim porque os versos me dão a impressão de que ela consegue ler meus pensamentos.

Eu: Adorei.

Ela sorri e diz:
— Obrigada.

Ela se deita de costas, e me flagro reparando nela e no seu vestido curto, mais do que eu deveria. Quando nossos olhos se encontram, noto que está me observando, sabendo perfeitamente o que se passa na minha cabeça. Infelizmente, os olhos não mentem.

Como nenhum de nós desvia o olhar, sou forçado a engolir em seco.

Não se meta em confusão, Ridge.

Ainda bem que ela se senta nesse exato momento.

Sydney: Não sei ao certo onde você quer colocar o refrão. Essa música é um pouco mais marcada do que estou acostumada. Escrevi três opções, mas não gostei de nenhuma. Estou empacada.

Eu: Cante mais uma vez para mim.

Eu me levanto, pego o violão e volto para a cama, mas dessa vez me sento na beirada. Nós nos viramos um para o outro e toco, enquanto ela canta. Ao chegarmos no refrão, ela para de cantar e dá de ombros, me informando que é onde empacou. Pego o caderno e leio algumas vezes a letra. Olho para ela, tentando não ser muito óbvio quanto a isso, e, então, escrevo a primeira coisa que me vem à mente.

Eu vou confessar
Nesse vestido
Você me faz
Perder os sentidos

E só o que penso
É que quero ser
O homem que foi
Feito pra você

Paro de escrever e olho de novo para ela, sentindo-me exatamente como o que diz o refrão. Acho que sabemos muito bem que estamos escrevendo um para o outro, mas isso não parece nos impedir. Se continuarmos tendo momentos como estes, que incluem palavras sinceras demais, nós *dois* acabaremos tendo problemas. Olho para o papel e volto a escrever.

Oh, oh, oh
Esse é meu problema
Oh, oh, oh
Meu problema, sim

Eu me recuso a olhar novamente para ela enquanto escrevo. Fico concentrado nas palavras que parecem fluir para os meus dedos sempre que estamos juntos. Não questiono o que me inspira nem o que isso significa.

Não questiono... porque o motivo é óbvio.

Mas é arte. E arte é apenas um meio de expressão. Uma expressão não é o mesmo que um ato, por mais que às vezes pareça ser. Compor não é o mesmo que informar diretamente a alguém sobre os seus sentimentos.

Ou é? Com o olhar fixo no papel, continuo escrevendo as palavras que realmente não queria sentir.

No instante em que termino de escrever, estou tão animado que não me permito observar a reação dela às minhas palavras. Devolvo rapidamente o caderno e começo a tocar para que ela cante o refrão.

14.

Sydney

Ele não está olhando para mim. Nem sabe que não estou cantando sua letra. *Não consigo* cantar aquelas palavras. Já o ouvi tocar essa música dezenas de vezes na varanda, mas nunca tinha despertado em mim tantas emoções e significados.

O fato de que ele sequer consegue me olhar faz a canção parecer pessoal demais. Parece que, de alguma forma, ele a compôs para mim. Viro o caderno, pois não quero ler aquilo. Essa música é mais uma coisa que não deveria ter acontecido, por mais que eu tenha certeza de que ela passou a ser minha favorita.

Eu: Você acha que Brennan consegue fazer um arranjo para essa música? Queria muito escutá-la.

Eu o cutuco com o pé depois de mandar a mensagem. Quando ele olha para mim, indico seu telefone. Ele pega o aparelho, lê minha mensagem e concorda com a cabeça. Mas não responde nem faz contato visual comigo. Olho para meu celular enquanto o quarto fica no mais profundo silêncio na ausência do som do violão. Não estou gostando de como as coisas ficaram estranhas entre nós, então tento jogar conversa fora para preencher o vazio. Viro-me de costas na cama e, para quebrar o silêncio, digito uma pergunta que já está na minha cabeça há um tempo.

Eu: Por que você não toca mais na varanda como costumava fazer?

Essa pergunta o leva a olhar para mim, mas não por muito tempo. Ele observa meu rosto, depois meu corpo, e por fim volta a atenção para o telefone.

Ridge: Por que eu faria isso? Você não está mais lá fora.

E, assim, ele acaba com as minhas defesas e toda minha força de vontade vai para o inferno com essa resposta sincera. Nervosa, mordo o lábio inferior e olho para ele. Ridge está me encarando como se quisesse ser um cara como Hunter, que só liga para si mesmo.

E ele não é o único que deseja isso.

Nesse momento, quero tanto ser como Tori que chega a doer. Quero ser igual a ela e não ligar a mínima para o meu amor-próprio ou para Maggie por alguns minutos. Tempo suficiente para deixá-lo fazer tudo o que sua letra deixa claro que ele tem vontade.

Seus olhos se fixam nos meus lábios, e minha boca fica seca.

O olhar dele desce para o meu peito, e fico ainda mais ofegante.

Seus olhos percorrem minhas pernas e preciso cruzá-las, porque o jeito que seu olhar penetra meu corpo dá a impressão de que ele consegue enxergar através do meu vestido.

Ele fecha os olhos com força, e saber o efeito que provoco nele me faz sentir que a letra é ainda mais verdadeira do que ele gostaria que fosse.

E só o que penso é que quero ser o homem que foi feito pra você.

Ridge se levanta de repente, larga o celular na cama e segue direto para o banheiro, batendo a porta ao entrar. Ouço ele abrir a cortina e ligar o chuveiro.

Eu me viro na cama e solto o ar. Estou agitada, confusa e brava. Não gosto da situação em que nos colocamos, e tenho certeza de que apesar de não termos feito mais nada, não somos nem um pouco inocentes.

Eu me sento na cama e me levanto depressa. Preciso sair desse quarto antes que ele me sufoque completamente. Assim que passo pela cama, o telefone de Ridge vibra no colchão. Olho para o aparelho.

Maggie: Estou com ainda mais saudade hoje. Quando terminar de trabalhar com Sydney, será que podemos conversar por vídeo? Preciso ver você. ;)

Fico olhando fixo para a mensagem que ela mandou.

Odeio o que leio.

Odeio que ela saiba que estamos compondo juntos.

Odeio que ele conte tudo para ela.

Quero que esses momentos pertençam só a nós dois, a Ridge e a mim, e a mais ninguém.

* * *

Já faz duas horas que ele saiu do banho, mas não consigo sair do meu quarto. Estou faminta e quero muito ir até a cozinha. Apenas não quero vê-lo porque realmente odeio a forma como deixamos as coisas. Não gosto de saber que essa noite nós dois quase ultrapassamos o limite.

Na verdade, não gosto de saber que, na verdade, *ultrapassamos* o limite essa noite. Embora a gente não tenha conversado sobre nossos pensamentos ou sentimentos, escrevê-los na letra das músicas não é menos prejudicial.

Ouço uma batida na minha porta, e saber que o mais que provável é que seja Ridge faz meu coração me trair, batendo alegre no peito. Nem me dou o trabalho de me levantar e atender a porta, porque ele abre uma fresta depois de bater. Ridge me mostra os fones de ouvido e seu celular, indicando que tem alguma coisa que ele quer que eu escute. Concordo com a cabeça, e ele se aproxima da minha cama e me entrega o fone. Ele aperta play e se senta no chão enquanto me recosto na cama. A música começa a tocar e mal respiro pelos três minutos seguintes. Sustentamos nossos olhares durante a música inteira.

MEU PROBLEMA

Vamos deixar
Tudo simples
Você entre os seus
E eu vou me enturmar

Mas você já sabe
Que o que eu quero
É estar ao seu lado
Isso é o que espero

E você notou
Que eu já senti
Seu jeito de olhar
Quando estou aqui

Eu vou confessar
Nesse vestido
Você me faz
Perder os sentidos

E só o que penso
É que quero ser
O homem que foi
Feito pra você

Oh, oh, oh
Esse é meu problema
Oh, oh, oh
Meu problema, sim

Oh, oh, oh
Esse é meu problema
Oh, oh, oh
Meu problema, sim

A gente se esbarra
De vez em quando
Você não dá bola
E eu finjo tanto

Mas você já sabe
Que o que eu quero
É estar ao seu lado
Isso é o que espero

E você notou
Que eu já senti
Seu jeito de olhar
Quando estou aqui

Eu vou confessar
Nesse vestido
Você me faz
Perder os sentidos

E só o que penso
É que quero ser
O homem que foi
Feito pra você

Oh, oh, oh
Esse é meu problema
Oh, oh, oh
Meu problema, sim
Oh, oh, oh
Esse é meu problema
Oh, oh, oh
Meu problema, sim

Ridge

Maggie: Advinha quem vai me ver amanhã?

Eu: Kurt Vonnegut?

Maggie: Tem mais uma tentativa.

Eu: Anderson Cooper?

Maggie: Não, mas chegou perto.

Eu: Amanda Bynes?

Maggie: Tudo tão aleatório. VOCÊ vai me ver amanhã e passar dois dias inteiros comigo, e sei que estou tentando juntar dinheiro, mas comprei dois sutiãs novos para você.

Eu: Como é que consegui ter tanta sorte de encontrar a única garota que apoia e encoraja minha tendência travesti?

Maggie: Também me pergunto isso todos os dias.

Eu: Que horas você chega?

Maggie: Bem, tudo depende dessa maldita tese de novo.

Eu: Ah, tá. Bem, não vamos mais discutir esse assunto. Tente chegar lá pelas seis, pelo menos. A festa de aniversário do Warren é amanhã à noite e quero passar algum tempo com você antes que os amigos loucos dele cheguem aqui.

Maggie: Valeu por lembrar! O que tenho que comprar para ele?

Eu: Nada. Sydney e eu planejamos a melhor pegadinha de todos os tempos. A gente disse para todo mundo fazer doações para caridade em vez de comprar presente. Ele vai ficar puto da vida quando as pessoas começarem a entregar cartões de doação no nome dele.

Maggie: Vocês são terríveis. Preciso levar alguma coisa? Um bolo, talvez?

Eu: Não, pode deixar. A gente meio que se sentiu mal por causa dos presentes, então preparamos cinco bolos diferentes para compensar.

Maggie: Então um deles tem que ser torta alemã.

Eu: Já cuidei disso, amor. Amo você.

Maggie: Também te amo.

Fecho nossas mensagens e abro a que acabei de receber de Sydney e ainda não li.

Sydney: Você se esqueceu de comprar extrato de baunilha, seu palerma. Estava na lista, item 5. Agora vai ter que voltar ao mercado.

Eu: Talvez da próxima vez você devesse escrever de forma mais legível e responder às minhas mensagens que enviei do mercado, enquanto eu tentava decifrar o item 5. Volto em 20 minutos. Deixe o forno preaquecido e mande uma mensagem se lembrar de mais alguma coisa.

Rio, guardo o celular no bolso, pego as chaves e vou para o mercado. Mais uma vez.

Estamos preparando o terceiro bolo e começo a acreditar que as pessoas com talento musical têm sérios problemas no departamento de culinária. Sydney e eu trabalhamos muito bem quando compomos juntos, mas nossa falta de sutileza e conhecimento no que diz respeito a misturar alguns ingredientes chega a ser patética.

Ela insistiu que fizéssemos o bolo do zero, enquanto eu acho que teria sido bem melhor comprar massa pronta. Mas a gente está se divertindo, então não reclamo.

Ela coloca o bolo no forno e marca o tempo. Depois se vira e me informa:

— Trinta minutos.

Então se senta na bancada.

Sydney: Seu irmão vem amanhã?

Eu: Eles vão tentar. Amanhã, vão abrir o show de uma outra banda em San Antonio às sete da noite. Então, se conseguirem sair a tempo, devem chegar aqui lá pelas dez horas.

Sydney: A banda inteira? Vou conhecer todo mundo?

Eu: Vai. E acho que eles vão aceitar autografar seus peitos.

Sydney: WEEEEEEEEEEEHHHH.

Eu: Se todas essas letras realmente formam um som, fico feliz por ser surdo.

Ela ri.

Sydney: Como é que vocês escolheram o nome Sounds of Cedar?

Sempre que alguém me faz essa pergunta, respondo que achei esse nome legal. Mas não posso mentir para Sydney. Tem alguma coisa nela que atrai as histórias da minha infância, aquelas que nunca contei para ninguém. Nem mesmo para minha namorada.

Maggie também já me perguntou por que eu não falo e como escolhi o nome da banda, mas não gosto de conversar sobre nada ruim que possa deixá-la preocupada. Ela já tem muito com que se preocupar e não precisa acrescentar meus problemas de infância a isso. Está tudo no passado e não precisa vir à tona.

No entanto, com Sydney, a história é outra. Ela parece tão curiosa sobre mim, sobre minha vida e as pessoas em geral. É fácil contar essas coisas para ela.

Sydney: Opa. Parece que preciso me preparar para uma boa história porque pelo visto você não está a fim de responder a minha pergunta.

Eu me viro e encosto na bancada onde ela está sentada.

Eu: Você adora histórias de partir o coração, né?

Sydney: Adoro. Manda ver.

Maggie. Maggie. Maggie.
Frequentemente me flagro repetindo o nome dela quando estou com Sydney. Sobretudo quando diz coisas como "Manda ver".

As últimas duas semanas depois da nossa conversa foram tranquilas. Certamente tivemos nossos momentos, mas, em geral, um de nós se apressava para começar a apontar as próprias imperfeições e os traços repulsivos da personalidade para endireitarmos as coisas.

Com a exceção do que aconteceu há duas semanas, quando nossa sessão de música acabou me obrigando a ir tomar um banho frio, duas noites atrás foi provavelmente o momento mais difícil de todos para mim. Não sei o que dá em mim quando ela canta. Posso estar apenas olhando para ela, e tenho a mesma sensação de quando encosto o ouvido no seu peito ou coloco a mão em seu pescoço. Ela fecha os olhos e começa a cantar, e a paixão e os sentimentos que transbordam dela são tão poderosos que às vezes até esqueço que nem consigo ouvi-la.

Nessa noite específica, estávamos começando a trabalhar numa nova música, mas não conseguíamos nos entender. Eu precisava escutá-la, e embora nós dois estivéssemos bem relutantes, terminamos com minha cabeça apoiada no seu peito e minha mão no seu pescoço. Enquanto ela cantava, passou a mão no meu cabelo e ficou fazendo cafuné.

Eu poderia ter continuado assim a noite inteira.

E teria mesmo, caso cada toque de sua mão não me fizesse desejá-la um pouco mais. Por fim, me afastei, mas não bastou ficar sentado no chão. Eu a queria tanto... e só conseguia pensar nisso. Acabei pedindo para ela me contar um dos seus defeitos, mas em vez de revelar um, ela se levantou e saiu do meu quarto.

A maneira como ela acariciou meu cabelo foi muito natural, considerando a posição em que estávamos. É o que um cara faria se estivesse com a namorada deitada em seu peito, e é o que uma garota faria tendo o namorado na mesma posição. Mas nós não somos namorados.

Nosso relacionamento é diferente de tudo o que já vivi. Principalmente porque temos muita proximidade física por causa de como precisamos compor juntos e da minha necessidade de usar o tato para substituir a audição em algumas situações. Então, durante esses momentos, os limites se confundem, e as reações são involuntárias.

Por mais que eu queira poder admitir que superamos nossa atração, não tenho como negar que meu desejo por ela aumenta a cada dia que passa. Mas estar com ela não é necessariamente difícil o tempo todo. Só na maioria das vezes.

Seja lá o que esteja acontecendo entre a gente, sei que Maggie não aprovaria e tento fazer o que é certo pelo relacionamento que tenho com ela. Contudo, como não consigo definir qual é o limite entre o adequado e o impróprio, algumas vezes é muito difícil ficar do lado certo.

211

Como nesse exato instante.

Estou olhando fixo para o meu telefone, prestes a mandar uma mensagem para ela, e Sydney está atrás de mim, usando as mãos para massagear meus ombros tensos. Com tantas mensagens que temos enviado um para o outro e por estar tocando no chão, em vez de na cama, tenho sentido algumas dores nas costas. E receber massagem se tornou algo natural quando ela sabe que estou com dor.

Eu a deixaria fazer isso na presença de Maggie? Claro que não. Será que peço para ela parar? Não. Será que eu deveria? Com certeza absoluta.

Eu sei, sem a menor sombra de dúvida, que não quero trair Maggie. Nunca fui esse tipo de cara e nunca quero ser. O problema é que não penso em Maggie quando estou com Sydney.

Quando estou com Sydney, é só nela que penso, nada mais passa pela minha cabeça. Mas quando estou com Maggie, só penso nela. Não me lembro de Sydney.

É como se os momentos que passo com Maggie e os que vivo com Sydney ocorressem em dois planetas diferentes. Planetas que não se cruzam e em horários que não se sobrepõem.

Até amanhã, pelo menos.

Já passamos algum tempo todos juntos, mas não desde que fui honesto comigo mesmo em relação aos meus sentimentos por Sydney. E por mais que eu não queira que Maggie descubra que sinto algo por outra pessoa, tenho medo de que ela consiga perceber.

Digo a mim mesmo que, com esforço suficiente, posso aprender a controlar meus sentimentos. Mas então Sydney faz ou diz alguma coisa, ou me olha de um jeito que realmente faz com que eu sinta a parte do meu coração que pertence a ela aumentar ainda mais, apesar de querer que se esvazie. Tenho medo de que os sentimentos sejam a única coisa na nossa vida sobre a qual não temos qualquer controle.

212

15.

Sydney

Eu: Por que está demorando tanto? Foi escrever um livro, droga?

Não sei se minha massagem nos ombros está lhe dando sono, mas ele está com o olhar fixo no celular há uns cinco minutos.

Ridge: Foi mal. Estava perdido nos meus pensamentos.

Eu: Deu para perceber. Então, Sounds of Cedar?

Ridge: É uma longa história. Vou pegar o laptop.

Abro nossas mensagens no Facebook pelo celular. Quando ele volta, se inclina na bancada e se mantém afastado de mim. Percebo que aumentou a distância entre nós e fico um pouco constrangida porque sei que não deveria ter feito massagem nos ombros dele. Isso extrapola os limites, considerando o que já aconteceu entre a gente, mas me sinto responsável pela dor nas costas que ele tem sentido ultimamente.

Ridge não reclama das consequências de estar tocando no chão, mas percebo que fica com dor às vezes. Principalmente depois de noites como a de ontem, quando compomos por três horas seguidas. Pedi para ele tocar no chão porque as coisas parecem mais difíceis quando está na cama. Se eu não me sentisse tão atraída por ele quando está tocando, talvez esse não fosse um problema tão grande.

213

Mas fico totalmente atraída quando ele está no violão. E eu diria que me sinto totalmente atraída por *ele*, mas "atração" nem começa a definir meu sentimento. Não me arrisco a classificar tudo o que sinto porque não permito que meus pensamentos cheguem tão longe. Nem agora nem nunca.

Ridge: Já fazia cerca de seis meses que tocávamos juntos de brincadeira antes de conseguirmos fazer um show de verdade, em um restaurante. Eles precisavam que a gente desse o nome da nossa banda para poder colocar na programação. A gente nunca tinha se considerado uma banda de verdade antes disso, era só diversão. Mas, naquela noite, concordamos que, para shows como aquele no restaurante, seria bom ter um nome. Começamos dando sugestões, mas não conseguíamos chegar a um acordo. Em determinado momento, Brennan sugeriu que a banda se chamasse Freak Frogs. Ri e disse que parecia o nome de uma banda punk e que precisávamos de um nome que soasse mais acústico. Ele ficou chateado e falou que eu não deveria fazer comentários sobre como uma música ou um título soa, pois eu era... Bem, foi só uma piadinha ruim de surdez feita pelo meu irmão de 16 anos.

De qualquer forma, Warren não estava gostando nem um pouco de como Brennan andava metido naquela época e disse que eu deveria escolher o nome e todos teriam que concordar. Brennan ficou puto da vida e saiu, falando que nem queria fazer parte da banda. Eu sabia que era só da boca para fora. Ele não costumava agir dessa forma, mas quando isso acontecia, eu entendia. Quer dizer, o garoto praticamente não tinha pais e meio que estava sendo criado sozinho, então eu o achava bem maduro, apesar desses momentos. Avisei ao pessoal que queria pensar um pouco. Tentei inventar nomes significativos para todos nós, mas principalmente para Brennan. Pensei no que me fez começar a ouvir música.

Meu irmão tinha uns 2 anos e eu, 5. Já lhe contei como meus pais eram, então não vou voltar a isso. Mas além dos vícios, eles também gostavam de festas. Eles nos mandavam para nossos respectivos quartos assim que seus amigos começavam a chegar. Notei que Brennan sempre acordava com a mesma fralda que estava quando fomos dormir, e por isso ficava assado. Nunca iam ver como ele estava. Não o alimentavam à noite. Nunca trocavam sua fralda e nem iam conferir se ele continuava respirando. Acho que devia ser assim desde que ele era bebê, mas eu não tinha notado até começar a ir para a escola, porque eu era novo demais. Não tínhamos permissão para sair do quarto à noite. Não me lembro por que eu tinha tanto medo de sair do meu quarto, mas tenho certeza de já ter sido punido por isso antes e esse fato não me incomodava tanto. Eu esperava a festa acabar e os meus pais irem dormir para sair do quarto e dar uma olhada em Brennan. O problema é que, como eu não escutava, não tinha como saber quando a música tinha sido desligada nem se eles já tinham ido para o quarto, porque eu não podia abrir a porta. Em vez de correr o risco de ser pego, encostava o ouvido no chão para sentir as vibrações da música. Toda noite, eu ficava deitado no chão, não sei por quanto tempo, só esperando a música parar de tocar. Comecei a reconhecer as músicas com base no que eu sentia pelo chão, e aprendi a prever qual viria em seguida, pois eles tocavam os mesmos CDs todas as noites. Até comecei a batucar no mesmo ritmo. Quando a música finalmente parava, eu continuava com o ouvido no chão e esperava os passos dos meus pais indicarem que já tinham ido para o quarto. Assim que eu percebia que a barra estava limpa, ia até o quarto de Brennan e o levava para minha cama. Assim, quando ele acordava chorando, eu tinha como ajudá-lo. E isso me traz de volta à história de como escolhi o nome da banda. Aprendi a diferenciar acordes e sons durante as noites que passei com o corpo e o ouvido encostados no chão de cedro. Por isso Sounds of Cedar.

Inspire, expire.
Batida, batida, pausa.
Contraia, relaxe.

Sequer me dou conta de como estou tensa até notar que os nós dos meus dedos estão brancos por segurar o telefone com tanta força. Ficamos sem nos mexer por um tempo, enquanto tento imaginá-lo com 5 anos naquela situação.

É de partir o coração.

Eu: Acho que isso explica como você consegue distinguir as vibrações tão bem. E imagino que Brennan tenha concordado quando você revelou o nome, porque não tinha como ele não gostar, né?

Ridge: Brennan não conhece essa história. Você é a única pessoa para quem já contei.

Nossos olhares se encontram e inspiro com força, mas, pela primeira vez na vida, não lembro de como soltar o ar. Ele está a mais ou menos um metro de distância de mim, porém sinto como se seu olhar tocasse diretamente cada parte de mim para onde ele olha. Pela primeira vez em algum tempo, o medo volta a corroer meu coração. Medo de que nenhum de nós consiga resistir a algum desses momentos.

Ele coloca o laptop na bancada e cruza os braços no peito. Antes de olhar nos meus olhos, fixa o olhar na minha perna e, então, sobe lentamente por todo o meu corpo. Seus olhos estão muito concentrados. O jeito como ele me olha faz com que eu tenha vontade de abrir o freezer e me jogar lá dentro.

Seus olhos estão fixos na minha boca, ele engole em seco sem fazer barulho e pega o celular.

Ridge: Rápido, Syd. Preciso de um dos seus piores defeitos, agora mesmo.

Forço um sorriso, embora meu coração esteja gritando para que eu não mande nenhum defeito. É como se meus dedos brigassem entre si enquanto digitam.

Eu: Às vezes, quando estou com raiva, espero você se virar e grito coisas horríveis.

Ele ri e volta a olhar para mim.

— Obrigado — diz ele mexendo os lábios.

É a primeira vez que faz isso, e caso não estivesse se afastando de mim, eu estaria implorando para que fizesse de novo.

Coração: 1.

Sydney: 0

* * *

Já passa da meia-noite, mas, enfim, estamos colocando a cobertura no quinto e último bolo. Ele tira os últimos ingredientes da bancada, acabo de passar o plástico filme em volta da forma do bolo e o coloco ao lado dos outros quatro.

Ridge: Será que vamos finalmente conhecer seu lado bêbada enfurecida amanhã à noite?

Eu: Pode ser que sim.

Ele sorri e apaga a luz da cozinha. Seguimos para a sala e desligamos a TV. Warren e Bridgette devem chegar a qualquer momento dentro da próxima hora, então deixo o abajur da sala aceso.

Ridge: Vai ser estranho pra você?

Eu: Ficar bêbada? Não. Sou muito boa nisso.

Ridge: Não. Eu estava me referindo a Maggie.

Olho para ele diante da porta do seu quarto, observando o telefone, e não para mim. Ele parece nervoso por ter feito essa pergunta.

Eu: Não se preocupe comigo, Ridge.

Ridge: Não consigo. Sinto que estou deixando você em uma situação desconfortável.

Eu: Não está. Quer dizer, não me leve a mal, seria bem mais fácil se você não fosse tão atraente, mas espero que Brennan se pareça muito com você. Assim, quando estiver com Maggie amanhã à noite, posso ficar bêbada e me divertir um pouco com seu irmãozinho.

Envio a mensagem, mas me arrependo no mesmo instante. No que eu estava pensando? Isso não tem graça nenhuma. *Deveria* ter, mas já passa da meia-noite e nunca sou engraçada depois desse horário.

Merda.

Ridge continua olhando para a tela do telefone. Ele contrai o maxilar e balança a cabeça de leve, então olha para mim como se eu tivesse dado um tiro no seu coração. Passa a mão pelo cabelo e se vira para entrar no quarto.

Mandei mal.

Corro até ele e coloco a mão no seu ombro, pedindo para que se vire. Ele gira e se esquiva para evitar meu toque, mas para, virando um pouco o rosto com uma expressão de cautela. Fico na frente dele e o obrigo a olhar para mim.

— Eu estava brincando — digo devagar e com seriedade. — Desculpe.

Sua expressão ainda está tensa, severa e até mesmo um pouco decepcionada, mas ele ergue o telefone e começa a digitar.

Ridge: É aí que está o problema, Sydney. Você deveria poder transar com quem quisesse, e eu não deveria estar nem aí.

Prendo a respiração. A princípio, fico puta da vida, mas depois me concentro nas duas palavras que revelam toda a verdade por trás da sua declaração.

Não deveria.

Ele não disse "não estou nem aí", e sim "eu não deveria estar nem aí".

Olho para ele e há tanto sofrimento em seu rosto que é de partir o coração.

Ele não quer se sentir desse jeito. *Eu* não quero que ele se sinta assim.

Mas o que é que estou fazendo com ele?

Ridge passa as mãos pelo cabelo, olha para o teto e depois fecha os olhos. Permanece assim por um tempo, depois expira e leva as mãos aos quadris, encarando o chão.

Parece tão culpado que nem consegue olhar para mim.

Sem fazer contato visual, ele estica o braço, agarra meu pulso e me puxa para si. Atinjo seu peito e ele envolve minhas costas com um dos braços, colocando a outra mão em minha nuca. Meus braços estão cruzados e presos entre nós, enquanto sua bochecha está apoiada no topo da minha cabeça. Ele suspira com força.

Não me afasto dele para digitar um defeito porque não acho que precise disso nesse instante. A maneira que ele me abraça é diferente de todas as outras vezes, quando tivemos que nos afastar para poder respirar.

Está me abraçando como se eu fosse parte dele — uma extensão do seu coração —, e percebe que essa parte precisa ser cortada.

Ficamos assim por vários minutos, e me perco no modo que Ridge me envolve. Ele me está me abraçando de um jeito que me faz vislumbrar como seriam as coisas entre nós. Tento afastar aquelas palavras do meu pensamento, aquelas palavras que sempre surgem na minha mente quando estamos juntos.

Talvez um dia.

O som de chaves atingindo a bancada chama minha atenção. Eu me afasto e Ridge faz o mesmo quando sente meu corpo se retesar encostado no seu. Ele olha por cima do meu ombro em direção à cozinha, então me viro. Warren acabou de entrar pela porta da frente. Está de costas para a gente, tirando os sapatos.

— Só vou dizer isso uma vez, e você precisa me escutar — diz Warren, sem nos olhar, portanto sou a única no apartamento que pode ouvi-lo, então sei que está se dirigindo a mim. — Ele nunca vai terminar com ela, Sydney.

Ele segue para o seu quarto sem olhar por cima do ombro, fazendo Ridge acreditar que ele não nos viu. A porta do quarto de Warren se fecha e me viro para Ridge. Seus olhos estão fixos na porta do quarto do amigo e quando volta para mim, noto que estão repletos de coisas que sei que ele gostaria de compartilhar.

Mas não faz isso. Simplesmente se vira e entra no quarto, fechando a porta.

Fico parada ali enquanto duas lágrimas enormes caem dos meus olhos e escorrem pela minha bochecha, traçando uma trilha de vergonha.

Ridge

Brennan: Ah... a chuva. Acho que vou chegar cedo. Mas vou sozinho. Os outros não vão conseguir.

Eu: Até daqui a pouco então. Ah, e antes de ir embora amanhã, não se esqueça de tirar todas as suas tralhas do quarto de Sydney.

Brennan: Ela vai estar aí? Finalmente vou conhecer o presente que os deuses enviaram para a gente?

Eu: É, ela vai estar aqui.

Brennan: Nem acredito que nunca perguntei isso, mas ela é gata?

Ai, não.

Eu: Nem pense nisso. Ela já sofreu muito e não precisa virar mais um nome na sua lista de conquistas.

Brennan: Você é territorial, hein?

Jogo o celular na cama e nem me dou o trabalho de responder. Se eu contar que ele não pode ficar com ela, só vai levá-lo a tentar de tudo para conquistá-la.

Quando ela brincou na noite passada sobre ficar com ele, só estava tentando fazer uma piada para aliviar aquela situação séria, mas o que senti ao ler a mensagem me apavorou.

Não foi por ela ter falado sobre ficar com outra pessoa. O que me apavorou foi minha reação automática. Senti vontade de jogar o telefone na parede para quebrá-lo em mil pedacinhos e, depois, empurrá-la na parede e demonstrar tudo o que posso fazer para garantir que ela nunca mais pense em outro cara.

Eu não gostava de me sentir assim. Talvez devesse encorajar Brennan. Poderia ser bom para o meu relacionamento com Maggie se Sydney começasse a sair com outro.

Caraca.

A onda de ciúme que me invade parece mais um tsunami.

Saio do quarto e vou até a cozinha ajudar Sydney a arrumar o jantar antes que todo mundo chegue. Paro ao vê-la procurando algo na geladeira. Está usando aquele vestido azul outra vez.

Odeio quando Warren tem razão. Meus olhos percorrem devagar seu vestido e descem para suas pernas bronzeadas, antes de subir de novo. Respiro e penso em pedir para ela trocar de roupa. Não tenho certeza se consigo lidar com isso essa noite. Principalmente quando Maggie chegar.

Sydney se empertiga, dá um passo para trás e se vira para a bancada. Noto que está falando, mas não é comigo. Ela tira uma tigela da geladeira e sua boca continua se movendo de forma tão natural que resolvo olhar em volta para descobrir com quem está conversando.

E nesse instante as metades do meu coração — que, de algum modo, ainda estavam ligadas por uma pequena fibra invisível — se partem e se separam de vez.

Maggie está parada diante da porta do banheiro, me olhando com uma expressão séria. Não consigo interpretá-la porque nunca vi esse olhar. A metade do meu coração que pertence a ela entra em pânico.

Pareça inocente, Ridge. Pareça inocente. Você só olhou para Sydney.

Sorrio.

Aí está minha garota, digo na Língua de Sinais enquanto ando até ela.

O fato de eu ter conseguido, de alguma forma, esconder minha culpa parece tranquilizá-la. Ela retribui meu sorriso e envolve meu pescoço quando me aproximo. Passo os braços em sua cintura pela primeira vez em duas semanas.

Nossa, eu estava com saudade dela. É tão bom abraçá-la. Tão familiar.

Seu cheiro é bom, seu gosto é bom, ela *é* boa. Senti muita saudade. Dou um beijo na sua bochecha, no queixo, na testa, e amo me sentir tão aliviado por ela estar aqui. Nos últimos dias, comecei a ter medo de não conseguir mais sentir isso quando a visse.

— Preciso mesmo ir ao banheiro. A viagem foi longa.

Ela faz uma careta e aponta para a porta atrás de si. Eu lhe dou mais um beijo rápido.

Assim que ela entra no banheiro, me viro devagar para Sydney para analisar sua reação.

Sempre fui completamente sincero com ela sobre meus sentimentos por Maggie, mas sei que para ela não é fácil nos ver juntos. Não tem como evitar. Será que devo arriscar meu relacionamento com Maggie para poupar os sentimentos de Sydney? Ou será que coloco os sentimentos de Sydney em risco para poupar meu relacionamento? Infelizmente, não há meio-termo. Não há escolha certa. Meus atos estão divididos, assim como meu coração.

Nossos olhares se encontram por um instante. Ela volta a atenção para o bolo à sua frente e coloca as velas. Ao terminar, sorri e olha para mim. Nota minha preocupação, por isso bate no peito e faz um gesto com a mão para indicar que está tudo bem.

Ela está me assegurando de que está bem. Praticamente tenho que me obrigar a ficar longe dela todas as noites e depois agarro minha namorada na sua frente — e é ela que está *me* consolando?

Eu deveria ficar feliz por ela estar sendo tão paciente e compreensiva com toda essa situação, mas o efeito que causa em mim é completamente o contrário. Estou decepcionado porque isso me faz gostar ainda mais dela.

As coisas não poderiam estar piores.

* * *

Por mais estranho que pareça, Maggie e Sydney parecem estar se divertindo na cozinha, preparando os ingredientes para fazer *chili*. Não consegui ficar ali, então voltei para o quarto, alegando que precisava terminar um trabalho. Sydney até pode ser boa em lidar com essa situação, mas eu não. Fiquei constrangido todas as vezes que Maggie me beijou ou se sentou no meu colo, acariciando meu peito com um olhar sedutor. O que, parando para pensar, foi um pouco esquisito. Ela nunca foi de ficar me tocando quando estamos socializando. Então, está demarcando território, ou Sydney e ela já pegaram uma garrafa de Pinho Sol.

Maggie entra no quarto no exato instante em que fecho o laptop. Ela se ajoelha na beirada da cama e se inclina na minha direção. Está me olhando com um sorriso sedutor, então deixo o laptop de lado e sorrio para ela.

Maggie engatinha até montar em mim, ficando frente a frente comigo. Em seguida se afasta e senta em cima dos tornozelos. Ergue uma sobrancelha e inclina a cabeça.

Você estava olhando para a bunda dela.

Merda.

Eu esperava que aquele momento tivesse passado. Rio e envolvo seu rosto com as mãos, puxando-a um pouco mais para perto. Eu a solto e uso as mãos para responder:

— Saí do meu quarto e me deparei com uma bunda virada para mim. Sou homem e a gente meio que nota esse tipo de coisa, infelizmente. — Eu a beijo na boca e me afasto.

Maggie não está sorrindo.

Ela é muito legal, diz com sinais. *Além de bonita, engraçada, talentosa e...*

A insegurança de suas palavras me fazem sentir um babaca, então pego suas mãos e a impeço de continuar.

Ela não é você, declaro. *Ninguém pode ser você, Maggie. Nunca.*

Ela dá um sorriso desanimado e coloca as mãos no meu rosto, descendo-as lentamente pelo meu pescoço. Ela se inclina para a frente e encosta os lábios nos meus com tanta força que sinto seu medo.

O medo que causei.

Seguro seu rosto e a beijo com tudo que tenho para dar, fazendo o que posso para acabar com suas preocupações. A última coisa que essa garota precisa é de mais alguma coisa para deixá-la estressada.

Quando se afasta, sua expressão ainda carrega todas as emoções negativas que passei os últimos cinco anos ajudando-a a deixar para lá.

Ridge?

Ela faz uma pausa, desvia os olhos enquanto solta o ar demorada e controladamente. O nervosismo em sua atitude é como um punho apertando meu coração. Com cautela, ela volta a olhar para mim.

Você contou a ela sobre mim? Ela sabe?

Seus olhos buscam uma resposta para a pergunta que nunca sentiu necessidade de fazer.

Será que ainda não me conhece?

Não. Meu Deus, não, Maggie. Por que eu faria isso? Essa sempre foi sua história para contar, não minha. Eu jamais faria isso.

Seus olhos se enchem de lágrimas, e ela pisca para tentar afastá--las. Apoio a cabeça na cabeceira. Essa garota ainda não faz ideia de até onde sou capaz de ir por ela. Ergo a cabeça e olho diretamente nos seus olhos.

Até o fim do mundo, Maggie. Digo com as mãos, repetindo nossa frase.

Ela abre um sorriso forçado e triste.

E sempre.

16.

Sydney

Alguém está tirando minha roupa. Quem está fazendo essa merda?

Começo a dar tapinhas para afastar a mão que está arrastando meu short até os joelhos. Tento me lembrar de onde estou, por que e como vim parar aqui.

Festa.

Bolo.

Pinho Sol.

Pinho Sol no meu vestido.

Outra roupa.

Mais Pinho Sol.

Muito Pinho Sol.

Ver Ridge amar Maggie.

Meu Deus, ele a ama tanto. Percebi pelo modo como ele a observava do outro lado da sala. Percebi pelo modo como a toca, como se comunica com ela.

Ainda consigo sentir o cheiro de álcool. Continuo sentindo o gosto quando passo a língua nos lábios.

Eu dancei...

Bebi mais Pinho Sol...

Ah! O jogo da bebida. Inventei o próprio jogo solitário de beber, e toda vez que eu percebia como Ridge amava Maggie, virava uma dose. Infelizmente, isso resultou em muitas doses.

Quem é que está tirando a porra do meu short?

Tento abrir os olhos, mas isso não parece estar funcionando. Tenho a impressão de que estão abertos, mas continua tudo escuro na minha cabeça.

Ai, meu Deus. Estou bêbada e tem alguém tirando minha roupa. Vou ser estuprada!

Começo a chutar as mãos que estão arrancando meu short.

— Sydney! — grita uma garota. — Pare!

Ela está rindo. Eu me concentro por alguns segundos e percebo que é a voz de Maggie.

— Maggie?

Ela se aproxima e, com delicadeza, afasta meu cabelo do rosto, enquanto o colchão afunda ao meu lado. Fecho os olhos com força e me obrigo a abri-los várias vezes até minha visão finalmente se ajustar ao escuro. Ela coloca as mãos na minha blusa e tenta abri-la.

Por que está tirando minha roupa?

Ai, meu Deus! Maggie quer me estuprar! Dou um tapa na sua mão, mas ela segura meu pulso.

— Sydney! — Ela ri. — Você está toda coberta de vômito e só estou tentando ajudar.

Como assim? *Toda* coberta de vômito?

Isso explica minha dor de cabeça insuportável. Mas... não explica por que estou rindo. Por que estou rindo? Continuo bêbada?

— Que horas são? — pergunto.

— Sei lá. Tarde. Tipo, meia-noite.

— Já?

Ela assente e começa a rir de novo.

— Você vomitou em Brennan.

Brennan? Conheci Brennan?

Parece que os olhos dela estão tentando se focar no meu rosto.

— Posso contar um segredo? — pergunta.

Concordo com a cabeça.

— Pode. Mas provavelmente não vou me lembrar, porque acho que ainda estou bêbada.

Ela sorri e se aproxima de mim. Ela é tão bonita... Maggie é mesmo muito, muito bonita.

— Não suporto Bridgette — confessa ela.

Rio.

Maggie também cai na gargalhada e tenta tirar minha blusa, mas está rindo tanto que precisa parar para respirar.

— Você também está bêbada? — pergunto.

Ela respira fundo, tentando controlar o riso. Depois solta o ar.

— *Muuuito* bêbada. Achei que já tivesse tirado sua blusa, mas ela ressurge, e não sei quantas blusas você está usando, mas... — Ela ergue a manga da minha blusa, mas meu braço está ali, e Maggie olha para ele confusa... — Ai, meu Deus, achei que já tivesse tirado, mas olha seu braço aqui *de novo*.

Eu me ergo da cama e a ajudo a tirar minha blusa.

— Por que já estou na cama se ainda é meia-noite?

Ela dá de ombros.

— Não faço a menor ideia do que você acabou de dizer.

Ela é engraçada. Estendo o braço e acendo o abajur. Maggie escorrega da cama e cai no chão. Ela se deita de bruços e começa a mexer os braços, formando anjos de neve no tapete.

— Não quero dormir ainda — digo.

Ela vira de barriga para cima e olha para mim.

— Então não durma. Falei para Ridge deixar você continuar lá. A gente estava se divertindo tanto, mas você vomitou em cima de Brennan e aí ele a obrigou a ir para a cama. — Ela se senta. — Vamos brincar um pouco mais. Quero mais bolo.

Maggie impulsiona o corpo e fica de pé. Depois pega minhas mãos e me puxa da cama.

Olho para mim mesma.

— Mas você tirou minha roupa — reclamo.

Ela olha para meu conjunto de sutiã e calcinha.

— Onde você comprou esse sutiã? É muito lindo.

— Na J. C. Penney.

— Ah, Ridge gosta daqueles que abrem na frente, mas o seu é lindo. Quero um.

— Então devia ter um — digo sorrindo. — Seríamos gêmeas de sutiã.

Ela me puxa em direção à porta.

— Vamos ver se Ridge gosta. Quero que ele compre um para mim.

Sorrio. Espero que ele goste.

— OK.

Maggie abre a porta do meu quarto e me arrasta até a sala.

— Ridge! — grita ela.

Rio sem saber por que ela está gritando, afinal ele é surdo.

— Oi, Warren — digo, sorrindo ao vê-lo no sofá. — Feliz aniversário. — Bridgette está sentada ao lado dele, me olhando de cara feia. Ela me lança um olhar de cima a baixo, provavelmente com inveja porque meu sutiã é lindo.

Warren balança a cabeça e ri.

— Essa é a quinquagésima vez que você me diz isso essa noite, mas agora está bem mais legal porque você está praticamente pelada.

Ridge está sentado do outro lado de Bridgette. Ele balança a cabeça assim como Warren.

— Maggie quer saber se você gosta do meu sutiã — digo para ele, puxando a mão de Maggie para que ela possa traduzir para a Língua de Sinais.

— É um sutiã muito bonito — responde Ridge, olhando-me com uma sobrancelha erguida.

Sorrio e depois franzo o cenho.

Ele acabou de...? Solto a mão de Maggie e me viro para o meu amigo.

— Você acabou de *falar*?

Ele ri.

— Não me fez uma pergunta?

Fulmino-o com o olhar, principalmente quando Warren tem um acesso de riso.

Ai.

Meu.

Deus.

Ele não é surdo?

Ele mentiu para mim durante esse tempo todo? Foi uma pegadinha? Quero estrangulá-lo nesse exato instante. Quero estrangular *os dois*. Meus olhos se enchem de lágrimas e assim que me inclino para a frente, alguém agarra meu pulso com força. Eu me viro e vejo... *Ridge?*

Volto a atenção para o sofá e encontro... *Ridge?*

Warren se curva de tanto rir, apoiado no colo de Bridgette. Ridge número 1 também está rindo, mas seu riso não se espalha por todo o corpo, como acontece com Ridge número 2.

E o cabelo dele é mais curto que o do Ridge número 2. E mais escuro.

Ridge número 2 passa o braço pela minha cintura e está me levantando.

Fico de cabeça para baixo.

Nada bom para o meu estômago.

Meu rosto está virado para as costas dele e minha barriga pressiona seu ombro, enquanto me carrega para o quarto. Olho para Warren e para o cara que agora sei que é Brennan, e fecho os olhos com força, porque acho que estou prestes a vomitar em cima do Ridge número 2.

Estou sendo colocada em uma superfície fria. O chão.

Assim que minha mente compreende onde ele me colocou, estendo a mão e agarro o vaso e, de repente, sinto como se eu tivesse feito uma refeição italiana de novo. Ele segura meu cabelo enquanto encho o vaso de Pinho Sol.

Queria que *fosse* Pinho Sol de verdade. Assim eu não teria que limpar tudo.

— Você não amou o sutiã dela? — pergunta Maggie atrás de mim, rindo. — Sei que o fecho fica atrás, mas olhe só como as alças são fofas!

Sinto uma das mãos dela puxar a alça do meu sutiã, mas a mão de Ridge a afasta. Ele mexe os braços e sei que está se comunicando em sinais.

Maggie bufa.

— Ainda não quero ir para a cama.

Ele faz mais sinais, até que ela suspira e vai para o quarto do namorado.

Quando acabo, Ridge limpa meu rosto com uma toalha. Apoio a cabeça na banheira e olho para ele, que não parece muito feliz. Na verdade, parece um pouco bravo.

— É uma *festa*, Ridge — resmungo e fecho os olhos de novo.

Ele coloca as mãos embaixo do meu braço e sou carregada mais uma vez. Ridge segue até... o quarto *dele*?

Quando me deixa na cama, eu me viro e abro os olhos. Maggie está sorrindo para mim do travesseiro ao meu lado.

— Oba! Festa do pijama — exclama ela com um sorriso grogue.

— Oba — repito, sorrindo também.

Sinto nos cobrirem e fecho os olhos.

Ridge

Como é que você conseguiu se meter nessa confusão?

Warren e eu estamos de pé na beirada da minha cama, olhando para Maggie e Sydney. As duas estão dormindo. Sydney está de conchinha com Maggie no lado esquerdo da cama, porque o direito agora está coberto com o vômito de Maggie.

Suspiro.

Essas foram as 12 horas mais longas da minha vida.

Warren assente e me dá um tapinha nas costas.

Bem, começa ele fazendo sinais. *Eu até que gostaria de ficar e ajudar a cuidar delas, mas prefiro fingir que tenho coisa melhor para fazer e dar o fora daqui.*

Ele se vira para sair do meu quarto, enquanto Brennan entra.

Estou indo embora, avisa ele usando sinais. *Já tirei minhas coisas do quarto de Sydney.*

Concordo com a cabeça e noto que ele olha para as garotas.

Eu gostaria de dizer que foi legal conhecer Sydney, mas tenho a impressão de que não a conheci de verdade.

Rio.

Pode acreditar que não. Talvez da próxima vez.

Ele acena e sai do meu quarto.

Eu me viro e olho para elas, as duas metades do meu coração, aconchegadas uma na outra em uma cama repleta de ironia.

* * *

Passei a manhã inteira ajudando as duas, enquanto alternavam entre a lixeira e o banheiro. Por volta da hora do almoço, Sydney já tinha parado de vomitar e ido para o próprio quarto. Já é fim de tarde e estou tentando hidratar Maggie, dando-lhe colheradas de líquido e forçando-a a tomar um remédio.

Só preciso dormir, sinaliza. *Vou ficar bem.*

Ela se vira e puxa as cobertas até o queixo.

Coloco uma mecha do cabelo atrás da sua orelha e deslizo a mão até seu ombro, onde descrevo círculos com o polegar. Seus olhos estão fechados e ela está encolhida na posição fetal. Parece tão frágil, e eu queria envolvê-la com meu corpo, formando um casulo que a protegesse de tudo que possa atingi-la nesse mundo.

Olho para a mesa de cabeceira quando meu celular se ilumina. Ajeito as cobertas em torno de Maggie, inclino-me para a frente e lhe dou um beijo na bochecha antes de pegar o telefone.

Sydney: Não que você já não tenha feito o suficiente, mas será que poderia, por favor, pedir para Warren baixar o volume do filme pornô?

Rio e mando uma mensagem para Warren.

Eu: Diminua o volume desse filme. Está tão alto que até *eu* estou ouvindo.

Levanto e vou até o quarto de Sydney ver como ela está. Eu a encontro deitada de costas, encarando o teto. Sento-me na beirada da cama e toco seu rosto, afastando uma mecha de cabelo da testa.

Ela inclina a cabeça na minha direção, sorri e pega o telefone. Seu corpo está tão fraco que o celular parece pesar cerca de vinte quilos quando ela tenta digitar uma mensagem.

Tiro o aparelho de suas mãos e balanço a cabeça, indicando que ela precisa descansar. Coloco o telefone na mesa de cabeceira e volto a atenção para ela. Sua cabeça está relaxada no travesseiro. O cabelo ondulado cai nos ombros. Passo os dedos por uma mecha do seu cabelo dourado como o sol, admirando sua maciez. Ela inclina o rosto para mim, apoiando a bochecha na palma da minha mão. Acaricio sua maçã do rosto com o polegar, enquanto ela fecha os olhos. A letra que escrevi para ela volta à minha mente: *Estou com ela e em ti me desfaço.*

Que tipo de homem isso me torna? Se não consigo parar de me apaixonar por outra garota, será que sequer mereço Maggie? Me recuso a responder, porque sei que se eu não for digno dela, também não serei de Sydney. Só pensar em perder uma já é algo que nem consigo imaginar, imagina as duas. Ergo a mão e contorno o rosto da minha amiga com a ponta dos dedos, passando pela testa e descendo até o queixo, até alcançar os lábios, traçando o contorno de sua boca, sentindo o ar quente que entra e sai cada vez que circundo a área. Ela abre os olhos, e noto a presença daquele brilho familiar de sofrimento.

Ela ergue uma das mãos até os meus dedos. Pega-os com firmeza e leva até os lábios, beijando-os. Então afasta nossas mãos, descansando-as em seu ventre.

Estou olhando para nossas mãos. Sydney abre a dela e faço o mesmo. Em seguida, pressionamos uma contra a outra.

Não entendo muito sobre o corpo humano, mas aposto que existe um nervo que liga diretamente a palma das mãos ao coração.

Nossos dedos estão esticados até que ela os entrelaça e os aperta de leve, deixando nossas mãos completamente conectadas e unidas.

É a primeira vez que damos as mãos.

Ficamos olhando para elas pelo que parece durar uma eternidade. Todos os sentimentos e nervos estão concentrados ali, nas nossas palmas, nos dedos e nos polegares que, às vezes, acariciam um ao outro.

Nossas mãos se encaixam com perfeição, assim como nós dois.

Sydney e eu.

Acredito verdadeiramente em pessoas que aparecem na nossa vida e têm almas completamente compatíveis com a nossa. Às vezes, nos referimos a elas como almas gêmeas. Outras vezes, como amor verdadeiro. Tem gente que acredita que sua alma é compatível com mais de uma pessoa, e estou começando a me dar conta de que isso pode ser verdade. Eu soube, desde que conheci Maggie há alguns anos, que nossas almas eram compatíveis, e são mesmo. Não tenho dúvida quanto a isso.

Entretanto, também sei que minha alma é compatível com a de Sydney, porém é muito mais do que isso. Nossas almas não são apenas compatíveis, estão em perfeita sincronia. Sinto tudo o que ela sente. Compreendo coisas que ela nem precisa me dizer. Sei que posso lhe dar exatamente aquilo de que precisa, e o que ela deseja me dar é algo que eu nunca soube que necessitava.

Ela me compreende. Ela me respeita. Ela me impressiona. Prevê o que vou fazer. E nunca, desde que a conheci, me fez sentir como se minha incapacidade de ouvir fosse de fato uma incapacidade.

Também consigo perceber, só de olhar para ela, que está se apaixonando por mim. E isso só prova que preciso fazer o que já deveria ter feito há muito tempo. Com relutância, pego uma caneta na mesa de cabeceira. Afasto meus dedos dos dela, abro sua mão e escrevo em sua palma: *Preciso que você se mude daqui.*

Fecho seus dedos para que Sydney não leia a frase enquanto estou olhando para ela. Eu me afasto, deixando uma das metades do meu coração para trás ao sair.

17.

Sydney

Observo-o fechar a porta ao sair. Estou com a mão no peito, apavorada demais para ler o que ele escreveu.

Vi a expressão em seus olhos.

Vi a angústia, o arrependimento, o medo... o *amor*.

Mantenho a mão cerrada no peito sem ler a mensagem. Eu me recuso a aceitar que as palavras escritas em minha mão, quaisquer que sejam, destruam a pequena esperança que eu tinha para nosso *talvez um dia*.

* * *

Eu me sobressalto e abro os olhos.

Não sei o que acabou de me acordar, mas eu estava dormindo profundamente. Está escuro. Sento na cama, coloco a mão na testa, fazendo uma careta de dor. Não estou mais enjoada, mas nunca senti tanta sede na vida. Preciso beber água. Fico de pé e me espreguiço, olhando para o despertador: 2h45 da manhã.

Graças a Deus. Eu ainda conseguiria dormir por mais uns três dias até me recuperar dessa ressaca.

Estou andando até o banheiro de Ridge quando tenho uma sensação estranha. Paro antes de chegar à porta. Não sei bem ao certo por que faço isso, mas, de repente, me sinto uma intrusa.

Parece estranho ir até o banheiro dele nesse momento.

Não parece que estou indo ao *meu* banheiro. Parece que não cabe a mim, diferente do banheiro que eu usava no meu outro apartamento. Aquele banheiro parecia ser *meu*. Como se me pertencesse parcialmente. Aquele apartamento parecia ser *meu*. Eu tinha a impressão de que todos os móveis eram *meus*.

Nada neste lugar se parece comigo. Além dos pertences que trouxe comigo nas duas malas naquela primeira noite, sinto como se nada mais fosse meu.

A cômoda? Emprestada.

A cama? Emprestada.

A TV nas noites de quinta-feira? Emprestada.

A cozinha, a sala, meu quarto inteiro. Tudo isso pertence a outras pessoas. Tenho a impressão de estar pegando emprestada essa vida até encontrar uma melhor. Sinto como se estivesse pegando tudo emprestado desde que me mudei para cá.

Droga, estou até pegando namorados emprestados. Ridge não é meu. Nunca será. Por mais que doa aceitar isso, estou cheia dessa batalha constante e interminável com meu coração. Não aguento mais. Não mereço esse tipo de autoflagelo.

Na verdade, acho que preciso me mudar.

Preciso mesmo.

Mudança é a única coisa que pode iniciar minha cura, porque não consigo mais ficar perto de Ridge. Não do jeito que a presença dele me deixa.

Está me ouvindo, coração? Estamos quites.

Sorrio ao me dar conta de que finalmente estou prestes a voltar para minha vida de forma independente. Sou tomada por um sentimento de realização. Abro a porta do banheiro e acendo a luz... E caio de joelhos logo em seguida.

Ai, meu Deus.

Ai, não.

Não, não, não, não, não!

Eu a agarro pelos ombros e a viro, mas seu corpo está molengo. Seus olhos estão revirados, e seu rosto, pálido.

Ai, meu Deus!

— Ridge!

Passo por cima dela e vou até a porta do quarto dele.

Estou berrando o nome de Ridge tão alto que tenho a impressão de que chega a rasgar a garganta. Tento virar a maçaneta várias vezes, mas minha mão está escorregadia.

Maggie entra em convulsão, então corro até ela e levanto sua cabeça, aproximo o ouvido da sua boca para me certificar de que está respirando. Soluço, gritando o nome dele sem parar. Sei que não consegue me ouvir, mas estou assustada demais para largar a cabeça dela.

— Maggie! — grito.

O que estou fazendo? Não sei o que fazer.

Tome alguma atitude, Sydney!

Com cuidado, coloco a cabeça dela no chão e me viro. Agarro a maçaneta com mais firmeza e fico de pé. Abro a porta do quarto e corro até a cama, pulando onde ele está deitado.

— Ridge! — berro, sacudindo seu ombro. Ele ergue um cotovelo para se defender e se vira. Depois abaixa o braço ao me ver.

— Maggie! — berro, histérica, apontando para o banheiro.

Ele fixa os olhos no lugar vazio ao seu lado, e volta a atenção para a porta aberta do banheiro. Ridge se levanta da cama e, um segundo depois, está ajoelhado no chão do banheiro. Antes que eu consiga voltar para lá, ele já pegou a cabeça dela e a puxou para o colo.

Ele vira o rosto para mim e sinaliza alguma coisa. Balanço a cabeça enquanto as lágrimas continuam escorrendo pelas bochechas. Não faço ideia do que ele está tentando me dizer. Faz mais um sinal e aponta para a cama. Olho para lá e de volta para ele, sem entender. Sua expressão fica cada vez mais frustrada.

— Ridge, não estou entendendo o que você está me pedindo!

Frustrado, dá um soco no armário do banheiro, então leva a mão ao ouvido como se estivesse segurando um telefone.

Ele precisa do celular.

Corro até sua cama e o procuro, passando as mãos desesperadamente pelos lençóis, pelas cobertas, na mesa de cabeceira. Por fim, o encontro embaixo do travesseiro e entrego o aparelho para ele, que digita a senha para destravar a tela e me devolve. Ligo para a emergência e levo o telefone ao ouvido, enquanto espero alguém atender, me ajoelho ao lado dele.

Seus olhos estão repletos de medo, enquanto continua segurando a cabeça da namorada no peito. Ele fica me observando, aguardando que alguém atenda. Beija repetidamente o cabelo dela e continua tentando fazê-la abrir os olhos.

Assim que a atendente fala comigo, sou bombardeada com várias perguntas que não sei responder. Forneço nosso endereço, porque é a única coisa que sei, e a mulher volta a fazer um monte de perguntas, sendo que não tenho como me comunicar com Ridge.

— Ela é alérgica a alguma coisa? — pergunto para ele, repetindo o que a atendente quer saber.

Ele dá de ombros e balança a cabeça, sem me entender.

— Ela tem alguma doença preexistente? — Ridge balança a cabeça mais uma vez para indicar que não faz a menor ideia do que estou lhe perguntando.

— Ela é diabética?

Fico repetindo, mas ele não consegue entender. A atendente continua me fazendo perguntas, e repito para Ridge, mas estamos agitados demais para que ele consiga ler meus lábios. Estou chorando. Nós dois estamos apavorados. Frustrados com o fato de nem sermos capazes de nos comunicar.

— Ela está usando alguma pulseira com informações médicas? — pergunta a atendente.

Ergo os pulsos de Maggie.

— Não. Não tem nada nela.

Olho para o teto e fecho os olhos, sabendo que não estou ajudando em nada.

— Warren! — berro.

Eu me levanto e saio do banheiro, seguindo até o quarto dele. Abro a porta.

— Warren! — Corro até sua cama e balanço seu corpo ainda segurando o telefone. — Warren! Precisamos de ajuda! É Maggie!

Ele arregala os olhos, afasta as cobertas e começa a agir. Entrego o celular a ele.

— Liguei para a emergência, mas não consigo entender nada do que Ridge está tentando me dizer!

Ele agarra o telefone e o leva ao ouvido.

— Ela tem DRFC — grita ele rapidamente. — DRFC estágio dois.

DRFC?

Eu o sigo até o banheiro e o observo se comunicar com Ridge, mantendo o telefone na palma da mão e longe do ouvido. Ridge responde com sinais e Warren corre para a cozinha. Abre a geladeira, procura algo no fundo da segunda prateleira e pega uma sacola. Corre de volta para o banheiro e se ajoelha ao lado do amigo. Ele deixa o telefone cair no chão e o empurra para o lado com o joelho.

— Warren, a mulher está fazendo perguntas! — grito, sem entender por que ele largou o celular.

— A gente sabe o que fazer até eles chegarem aqui, Syd — explica ele, pegando uma seringa da sacola e entregando-a para Ridge, que puxa a tampa e injeta alguma coisa na barriga de Maggie.

— Ela é diabética? — pergunto, observando, impotente, sem saber o que fazer enquanto os dois garotos se comunicam por sinais. Sou ignorada, mas não esperava nada diferente. Eles parecem saber o que estão fazendo, e me sinto confusa demais para continuar assistindo. Eu me viro e me encosto na parede, fechando os olhos numa tentativa de me acalmar. Alguns instantes silenciosos se passam até que ouço uma batida na porta.

Warren se apressa para abri-la antes que eu sequer consiga reagir. Ele deixa os paramédicos entrarem, e saio do caminho, observando todo mundo ao meu redor parecer ter noção de que merda está acontecendo.

Continuo me afastando de todas as pessoas até chegar ao sofá e me jogar ali.

Colocam Maggie na maca e começam a levá-la até a porta da frente. Ridge vai logo atrás. Warren sai do quarto do amigo e joga um par de sapatos para ele. Ridge os calça e faz mais alguns sinais para Warren, antes de sair pela porta.

Vejo Warren correr para o quarto e voltar com uma camiseta, mais um par de sapatos e um boné. Ele pega as chaves no bar e volta para o quarto de Ridge, retornando com uma mala que leva até a porta.

— Espere! — grito e Warren se vira para mim. — O telefone dele. Ele vai precisar do celular.

Corro para o banheiro, pego o aparelho no chão e o entrego a Warren.

— Vou com você — digo, calçando os sapatos que deixo perto da porta.

— Não vai, não.

Olho para ele, em choque com o tom severo de sua voz enquanto calço o outro pé do sapato. Ele tenta fechar a porta, mas a seguro.

— Vou com você! — repito com mais determinação.

Ele se vira e me lança um olhar frio.

— Ele não precisa de você lá, Sydney.

Não tenho ideia do que ele quer dizer com isso, mas seu tom me deixa muito irritada. Eu o empurro e saio do apartamento.

— Vou, *sim* — declaro de forma definitiva.

Desço a escada com ele no instante em que a ambulância começa a se afastar. Ridge está parado com as mãos entrelaçadas atrás da cabeça, observando-os irem embora. Warren chega lá embaixo e, assim que Ridge o vê, os dois correm para o carro e eu vou atrás.

Warren entra no lado do motorista e Ridge, no do carona. Abro a porta e me acomodo no banco de trás.

Warren sai do estacionamento e acelera até alcançarmos a ambulância.

Ridge está apavorado. Percebo isso pelo modo que ele envolve o corpo com os próprios braços e balança o joelho, puxando a manga da camisa e mordendo o canto do lábio. Ainda não sei qual é o problema de Maggie, e tenho medo de que talvez ela não melhore. Ainda sinto

241

como se não fosse da minha conta, e definitivamente não vou perguntar para Warren o que está acontecendo.

O nervosismo que Ridge deixa transparecer faz meu coração sofrer por ele. Fico na beirada do banco e coloco a mão no seu ombro para reconfortá-lo. Ele toca minha mão e a segura, apertando-a com força.

Quero ajudá-lo, mas não posso. Não sei como. Tudo que consigo pensar é em como me sinto impotente diante de toda essa situação, em como ele está sofrendo e tenho medo de que possa perder Maggie, pois fica completa e dolorosamente óbvio que isso o deixaria arrasado.

Ele leva a outra mão à minha, que ainda está segurando seu ombro. Aperta as duas com desespero, depois vira o rosto e beija minha mão, enquanto sinto uma lágrima escorrer.

Fecho os olhos e apoio a testa no encosto do banco dele, chorando.

* * *

Estamos na sala de espera.

Bem, Warren e eu estamos na sala de espera. Desde que chegamos, uma hora atrás, Ridge está com Maggie, e Warren não dirigiu sequer uma palavra a mim.

E é por isso que não estou falando com *ele*. É óbvio que esse garoto tem algum problema comigo, mas não estou a fim de me defender, porque não fiz absolutamente nada contra ele para que eu precise pensar numa defesa.

Eu me recosto na cadeira e abro o mecanismo de busca no meu celular, curiosa para saber o significado da sigla que Warren informou para a atendente da emergência.

Digito *DRFC* no campo de busca e aperto Enter. Meus olhos se fixam no primeiro resultado: *Tratamento do diabetes relacionado à fibrose cística.*

Clico no link que explica os diferentes tipos de diabetes, mas não dá mais informações. Já ouvi sobre fibrose cística, mas não sei o suficiente para entender como isso afeta Maggie. Clico no link à esquerda da página que diz: *O que é fibrose cística?* Meu coração dispara e começo a chorar quando as mesmas palavras aparecem nas mais diversas páginas que entro.

Doença genética dos pulmões.

Risco de morte.

Baixa expectativa de vida.

Nenhuma cura conhecida.

Taxa de sobrevivência em adultos com 20 ou 30 anos.

Não consigo ler mais nada, impedida pelas lágrimas que derramo por Maggie. Por Ridge.

Fecho o navegador no telefone e olho para minha mão, para as palavras que Ridge escreveu e ainda não tinha lido.

Preciso que você se mude daqui.

Ridge

Tanto Warren quanto Sydney se levantam quando me veem chegar à sala de espera.

Como ela está?, pergunta Warren na Língua de Sinais.

Melhor. Já acordou.

Ele assente, e Sydney olha para nós dois.

De acordo com o médico, o álcool e a desidratação provavelmente a fizeram...

Paro de sinalizar porque os lábios de Warren estão comprimidos formando uma linha fina enquanto presta atenção à minha explicação.

Fale para ela, peço, com um gesto de cabeça para Sydney.

Warren se vira e olha para ela, voltando a atenção para mim em seguida.

Não é da conta dela, responde com sinais.

Qual é o problema dele?

Ela está preocupada com Maggie, Warren. É da conta dela, sim. Diga tudo o que estou explicando.

Ele nega com a cabeça.

Ela não está aqui por causa de Maggie, Ridge. Não dá a mínima para isso. Só está preocupada com você.

Contenho toda minha raiva e dou um passo para ficar bem diante dele.

Fale para ela. Agora.

Warren suspira, mas não se vira para Sydney. Fica me encarando enquanto nós dois usamos a Língua de Sinais e ele verbaliza.

— Ridge disse que Maggie está bem. Já acordou.

O corpo inteiro de Sydney relaxa, ela leva a mão à nuca e sente um grande alívio. Diz algo para ele, que fecha os olhos, respira fundo, e os abre novamente.

Sydney quer saber se algum de vocês precisa de algo do apartamento.

Olho para Sydney e nego com a cabeça.

Eles vão mantê-la aqui esta noite, para monitorar o nível de açúcar no sangue. Posso ir lá amanhã se precisarmos de alguma coisa. Vou passar alguns dias na casa dela.

Warren verbaliza, e Sydney assente.

Vocês dois deviam voltar para casa e descansar um pouco.

Warren concorda. Sydney dá um passo à frente, me abraça apertado e se afasta.

Warren começa a se virar para a saída, mas agarro o braço dele e o obrigo a olhar para mim.

Não sei por que você está com raiva dela, Warren, mas, por favor, não seja babaca com Sydney. Eu mesmo já fiz isso.

Ele assente, e os dois vão embora. Sydney olha por sobre o ombro e dá um sorriso repleto de sofrimento. Eu me viro e volto para o quarto de Maggie.

A cabeceira da cama foi erguida de leve, e ela olha para mim. Está tomando soro na veia para se hidratar. Vira a cabeça no travesseiro e segue meu movimento pelo quarto com os olhos.

Sinto muito, sinaliza ela.

Balanço a cabeça, nem remotamente querendo ou precisando ouvir qualquer desculpa da parte dela.

Pare com isso. Não se sinta mal. Como sempre diz, você é nova. E quem é jovem faz loucuras como ficar bêbado, ter ressaca e vomitar por doze horas seguidas.

Ela ri.

É, mas como você *sempre diz, provavelmente não quem é jovem, mas tem uma doença grave com risco de morte.*

Sorrio ao me aproximar da cama e arrasto uma cadeira para me sentar perto dela.

Vou voltar para San Antonio com você. Vou ficar por lá alguns dias até me sentir bem em deixar você sozinha.

Ela suspira e vira o rosto, olhando fixo para o teto.

Estou bem. Tive só um problema com a insulina. Ela volta a me encarar. *Você não pode me tratar como bebê toda vez que isso acontece, Ridge.*

Contraio o maxilar ao ouvir "me tratar como bebê".

Não estou fazendo isso, Maggie. Estou amando *você.* Tomando conta *de você. Tem uma diferença.*

Ela fecha os olhos e balança a cabeça.

Estou muito cansada de ter essa mesma conversa sem parar.

É. Eu também.

Eu me recosto na cadeira e cruzo os braços enquanto a observo. Sua recusa em receber ajuda era compreensível até esse ponto, só que ela não é mais adolescente, e não consigo entender por que não deixa as coisas progredirem entre nós.

Eu me inclino para a frente, tocando o braço dela para que olhe para mim e me escute.

Você precisa parar de agir com tanto descuido e tão determinada a ser independente. Se não cuidar melhor de si mesma, essas internações só de uma noite no hospital serão coisas do passado, Maggie. Me deixe tomar conta de você. Me deixe ficar ao seu lado. Estou sempre morrendo de preocupação. Seu estágio a deixa estressada demais, isso sem mencionar a tese. Entendo que você queira levar uma vida normal e fazer tudo o que as outras pessoas da nossa idade fazem, como ir para a faculdade e ter uma carreira.

Paro de falar para passar as mãos pelo cabelo e me concentro no que quero dizer.

Se a gente morasse junto, eu poderia fazer muito mais por você. As coisas seriam mais fáceis para nós dois. E quando algo assim acontecesse, eu estaria lá para ajudar, e você não precisaria entrar em convulsão sozinha no piso do banheiro até morrer!

Respire, Ridge.

Tudo bem, acho que peguei pesado. Pesado demais.

Desvio o olhar para o chão porque ainda não estou pronto para que ela responda. Fecho os olhos e tento controlar minha frustração.

Maggie, sinalizo, observando seus olhos lacrimosos. *Eu... amo... você. E tenho muito medo de que, um dia desses, não consiga sair do hos-*

pital com você ao meu lado. E isso vai ser culpa minha por permitir que recuse minha ajuda.

Seu lábio inferior está trêmulo, então ela o morde.

Em algum momento nos próximos dez ou quinze anos, Ridge, é exatamente isso *o que vai acontecer. Você vai sair do hospital sem mim, porque não importa o quanto você queira ser meu herói, não posso ser salva. Você não tem como me livrar disso. Nós dois sabemos que você é uma das poucas pessoas que tenho nesse mundo, então, até que chegue o dia em que eu realmente não consiga mais cuidar de mim mesma, me recuso a ser um peso para você. Tem ideia do que isso faz comigo? Saber que coloco tanta pressão em você? Não estou morando sozinha simplesmente porque quero ser independente, Ridge. Quero morar sozinha porque...*

Lágrimas escorrem pelo rosto dela, e ela para pra enxugá-las.

Quero morar sozinha porque quero ser a garota que você ama... pelo maior tempo que conseguirmos. Eu não quero ser um peso para você ou a sua responsabilidade ou sua obrigação. A única coisa que eu quero é ser o amor da sua vida. Isso é tudo. *Por favor, deixe que isso seja o suficiente por ora. Deixe que isso seja suficiente até chegar a hora em que você realmente terá que ir até o fim do mundo por mim.*

Um soluço escapa do meu peito e me debruço para beijá-la na boca. Seguro desesperadamente seu rosto entre as mãos e coloco a perna na cama. Ela me envolve nos braços enquanto impulsiono o resto do meu corpo para cima dela, fazendo tudo que posso para protegê-la das injustiças desse mundo terrível e maldito.

18.

Sydney

Fecho a porta do carro de Ridge e sigo Warren pela escada até o apartamento. Nenhum de nós falou nada um para o outro durante o percurso de volta do hospital. A rigidez do seu maxilar dizia tudo que ele queria, o que era mais ou menos: *Não fale comigo.* Passei todo o caminho voltada para a janela e com todas as perguntas entaladas na garganta.

Entramos no apartamento, e ele joga as chaves no balcão enquanto fecho a porta. Warren nem se vira para me olhar enquanto segue para o quarto.

— Boa *noite* — digo. Eu talvez tenha dito com um tom um pouco sarcástico, mas pelo menos não berrei "Vá se ferrar, Warren!", que é exatamente o que eu gostaria de dizer.

Ele para e se vira para me encarar. Observo-o, nervosa, porque sei que seja o que for que ele tenha para me dizer não é "boa noite". Estreita os olhos e balança a cabeça devagar.

— Posso fazer uma pergunta? — diz ele, por fim, olhando-me com curiosidade.

— Só se prometer nunca mais começar uma pergunta querendo saber se pode fazer uma pergunta.

Sinto vontade de rir ao fazer o mesmo comentário de Ridge, mas Warren sequer sorri. O que apenas torna tudo muito mais esquisito.

— Qual é a sua pergunta, Warren? — digo, suspirando.

Ele cruza os braços no peito e se aproxima de mim. Engulo meu nervosismo quando ele se inclina para falar comigo, ficando a poucos centímetros de distância.

— Você está precisando só de alguém para trepar?

Inspire, expire.

Contraia, relaxe.

Batida, batida, pausa. Batida, batida, pausa.

— O quê?! — pergunto, confusa. Tenho certeza de que não ouvi direito.

Ele baixa a cabeça até que nossos olhos fiquem na mesma altura.

— Você está precisando só de alguém para *trepar?* — repete ele, pronunciando as palavras bem devagar. — Porque, se for só isso, coloco você no sofá agora mesmo e a gente pode trepar tanto que você nunca mais vai pensar em Ridge — continua ele com um olhar frio e cruel.

Pense antes de reagir, Sydney.

Por vários segundos, tudo que consigo fazer é balançar a cabeça sem acreditar. Por que ele diria uma coisa dessas? Por que diria algo tão desrespeitoso sobre mim? Este não é o Warren que conheço. Não sei quem é o imbecil que está na minha frente, mas, com certeza, não é Warren.

Antes de parar para pensar, reajo. Jogo o braço para trás e dou um soco na bochecha dele, aumentando para quatro o número de vezes que já soquei alguém.

Merda.

Essa doeu.

Olho para ele, que está com a mão no rosto. Com os olhos arregalados, ele parece estar mais surpreso do que com dor. Dá um passo para trás, e sustento meu olhar.

Levo o punho cerrado ao peito, puta da vida por ter machucado a mão outra vez. Espero um pouco antes de ir para a cozinha pegar gelo. Pode ser que eu precise socá-lo de novo.

Fico confusa com a raiva tão aparente que ele demonstrou sentir de mim nas últimas 24 horas. Minha mente repassa tudo o que posso ter feito ou falado com ele, que tenha sido capaz de despertar esse tipo de ódio.

Ele suspira, joga a cabeça para trás e passa as mãos pelo cabelo. Não dá qualquer explicação para suas palavras raivosas, e tento compreendê-las, mas não consigo. Não fiz nada contra ele para merecer uma atitude tão severa.

Mas talvez esse seja o problema. Pode ser que o fato de eu não ter feito nada contra ele — ou *com* ele — seja o que está deixando-o tão louco da vida.

— Isso é ciúme? — pergunto. — É isso que está transformando você em um ser humano nojento e mal? Por que nunca *dormi* com você?

Ele dá um passo para a frente, e recuo no mesmo instante, caindo no sofá. Ele se inclina, mantendo nossos olhos na mesma altura.

— Não quero *trepar* com você, Sydney. E definitivamente não estou com ciúme. — Ele se afasta do sofá e de mim.

Warren está me assustando, e tudo que quero é arrumar minhas malas, ir embora ainda essa noite e nunca mais ver nenhuma dessas pessoas. Começo a chorar com o rosto apoiado nas mãos. Ouço-o suspirar pesado e se sentar ao meu lado. Dobro as pernas diante do corpo e me encolho no canto do sofá. Ficamos assim por vários minutos. Sinto vontade de me levantar e correr até o meu quarto, mas não faço isso. Sinto como se tivesse que pedir permissão, porque nem sei mais se eu tenho um quarto aqui.

— Desculpe — diz ele, por fim, fazendo algo além do meu choro quebrar o silêncio. — Meu Deus, desculpe. Só estou... só estou tentando entender que porra você está fazendo.

Enxugo o rosto com a blusa e olho para ele. A expressão que encontro é um misto de tristeza e arrependimento, e não entendo nenhum dos sentimentos dele.

— Qual é seu problema comigo, Warren? Sempre fui legal com você. E até mesmo com a vaca da sua namorada. E, acredite em mim, isso exige muito esforço.

Ele concorda com a cabeça.

— Eu sei — responde, exasperado. — Eu sei, eu sei, eu sei. Você *é* uma pessoa legal. — Ele entrelaça os dedos e se espreguiça, antes de suspirar outra vez. — E sei que você tem boas intenções e um bom coração. Além de um *ótimo* gancho de direita — acrescenta ele com um sorriso maroto. — Mas acho que é por isso que estou tão bravo. Sei que você tem um bom coração, então por que cargas d'água ainda não se mudou daqui?

Essas palavras me magoam mais do que as vulgaridades que ele jogou na minha cara cinco minutos antes.

— Se você e Ridge queriam tanto que eu desse o fora daqui, por que esperaram até este fim de semana para me dizer?

Minha pergunta pareceu pegar Warren desprevenido, porque ele logo desvia o olhar de mim. E não me responde. Em vez disso, começa a fazer outra pergunta.

— Ridge já lhe contou a história de como conheceu Maggie?

Nego com a cabeça, completamente confusa pelo rumo que essa conversa está tomando.

— Eu tinha 17 anos e Ridge havia acabado de completar 18.

Ele se recosta no sofá e olha para as próprias mãos.

Lembro que Ridge me contou que começou a namorar com Maggie quando tinha 19 anos, mas fico em silêncio e o deixo continuar.

— Fazia cerca de seis semanas que a gente estava namorando e...

Não consigo ficar quieta diante disso.

— A gente? — pergunto, hesitante. — Você e *Ridge*?

— Não, idiota. Eu e *Maggie*.

Tento esconder o choque, mas ele logo desvia o olhar e não repara na minha reação.

— Maggie foi minha namorada primeiro. Eu a conheci durante um evento beneficente que arrecadava fundos para crianças surdas. Estava lá com meus pais, que faziam parte do comitê organizador.

Ele coloca as mãos atrás da cabeça e encosta no sofá, antes de continuar:

— Ridge estava comigo quando a vi pela primeira vez. Nós dois achamos que ela era a coisa mais linda que já tínhamos visto na vida, mas, felizmente para mim, os meus olhos a viram uns cinco segundos antes dos dele. Então, eu disse que eu a tinha visto primeiro. É claro que nenhum de nós esperava ter uma chance com ela. Tipo assim, você a conheceu. Ela é incrível.

Ele faz uma pausa para apoiar os pés na mesa de centro.

— De qualquer forma, passei o dia inteiro dando em cima dela. Usando todo meu charme, beleza e corpo sarado.

Ri, mais por educação.

— Ela concordou em sair comigo e falei que a buscaria na sexta à noite. Eu a levei para sair, a fiz rir, a deixei em casa e a beijei. Foi ótimo, então a convidei de novo, e ela aceitou. Saímos mais duas vezes. Eu gostava dela. A gente se dava bem, ela ria das minhas piadas. Também se dava bem com Ridge, o que a fez ganhar mais pontos comigo. A namorada e o melhor amigo precisam se dar bem, ou um deles vai acabar sofrendo. Por sorte, todos nos dávamos muito bem. No nosso quarto encontro, perguntei se queria oficializar as coisas e ela aceitou. Fiquei eufórico, porque tinha certeza de que ela era a garota mais linda que eu já tinha namorado ou *iria* namorar na vida. Eu não poderia deixá-la escapar, principalmente antes de conseguir chegar nos finalmente. — Ele ri. — Eu me lembro de ter dito isso para Ridge naquela noite mesmo. Falei que se havia alguma garota na face da Terra que eu precisava desvirginar era Maggie. Disse que eu sairia com ela cem vezes se fosse preciso. Ele se virou para mim e perguntou: "Por que não cento e *uma* vezes?". Ri porque não entendi o que Ridge estava querendo dizer. Não entendi naquela época que ele gostava dela dessa forma, então nunca conseguia compreender o que ele falava. Ainda não consigo. Relembrando toda a situação e como ele ficava sentado ali ouvindo as besteiras que eu falava sobre ela, fico surpreso por ele não ter me dado um soco muito antes.

— Ele bateu em você? — pergunto. — Por qual motivo? Porque você falava que queria transar com ela?

Ele nega com a cabeça e é tomado pela culpa.

— Não foi isso — responde baixinho. — Foi porque eu *transei* com ela. — Ele suspira e continua: — A gente ia passar a noite na casa de Ridge e Brennan. Maggie passava muito tempo lá comigo, e a gente estava namorando fazia cerca de seis semanas. Sei que isso não é muito tempo para uma virgem, mas é uma eternidade para um cara. Estávamos deitados na cama e ela me disse que estava pronta para irmos até o fim, mas antes de transar comigo, precisava me contar uma coisa. Disse que eu tinha o direito de saber e que não achava certo continuar o relacionamento sem que eu soubesse de tudo. Lembro que entrei em pânico, achando que ela ia me contar que na verdade era homem ou alguma merda assim.

Ele olha para mim e ergue uma sobrancelha.

— Porque fala sério, né, Sydney, tem um monte de travesti que parece ser gata de verdade. — Ele ri e olha para a frente. — Foi então que ela me contou sobre sua doença. Explicou as estatísticas... revelou que não queria ter filhos... a realidade de quanto tempo ela realmente tinha pela frente. Ela disse que queria contar a verdade porque não seria justo alguém cogitar um relacionamento de longo prazo com ela. Falou que a probabilidade de chegar aos 40 anos e, até mesmo aos 35, era bem remota. Disse que precisava ficar com alguém que entendesse isso. Alguém que aceitasse.

— Você não queria essa responsabilidade? — pergunto.

Ele balança a cabeça devagar.

— Sydney, não dei a mínima para a responsabilidade. Eu era um cara de 17 anos e estava na cama com a garota mais linda que já vira na vida, e tudo o que ela me pedia era para concordar em amá-la. Quando ela mencionou as palavras "futuro" e "marido" e o fato de não querer filhos, tive que me esforçar para não revirar os olhos, porque, na minha cabeça, isso estava a anos-luz de distância. Eu ainda ficaria com mais um milhão de garotas antes disso. Não sabia pensar tão à frente assim, então fiz o mesmo que qualquer cara na minha situação: garanti que a doença dela não era nenhum problema para mim e que eu a amava. Depois a beijei, tirei as roupas e a virgindade dela.

Ele baixa a cabeça como se estivesse envergonhado.

253

— Depois que ela foi embora, na manhã seguinte, eu fiquei tirando onda com Ridge sobre finalmente ter transado com uma virgem. Acho que acabei entrando em muitos detalhes. Também mencionei a conversa que tivemos antes e contei sobre a doença dela. Fui brutalmente honesto com ele. Disse que toda a situação tinha me assustado e que eu ia esperar algumas semanas para terminar tudo só para não parecer um babaca. Então, ele me bateu para valer.

Arregalei os olhos.

— Que bom para ele — comento.

Warren assente.

— É. Aparentemente ele gostava bem mais dela do que tinha demonstrado, mas apenas ficou quieto e me deixou fazer papel de idiota durante as seis semanas que namoramos. Eu deveria ter percebido como ele se sentia, mas Ridge é bem menos egoísta do que eu. Ele nunca faria nada que traísse o que tínhamos, mas depois daquela noite, perdeu muito do respeito que tinha por mim. E isso doeu, Sydney. Ele é como um irmão para mim. Senti que tinha decepcionado a pessoa que eu mais admirava.

— Então você terminou tudo com Maggie e ela e Ridge começaram a namorar?

— Sim e não. Tivemos uma longa conversa sobre isso naquela tarde porque Ridge é uma ótima pessoa com quem compartilhar seus pensamentos e suas merdas. Concordamos em honrar o código dos amigos e que não seria uma boa ideia ele começar a namorar a garota com quem eu tinha acabado de transar. Mas ele gostava dela. Gostava muito, e por mais que fosse difícil para ele, esperou até o final do prazo antes de sair com ela.

— Prazo?

Warren assente.

— É. Não me pergunte de onde tiramos isso, mas concordamos que doze meses era tempo suficiente para que o código de conduta entre amigos expirasse. Imaginamos que já teria passado bastante tempo e, se ele quisesse convidá-la para sair depois de um ano, não seria tão estranho assim. A essa altura, talvez ela já tivesse saído com outros caras e não teria ido direto da minha cama para a de Ridge. Por mais que eu tenha me esforçado para ser legal sobre isso, teria sido esquisito d mais. Até mesmo para nós.

— Maggie sabia que ele gostava dela? Durante esses doze meses?

Warren nega com a cabeça.

— Não. Maggie nunca soube como ele gostava dela. Ridge gostava tanto dela que não ficou com nenhuma outra garota pelo ano inteiro que o fiz esperar. Ele marcou a data em um calendário. Vi uma vez no quarto dele. Mas ele nunca falava sobre ela nem perguntava nada. Mas bem no dia que o prazo acabou, ele foi atrás dela. E Maggie demorou um pouco para aceitar, principalmente por saber que teria de interagir comigo. Mas as coisas acabaram se acertando. No final das contas, ela ficou com o cara certo, graças à persistência de Ridge.

Solto o ar.

— Uau! — exclamo. — Isso é o que chamo de devoção.

Ele se vira para mim, e nossos olhares se encontram.

— Exatamente — confirma ele, como se eu tivesse resumido toda a história. — Nunca conheci alguém com devoção maior do que a daquele garoto. Ele é a melhor coisa que já aconteceu na minha vida. A melhor coisa que já aconteceu para Maggie.

Ele coloca os pés no sofá e olha diretamente para mim.

— Ele já foi ao inferno e voltou por essa garota, Sydney. Todas as internações hospitalares, dirigir até sua casa para cuidar dela, prometer o mundo para ela e desistir de tanta coisa para si mesmo. E ela merece. Ela é uma das pessoas mais puras e abnegadas que eu já conheci. E se há duas pessoas que se merecem, são esses dois.

"Então, quando noto como ele olha para você, fico preocupado. Vi os olhares que vocês dois trocaram na festa. Reparei no ciúme nos olhos dele todas as vezes que você conversou com Brennan. Nunca o vi lutando com a própria escolha ou com os sacrifícios que fez por Maggie até você aparecer. Ele está se apaixonando por você, Sydney, e sei que você tem noção disso. Mas também conheço o coração dele e sei que nunca vai largar Maggie. Ele a ama e nunca faria isso com ela. É por isso que o vendo dividido por causa do que sente em relação a

255

você e conhecendo a vida que ele leva com Maggie, não entendo por que você ainda está aqui. Não compreendo porque está fazendo-o sofrer tanto. Cada dia que passa aqui e eu o flagro olhando para você do mesmo modo que olhava para Maggie, me dá vontade de empurrá-la porta afora e dizer para nunca mais voltar. E sei que a culpa não é sua. *Sei* disso. Porra, você nem sabia dessa história toda até hoje. Mas agora já sabe. E por mais que eu goste de você e a considere uma das garotas mais legais que já conheci, também nunca mais quero ver sua cara. Ainda mais depois de saber a verdade sobre Maggie. E me desculpe se estou sendo severo demais, mas não quero que enfie na sua cabeça a ideia de que o amor que você sente por Ridge será suficiente até o dia que Maggie morrer. Porque ela não está morrendo, Sydney. Ela está *vivendo*. Vai continuar com a gente por muito tempo ainda, muito mais do que o coração de Ridge poderia sobreviver a você."

Escondo o rosto com as mãos e um soluço irrompe em meu peito. Warren me envolve nos braços e me puxa para si. Não sei por quem estou chorando, mas meu coração dói tanto que sinto vontade de arrancá-lo do peito e jogá-lo pela varanda de Ridge, que foi exatamente onde toda essa confusão começou.

Ridge

Já faz algumas horas que Maggie está dormindo, mas ainda não consegui pregar os olhos. Costuma ser assim quando fico no hospital com ela. Depois de cinco anos de internações esporádicas, aprendi que é bem mais fácil não pegar no sono do que tirar um cochilo de apenas duas horas.

Abro meu laptop e a janela de bate-papo com Sydney. Mando um "oi" para descobrir se ela está on-line. Não tivemos chance de conversar sobre meu pedido para ela se mudar, e odeio não saber se ela está bem. Sei que é errado puxar assunto a essa altura do campeonato, mas parece ainda mais errado deixar coisas não ditas.

Ela responde quase imediatamente, e seu tom alivia algumas das minhas preocupações. Não sei por que sempre espero que ela não seja racional, porque nunca demonstrou falta de maturidade em relação à minha situação.

Sydney: Oi, estou aqui. Como está Maggie?

Eu: Está bem. Vai receber alta à tarde.

Sydney: Que bom. Eu estava preocupada.

Eu: Aliás, obrigado pela ajuda ontem à noite.

Sydney: Não fui de grande ajuda. Senti que eu estava atrapalhando mais do que ajudando.

Eu: Não mesmo. Não tem como saber o que teria acontecido se você não a tivesse encontrado.

Fico um tempo esperando resposta que não chega. Acho que estamos num ponto da conversa em que um de nós precisa tocar no assunto que precisa ser discutido. Eu me sinto responsável por toda essa situação com ela, então me adianto.

Eu: Você tem um minuto? Tem algumas coisas que eu realmente gostaria de lhe dizer.

Sydney: É, eu também.

Olho de novo para Maggie, que continua dormindo na mesma posição. Ter essa conversa com Sydney na presença dela, por mais inocente que seja, me deixa sem graça. Pego o laptop, saio do quarto e me sento no chão do corredor vazio ao lado da porta de Maggie. Abro o computador outra vez.

Eu: O que mais gostei nesses dois meses que passamos juntos é que sempre fomos sinceros e consistentes um com o outro. Dizendo isso, não quero que você vá embora com uma ideia errada sobre por que preciso que se mude. Não quero que ache que fez alguma coisa errada.

Sydney: Não preciso de nenhuma explicação. Já passei tempo demais aqui e você tem muita coisa para se preocupar sem ainda precisar lidar comigo. Warren achou um apartamento para mim hoje de manhã, mas só vai ficar vago daqui a alguns dias. Será que posso ficar até acertar tudo?

Eu: Claro. Quando falei que eu precisava que você se mudasse, não estava dizendo que precisava ser naquele mesmo dia. Só que fosse logo. Antes que as coisas se tornassem difíceis demais e eu não conseguisse me afastar.

Sydney: Desculpe, Ridge. Eu não queria que nada disso tivesse acontecido.

Sei que ela está se referindo aos sentimentos que temos um pelo outro. Entendo exatamente o que ela quer dizer, porque eu também não queria que nada disso tivesse acontecido. Na verdade, fiz tudo o que pude para evitar, mas, de alguma forma, meu coração não entendeu. Se eu sei que não tive a menor intenção, sei que ela também não queria, então, não precisava se desculpar.

Eu: Por que está pedindo desculpa? Não faça isso. Não é culpa sua, Sydney. Droga, acho que a culpa também não é minha.

Sydney: Bem, normalmente quando as coisas dão errado, é culpa de alguém.

Eu: As coisas não deram errado entre nós. E esse é nosso problema. Estava tudo certo demais. A gente faz sentido. Tudo em você parece tão certo, mas...

Paro por alguns instantes para organizar meus pensamentos, porque não quero dizer nada de que vá me arrepender. Respiro fundo e descrevo, da melhor forma que consigo, como me sinto sobre toda a nossa situação.

Eu: Não tenho dúvida de que seríamos perfeitos um para o outro, Sydney. Mas nossas vidas não são perfeitas para nós.

Vários minutos se passam sem uma resposta. Não sei se ultrapassei algum limite com meus comentários, mas independentemente de como ela esteja reagindo a eles, eu precisava dizer o que tinha para dizer antes de deixá-la partir. Começo a fechar o computador quando aparece uma mensagem.

Sydney: Se aprendi alguma coisa com toda essa experiência é que minha capacidade de confiar em alguém não foi totalmente destruída por Hunter e Tori, como achei no início. Você sempre foi sincero comigo sobre seus sentimentos. A gente nunca tentou mudar a verdade, até tentou encontrar uma maneira de mudar o rumo das coisas e agradeço por isso. Muito obrigada por me mostrar que caras como você realmente existem, e nem todos são iguais ao Hunter.

De alguma forma, ela faz parecer que sou bem mais inocente do que sou na realidade. Não sou tão forte quanto ela acredita.

Eu: Não me agradeça, Sydney. Não deveria fazer isso, porque falhei totalmente quando tentei não me apaixonar por você.

Engulo o nó que se forma na minha garganta e envio a mensagem. Dizer isso para ela me deixa mais culpado do que na noite em que a beijei. Às vezes as palavras podem causar um efeito muito maior no coração do que um beijo.

Sydney: Falhei primeiro.

Leio sua última mensagem, e o caráter decisivo do nosso adeus me atinge com força. Sinto em cada parte de mim e fico chocado com minha reação. Encosto a cabeça na parede atrás de mim e tento imaginar meu mundo antes de Sydney surgir. Era um bom mundo. Um mundo sólido. Até que ela apareceu e virou tudo de ponta-cabeça, como se fosse um globo de neve frágil. Como ela vai embora, parece que a neve está prestes a se acomodar no fundo, e meu mundo vai voltar para o lugar e ficar consistente como antes. Por mais que isso devesse me tranquilizar, me sinto apavorado. Estou morrendo de medo de nunca mais sentir tudo o que senti durante o pouco tempo em que ela fez parte do meu mundo.

Qualquer pessoa que tenha causado tamanho impacto merece uma despedida adequada.

Eu me levanto e volto para o quarto de Maggie no hospital. Ela ainda está dormindo, então vou até sua cama e dou um leve beijo na sua testa, deixando um bilhete para explicar que estou indo para o apartamento buscar algumas coisas antes que ela receba alta.

Em seguida, vou embora para me despedir da outra metade do meu coração.

* * *

Estou diante da porta do quarto de Sydney, me preparando para bater. Já dissemos tudo o que precisava ser dito e provavelmente muita coisa que não deveríamos, mas não posso deixar de vê-la pela última vez antes de partir. Ela já terá ido embora quando eu voltar de San Antonio. Não tenho intenção de entrar em contato com ela depois do dia de hoje e, como sei que esse é um adeus definitivo, sinto meu coração apertar no peito. E isso dói demais.

Se eu estivesse olhando para minha situação sob a perspectiva de outra pessoa, diria a mim mesmo para esquecer os sentimentos de Sydney, que minha lealdade é somente para com Maggie. Eu diria a mim mesmo para ir embora e que ela não merece uma despedida, mesmo depois de tudo pelo que passamos.

Mas será que a vida é tão preto no branco assim? Será que um simples certo e errado pode definir minha situação? Será que os sentimentos de Sydney não importam em meio a tudo isso, apesar da minha lealdade a Maggie? Não parece certo simplesmente deixá-la ir. Mas é injusto com Maggie *não* deixá-la ir simplesmente.

Para começar, nem tenho ideia de como me meti nessa confusão, mas sei que a única forma de acabar com isso é não manter mais contato com ela. Eu soube, assim que segurei a mão dela ontem à noite, que nenhum defeito ou imperfeição no mundo seria capaz de fazer meu coração parar de sentir isso.

Não é motivo de orgulho saber que Maggie não ocupa mais todo o meu coração. Lutei contra. Lutei muito, porque não queria que isso acontecesse. Mas, mesmo com a luta finalmente chegando ao fim, não sei se estou ganhando ou perdendo. Nem sei para qual dos lados eu estava torcendo e muito menos em que lado estou. Bato de leve na porta de Sydney, coloco a mão no batente e olho para baixo. Uma parte de mim espera que ela se recuse a abrir, e a outra parte quer arrombar a porta para vê-la, mas consigo controlar esse impulso.

Em segundos, ficamos frente a frente, e sei que é pela última vez. Seus olhos azuis estão arregalados de medo e surpresa e, talvez, até um pouco de alívio por me ver parado diante dela. Sydney não sabe como se sentir em relação à minha presença ali, mas sua confusão é reconfortante. É bom saber que não estou sozinho nisso, que nós dois dividimos o mesmo misto de emoções. Estamos juntos nessa.

Sydney e eu.

Somos apenas duas almas completamente confusas, com medo de um adeus indesejado, mas crucial.

19.

Sydney

Fique calmo, coração. Por favor, fique calmo.

Não quero que ele esteja diante de mim. Não quero que olhe para mim com essa expressão que espelha meus sentimentos. Não quero que sofra como eu. Não quero que ele sinta tanta saudade quanto eu. Nem que se apaixone por mim tanto quanto me apaixonei por ele.

Quero que ele fique com Maggie. Que *queira* estar com ela, porque facilitaria tanto saber que não nutrimos os mesmos sentimentos um pelo outro. Se isso não fosse tão difícil para ele, seria bem mais fácil esquecê-lo, mais fácil aceitar sua escolha. Em vez disso, sinto uma dor ainda maior por saber que esta despedida está lhe fazendo mal tanto quanto a mim.

Isso está me *matando,* porque nada nem ninguém poderia se encaixar na minha vida como ele. Sinto como se estivesse disposta a destruir minha única chance de ter uma vida excepcional, aceitando uma vida medíocre sem que Ridge faça parte dela. As palavras do meu pai ressoam na minha mente, e estou começando a me perguntar se, no fim das contas, ele tem razão. *Uma vida medíocre é uma vida desperdiçada.*

Nossos olhos continuam se abraçando em silêncio por mais um instante até que desviamos o olhar para absorver cada detalhe do outro.

Seus olhos percorrem cuidadosamente o meu rosto, como se quisesse guardá-lo na lembrança. Mas esse é o último lugar que quero estar.

Daria tudo para sempre fazer parte do seu presente.

Apoio a cabeça na porta aberta do quarto e olho para as mãos dele segurando o batente. As mesmas mãos que nunca mais vou ver tocando violão. As mesmas mãos que nunca mais vão segurar as minhas. As mesmas mãos que nunca mais vão me tocar nem me abraçar para me ouvir cantar.

As mesmas mãos que de repente me alcançam, me puxando para um abraço tão apertado que nem sei se conseguiria me soltar se tentasse. Mas não estou tentando. Estou correspondendo. Abraçando-o com o mesmo desespero. Encontro conforto ao me apoiar em seu peito enquanto ele mantém o rosto apoiado no topo da minha cabeça. A cada expiração profunda e descontrolada que passa pelos seus pulmões, a minha respiração tenta acompanhar o ritmo. Só que estou mais ofegante, por causa das lágrimas escorrendo.

Minha tristeza me consome, e nem tento contê-la, enquanto derramo lágrimas de angústia. Estou chorando pela morte de algo que nem teve a chance de ganhar vida.

A morte de *nós dois juntos.*

Ridge e eu continuamos abraçados por vários minutos. Tantos que tento não contar, por medo de estar ali por muito mais tempo do que seria adequado. Parece que ele também nota isso porque desliza as mãos pelas minhas costas, chegando aos meus ombros, e depois se afasta de mim. Ergo a cabeça da camisa dele e enxugo os olhos antes de encará-lo de novo.

Assim que nossos olhares se encontram, ele solta meus ombros e envolve meu rosto com as mãos. Seus olhos ficam analisando os meus por um instante, e sua expressão me faz odiá-lo por amá-lo tanto.

Amo o jeito que ele está me olhando, como se eu fosse tudo o que importa. A única coisa que ele vê. Ridge é a única coisa que *eu* vejo. Meus pensamentos voltam para a letra da música que ele compôs:

E só o que penso é que quero ser o homem que foi feito pra você.

Seus olhos se alternam entre minha boca e meus olhos, quase como se não conseguisse decidir se quer me beijar, olhar para mim ou falar comigo.

— Sydney — sussurra.

Ofegante, levo a mão ao peito. Ao ouvir a voz dele, meu coração parece prestes a se desintegrar.

— Eu não... falo... bem — diz ele em um tom de voz baixo e inseguro.

Ai, meu coração. Ouvi-lo falar é quase mais do que aguento. Cada palavra que ouço basta para me deixar de joelhos, e nem é por causa do som da sua voz ou do que está dizendo. É porque ele escolheu este momento para falar pela primeira vez depois de 15 anos.

Ridge para antes de concluir o que precisa dizer, dando um tempo para meu coração e meu pulmão se recuperarem. A voz dele é exatamente como imaginei que seria, depois de ouvir seu riso tantas vezes. Sua voz é um pouco mais profunda que o riso, mas também um pouco destoante. De algum jeito, ela me faz lembrar de uma fotografia. Consigo entender suas palavras, mas estão destoantes. É como olhar para uma imagem e reconhecer a pessoa, mesmo sem foco... Como suas palavras.

Acabei de me apaixonar pela voz dele. Pela imagem fora de foco que está pintando com as palavras.

Por... *ele.*

Ridge inspira suavemente e solta o ar, parecendo nervoso, antes de continuar:

— Preciso que você... escute isto — declara ele, segurando meu rosto com as mãos. — Eu... *nunca* vou... me arrepender de você.

Batida, batida, pausa.

Inspire, expire.

Contraia, relaxe.

Acabei de perder oficialmente a guerra com meu coração. Nem me dou o trabalho de responder. Minha reação é expressa pelas lágrimas. Ele se inclina para a frente e beija minha testa, depois solta meu rosto e se afasta lentamente de mim. Cada passo que ele dá para longe de mim faz meu coração se despedaçar. Quase consigo ouvi-lo se partindo. Também quase escuto o coração dele se rasgando no peito e caindo no chão bem ao lado do meu.

Por mais que eu saiba que ele tem que ir embora, estou quase implorando para que fique. Quero me ajoelhar bem ao lado dos nossos corações destruídos e implorar para que me escolha. A parte patética que existe em mim quer implorar por um beijo, mesmo que ele não decida ficar comigo.

Mas a parte de mim que vence é a que fica em silêncio, porque sei que Maggie o merece muito mais do que eu.

Mantenho as mãos ao lado do corpo enquanto ele dá outro passo, preparando-se para virar as costas para a porta do meu quarto. Nossos olhares continuam fixos um no outro, mas, quando meu celular toca no bolso, me sobressalto e desvio o olhar. Ouço o telefone dele vibrar no bolso também. A interrupção repentina só fica clara para mim assim que ele me vê pegando meu celular ao mesmo tempo que tira o dele do bolso. Nossos olhares se cruzam por um instante, mas a interrupção do mundo externo parece ter nos trazido de volta para a realidade da situação. Retornando ao fato de que o coração dele pertence a outra pessoa e que este ainda é o momento da despedida.

Observo-o ler a mensagem de texto primeiro, incapaz de afastar os olhos dele para ler a que recebi. Sua expressão demonstra sofrimento ao ler o texto, e Ridge balança a cabeça lentamente.

Ele estremece.

Até aquele instante, nunca tinha visto um coração partindo bem diante dos meus olhos. Seja lá o que ele tenha acabado de ler, acabou com ele.

Ele não volta a olhar para mim. Com um movimento rápido, ele segura com força o telefone como se o aparelho fosse uma extensão de si mesmo, depois segue até a porta da frente. Vou para a sala e fico olhando para ele, amedrontada, enquanto ando até a porta. Ele sequer a fecha ao sair e desce os degraus de dois em dois, pulando o corrimão para economizar dois segundos na sua corrida desesperada para chegar aonde quer que seja.

Olho para meu celular e desbloqueio a tela. O número de Maggie aparece na última mensagem de texto. Abro-a e noto que Ridge e eu somos os únicos destinatários. Leio com atenção, reconhecendo imediatamente as palavras que ela digitou para nós dois.

Maggie: "Maggie apareceu ontem à noite uma hora depois que voltei para o meu quarto. Eu tinha certeza de que você ia entrar e contar a ela como fui babaca por ter beijado você."

Vou direto para o sofá e me sento, sem conseguir me manter de pé. Suas palavras me deixaram sem fôlego, sugaram todas as minhas forças e roubaram qualquer senso de dignidade que eu achava que tinha.

Tento me lembrar de onde Ridge me mandou aquela mensagem. Do seu laptop.

Ai, não. Nossas mensagens.

Maggie está lendo nossas mensagens. Não, não, não.

Ela não vai entender. Só vai ver o que a mágoa lhe mostrar. E não como Ridge estava lutando contra isso por causa dela.

Recebo outra mensagem de Maggie, mas não quero ler. Não quero ver nossas conversas pelos olhos dela.

Maggie: "Nunca achei que fosse possível ter sentimentos sinceros por mais de uma pessoa, mas você me mostrou como eu estava terrivelmente errado."

Deixo o celular no silencioso e o jogo ao meu lado no sofá enquanto tapo o rosto com as mãos e começo a chorar.

Como pude fazer isso com ela?

Como pude fazer com ela o que fizeram comigo, sabendo que essa é a pior sensação do mundo?

Nunca senti uma vergonha como essa.

Vários minutos se passam, cheios de arrependimentos, antes que me dê conta de que a porta da frente está aberta. Deixo o telefone no sofá e vou até a porta para fechá-la, mas meus olhos são atraídos para o táxi que acabou de parar bem diante do nosso prédio. Maggie salta e olha diretamente para mim enquanto fecha a porta do carro. Não estou nem um pouco preparada para vê-la, por isso saio do seu campo de visão para tentar me controlar. Não sei se devo me esconder no quarto ou ficar aqui e tentar explicar a inocência de Ridge em tudo isso.

Mas como posso fazer isso? É óbvio que ela leu todas as conversas. Sabe que nos beijamos. Sabe que ele admitiu gostar de mim. Por mais que eu tente convencê-la de que ele fez tudo o que podia para não sentir isso, não justifica que o cara que ela ama tenha admitido abertamente gostar de outra pessoa. Não tem desculpa, e me sinto uma merda por fazer parte de tudo isso.

Ainda estou parada ao lado da porta aberta quando ela termina de subir a escada. Está me olhando com uma expressão dura. Sei bem que não está aqui por minha causa, então dou um passo para trás e abro mais a porta. Ela olha para os próprios pés ao passar por mim, sem nem conseguir me encarar.

Não a culpo. Também não conseguiria olhar para mim. Se eu fosse ela, me daria um soco bem nesse instante.

Ela vai até a bancada da cozinha e coloca o laptop de Ridge ali em cima sem a menor delicadeza. Depois segue direto para o quarto dele. Ouço ela remexer nas coisas e, por fim, sai com uma sacola em uma das mãos, e as chaves do seu carro na outra. Ainda estou parada, com as mãos na porta. Ela continua olhando fixo para o chão quando passa de novo por mim. Mas, dessa vez, ela leva a mão ao rosto para enxugar uma lágrima.

Ela passa pela porta, desce a escada e segue até seu carro, sem falar uma palavra.

Quero lhe dizer que pode me odiar. Quero que ela me dê um soco, grite comigo e me chame de vadia. Quero que me dê um motivo para ficar zangada, porque, nesse exato momento, estou com o coração partido por causa dela e sei que não há nada que eu possa dizer para fazê-la se sentir melhor. Tenho certeza disso porque recentemente passei pela mesma situação na qual Ridge e eu a colocamos.

Acabamos de transformá-la em uma Sydney.

Ridge

A terceira e última mensagem chega assim que estaciono no hospital. Sei que é a última, porque foi retirada da última conversa que tive com Sydney menos de duas horas atrás. Foi a última mensagem que mandei para ela.

> **Maggie:** "Não me agradeça, Sydney. Não deveria fazer isso, porque falhei totalmente quando tentei não me apaixonar por você."

Não aguento mais. Jogo o celular no banco do carona e saio do carro. Corro pelo hospital até chegar ao quarto dela. Abro a porta e entro depressa, me preparando para fazer o possível para ela me ouvir.

Mas, assim que entro no quarto, fico angustiado.

Ela se foi.

Toco a testa com as mãos e ando de um lado para outro no quarto, tentando descobrir como posso resolver aquilo. Ela leu *tudo*. Todas as conversas que tive com Sydney no meu laptop. Cada sentimento que compartilhei com sinceridade, cada piada que fizemos e cada defeito e imperfeição que listamos.

Por que fui tão *descuidado*?

Vivi 24 anos sem nunca ter experimentado esse tipo de ódio. É o tipo de ódio que domina completamente nossa consciência, que tenta arranjar desculpas para ações indesculpáveis, que pode ser sentido em cada centímetro do nosso corpo e em cada ponto da alma. Nunca havia sentido isso até então. E nunca odiei tanto nada nem ninguém como estou me odiando agora.

20.

Sydney

— Você está chorando? — pergunta Bridgette sem nenhuma pena, quando entra no apartamento.

Warren vem logo atrás dela, mas para no instante em que nossos olhares se encontram.

Não sei quanto tempo faz que estou sentada no sofá sem me mexer, mas não é o suficiente para absorver tudo o que aconteceu. Ainda tenho esperança de que tenha sido tudo um sonho. Ou um pesadelo. As coisas não deveriam ter acabado desse jeito.

— Sydney? — chama Warren, hesitante.

Ele sabe que tem alguma coisa errada porque meus olhos injetados e inchados dão uma boa pista.

Tento formular uma resposta, mas não consigo pensar em nada. Por mais que eu faça parte disso tudo, ainda sinto que a situação entre Ridge e Maggie não diz respeito a mim para poder compartilhar.

Por sorte, Warren não precisa me perguntar o que tem de errado, porque sou poupada pela chegada de Ridge. Ele entra apressado pela porta da frente, atraindo a atenção de Bridgette e Warren.

Passa entre os dois e segue direto para o quarto. Abre a porta e sai pelo banheiro segundos depois. Ele olha para Warren e faz alguns sinais. O amigo dá de ombros e responde, mas não consigo acompanhar a conversa deles.

Quando Ridge diz outra coisa, Warren olha diretamente para mim.

— O que ele quer dizer? — pergunta.

Dou de ombros.

— Não aprendi a usar a Língua de Sinais desde a última vez que conversamos, Warren. Como é que vou saber o que ele quer dizer?

Não sei de onde veio meu sarcasmo gratuito, mas tenho a impressão de que Warren deve ter previsto isso.

Ele balança a cabeça.

— Cadê Maggie, Sydney? — Warren aponta para a bancada onde está o laptop. — Ridge disse que ela estava com o computador dele, então veio para cá quando saiu do hospital.

Olho para Ridge para responder, mas não consigo negar o fato de que o ciúme está me corroendo por dentro ao observar sua reação quando o assunto é Maggie.

— Não sei aonde ela foi. Só entrou, deixou o computador e pegou suas coisas. Já faz meia hora que ela saiu.

Warren sinaliza para Ridge tudo o que falo. Quando termina, Ridge passa a mão pelo cabelo, sentindo-se frustrado. Depois dá um passo na minha direção. Seus olhos estão zangados e magoados, e ele começa a fazer sinais, movimentando as mãos com força. É óbvio que a raiva dele me faz recuar, mas sua decepção comigo desperta minha raiva.

— Ele quer saber como você pôde deixar que ela simplesmente fosse embora? — pergunta Warren.

No mesmo instante me levanto e encaro Ridge.

— O que você esperava que eu fizesse, Ridge? Trancasse a garota dentro de um armário? Você não pode ficar bravo comigo por causa disso! Não fui eu que não apaguei as mensagens que não queria que ninguém lesse!

Não espero Warren terminar de sinalizar tudo para Ridge. Vou para o meu quarto, bato a porta e me jogo na cama. Pouco depois, também ouço a porta do quarto de Ridge bater. Os barulhos não param por aí. Escuto objetos sendo jogados nas paredes do quarto, enquanto ele desconta a raiva em todas as coisas inanimadas à sua frente. Não ouço a batida na porta devido ao barulho que vem do quarto de Ridge. A porta do meu quarto se abre, e Warren entra, encostando-se na porta.

— O que aconteceu? — pergunta ele.

Viro o rosto, sem vontade de responder. Também não quero olhar para ele, porque sei que não importa o que eu diga, só vai deixá-lo ainda mais decepcionado comigo e com Ridge. E não quero que ele se decepcione com Ridge.

— Você está bem? — A voz dele está mais próxima de mim. Ele se senta ao meu lado na cama e coloca uma das mãos nas minhas costas para me confortar. Seu toque tranquilizador me faz desmoronar outra vez, então enterro o rosto nos braços. Sinto como se estivesse me afogando, sem forças para tentar subir à superfície para respirar.

— Você disse alguma coisa sobre mensagens para Ridge. Maggie leu alguma coisa que pudesse chateá-la?

Viro a cabeça e olho para ele.

— Vá perguntar para Ridge, Warren. Não devo me meter nos assuntos de Maggie.

Ele comprime os lábios formando uma linha fina, balançando lentamente a cabeça enquanto pensa.

— Mas acho que você deve, sim, não é? Isso não tem tudo a ver com você? E não posso perguntar para Ridge. Nunca o vi assim e, sinceramente, estou com um pouco de medo dele agora. Mas estou preocupado com Maggie e preciso que você me conte tudo o que aconteceu para que eu possa descobrir alguma forma de ajudar.

Fecho os olhos, imaginando como posso responder à pergunta de Warren de um jeito simples. Abro os olhos e o encaro.

— Não fique bravo com ele, Warren. A única coisa que Ridge fez de errado foi não apagar algumas mensagens.

Warren inclina a cabeça e estreita seus olhos cheios de dúvida.

— Se Ridge só fez isso de errado, por que Maggie está o evitando? Está me dizendo que as mensagens que ela leu não foram um erro? O que estava acontecendo entre vocês não era errado?

Não gosto do tom condescendente em sua voz. Eu me sento na cama e me afasto, aumentando a distância entre nós enquanto respondo:

— O fato de Ridge ter sido sincero durante nossas conversas não foi algo errado. O fato de ele gostar de mim também não é errado, ainda mais quando você sabe exatamente como ele lutou contra esse sentimento. As pessoas não conseguem controlar o que se passa no coração, Warren. Elas só podem controlar suas ações, e foi o que Ridge fez. Ele perdeu o controle uma vez por dez segundos, mas depois disso, sempre que a tentação mostrava sua cara horrenda, ele se afastava. A única coisa que Ridge fez de errado foi não ter apagado as mensagens e, assim, não conseguiu proteger Maggie. Ele não conseguiu protegê-la da difícil verdade que ninguém escolhe por quem se apaixona. As pessoas só decidem por quem podem *continuar* apaixonadas.

Olho para o teto e pisco para afastar as lágrimas.

— Ele escolheu continuar apaixonado por *ela*, Warren. Por que Maggie não consegue enxergar isso? Isso vai ser muito pior para ele do que para ela.

Eu me deito de novo na cama, e Warren continua ao meu lado, imóvel e em silêncio. Depois de algum tempo, ele se levanta e anda até a porta.

— Devo um pedido de desculpas a você, Sydney — declara ele.

— Desculpas pelo quê?

Ele olha para o chão e mexe os pés.

— Não achei que você fosse boa o suficiente para ele, Sydney. — Ele ergue os olhos devagar até encontrar os meus. — Mas você é. Você e Maggie são. Desde que conheço Ridge, esta é a primeira vez que não estou com inveja dele.

Warren sai do meu quarto, mas, de alguma forma, me faz sentir um pouco melhor e muito pior ao mesmo tempo.

Continuo deitada na cama, tentando ouvir o barulho da raiva de Ridge, mas não há nada. O apartamento está em completo silêncio. A única coisa que conseguimos escutar é o coração de Maggie se despedaçando.

Pego meu telefone pela primeira vez desde que deixei no modo silencioso e vejo que não li uma mensagem que Ridge mandou alguns minutos antes.

Ridge: Mudei de ideia. Preciso que você vá embora hoje.

Ridge

Jogo algumas coisas em uma mala, esperando realmente precisar disso tudo quando chegar à casa de Maggie. Não faço a menor ideia se ela vai me deixar entrar, mas só o que posso fazer é me manter otimista, porque a alternativa é inaceitável. Completamente. Eu me recuso a aceitar.

Sei que ela está magoada e que me odeia, mas precisa entender o quanto significa para mim, e que meus sentimentos por Sydney nunca foram intencionais.

Cerro os punhos de novo, perguntando-me, para início de conversa, por que diabo falei aquelas coisas com Sydney. Ou por que não apaguei as mensagens. Nunca imaginei que Maggie pudesse ter acesso a elas. Acho que, de certa forma, simplesmente não me sentia culpado. Eu não queria sentir aquilo por Sydney, mas os sentimentos existem, e me recusar a fazer qualquer coisa em relação a eles desde nosso primeiro beijo me exigiu muito esforço. De um jeito estranhamente sádico, até senti certo orgulho por ter conseguido lutar tanto.

Mas Maggie não enxerga esse lado das coisas, e eu entendo. Eu a conheço, e se leu todas as mensagens, deve estar mais chateada com a ligação que tenho com Sydney do que com o beijo que demos. Mas não tenho como me livrar do que sinto por Sydney de uma hora para outra.

Pego minha mala e meu celular e vou para a cozinha buscar o laptop. Quando chego à bancada, noto que há um pedaço de papel no computador: um post-it colado na tela.

Ridge, nunca tive a intenção de ler suas mensagens pessoais, mas quando abri seu computador, tudo apareceu bem ali na minha frente. Li as mensagens, mas queria nunca ter feito isso. Por favor, me dê um tempo para processar o que aconteceu antes de você vir atrás de mim. Daqui a alguns dias entro em contato com você quando estiver pronta para conversar.

Maggie

Alguns dias?

Meu Deus, por favor, ela não pode estar falando sério. De jeito nenhum meu coração vai sobreviver por mais alguns dias. Terei sorte se conseguir chegar vivo ao fim desse dia sabendo como sou responsável pelo sofrimento dela.

Jogo minha mala na direção da porta do meu quarto, pois não vou precisar dela tão cedo. Apoio os cotovelos na bancada, sentindo-me derrotado ao amassar o bilhete. Olho para o laptop diante de mim.

Merda de computador.

Por que não coloquei a porra de uma senha? Por que não o trouxe comigo quando saí do hospital? Por que não apaguei a porra das mensagens? Por que fui escrever para Sydney?

Nunca odiei tanto um objeto inanimado quanto este computador. Fecho-o e lhe dou um soco com toda a minha força. Gostaria de ter escutado o laptop quebrando. Gostaria de ter escutado o som do meu punho o atingindo a cada vez. Gostaria de ter escutado o computador de despedaçando sob meu punho do mesmo modo que meu coração está se despedaçado no peito.

Eu me empertigo e o jogo no balcão. De soslaio, vejo Warren sair do quarto, mas estou puto demais para me importar se estou fazendo muito barulho. Continuo batendo o laptop com força no balcão, mas isso não diminui o ódio que sinto por esse objeto, e também não causa muitos danos ao seu exterior. Warren vai até a cozinha e alcança um dos armários, enfiando a mão lá dentro para pegar algo. Depois se aproxima de mim. Interrompo meu ataque e noto que ele está segurando um martelo. Eu o pego com satisfação e atinjo o laptop com toda a minha força. Dessa vez, consigo ver as rachaduras surgindo a cada golpe.

Muito melhor.

Eu o acerto diversas vezes e observo os pedaços voarem para todos os lados. Também estou causando muitos danos na bancada sob o computador destroçado, mas não me importo. Bancadas são substituíveis. O que este computador destruiu em Maggie, não.

Quando não há mais nada para ser destruído no laptop, finalmente largo o martelo no balcão. Estou se fôlego. Eu me viro e escorrego até me sentar no chão.

Está se sentindo melhor?, pergunta ele, usando sinais. Ele se senta à minha frente no chão, apoiando as costas na parede.

Nego com a cabeça. Não me sinto melhor, pelo contrário. Agora sei que não é com meu computador que estou bravo. É comigo. Estou furioso comigo mesmo.

— Posso fazer alguma coisa para ajudar?

Reflito sobre a pergunta dele. A única coisa que poderia me ajudar a convencer Maggie a voltar para mim seria provar que não existe nada entre mim e Sydney. Para isso, eu não poderia ter qualquer interação com ela, o que é um pouco difícil, considerando que ela mora no quarto ao lado do meu.

Você pode ajudar Sydney a se mudar?, pergunto. *Ainda hoje?*

Warren baixa o queixo diante do meu pedido, lançando-me um olhar de decepção.

— Hoje? O apartamento dela só vai ficar pronto daqui a três dias. Além disso, ela precisa de móveis, e o que encomendamos essa manhã só vai chegar no dia da mudança.

Pego a carteira no bolso e tiro um cartão de crédito.

— Leve-a para um hotel, então. Pago pelo quarto até o apartamento ficar pronto. Preciso que ela saia. Não pode estar aqui se Maggie decidir voltar.

Warren pega meu cartão e fica encarando-o por vários segundos antes de olhar de novo para mim.

Você sabe que isso não é certo, considerando que tudo o que está acontecendo é culpa sua, não é? Não espere que eu vá pedir para ela ir embora hoje. Você deve isso a Sydney.

Sou obrigado a admitir que a reação de Warren me surpreende. Ontem ele parecia odiar Sydney. Mas hoje está agindo como se fosse seu protetor.

Já falei que preciso que ela vá embora hoje. Faça-me o favor de se certificar de que tudo dê certo na mudança essa semana. Compre tudo o que ela precisar. Mantimentos, móveis e o que mais for necessário.

Estou começando a me levantar quando a porta do quarto de Sydney se abre. Ela está andando de costas, puxando suas duas malas. Warren fica de pé, e, assim que ela se vira, nossos olhares se encontram, deixando-a paralisada.

A culpa por estar fazendo isso com ela me atinge em cheio quando vejo seus olhos cheios d'água. Ela não merece isso. Não fez nada para merecer tudo pelo que a estou fazendo passar. Eu me sinto muito mal por saber que a fiz sofrer tanto, e é exatamente por isso que ela precisa ir embora, pois eu não deveria me importar assim.

Mas me importo. Meu Deus, eu me importo muito com ela.

Desvio o olhar me volto para Warren.

Obrigado por ajudá-la, sinalizo.

Volto para o meu quarto, pois não quero vê-la partir. Não consigo imaginar perder as duas no intervalo de algumas horas, mas é exatamente o que está acontecendo.

Warren segura meu braço quando passo, forçando-me a olhar para ele.

Você não vai nem se despedir dela?, pergunta.

Não posso me despedir se não quero que ela vá embora.

Continuo andando até meu quarto, grato por não ter como ouvir a porta fechando quando ela sair. Pego meu telefone e me deito na cama. Mando uma mensagem para Maggie.

> Eu: Dou o tempo que você quiser. Amo você mais do que imagina. Não vou negar nada do que disse para Sydney porque é tudo verdade, principalmente as partes sobre meu amor por você. Sei que você está magoada e que traí sua confiança, mas, por favor, você precisa saber como lutei por você. Por favor, não acabe as coisas assim.

Envio, coloco o celular no meu peito e começo a chorar.

21.

Sydney

— Deixe que eu levo para você — diz Warren, se inclinando para pegar minhas malas.

Ele as carrega pela escada, e eu o sigo. Assim que chegamos ao carro, percebo que nem sei para onde estou indo. Não pensei tão à frente assim. No instante em que Ridge disse que precisava que eu fosse embora hoje, simplesmente arrumei as malas e saí sem planejar o que eu faria pelos próximos três dias. Meu novo apartamento ainda não está pronto, mas eu já queria estar lá. Quero ficar o mais afastado de Ridge, Maggie, Warren, Bridgette, Hunter e Tori. De tudo e de todos.

— Ridge quer que eu leve você para um hotel até que seu apartamento fique pronto. Mas você prefere ir para algum outro lugar?

Warren está no banco do motorista, e estou ao seu lado. Nem me lembro de ter entrado no seu carro. Eu me viro, e ele fica me olhando. Ainda nem ligou o motor.

Meu Deus, me sinto tão patética, como se eu fosse um peso.

— É hilário, né?

— O quê?

Aponto para mim mesma.

— Isso. — Apoio a cabeça no encosto do banco e fecho os olhos. — Eu deveria simplesmente voltar para a casa dos meus pais. Está claro que não fui feita para essas coisas.

Warren suspira.

278

— Como assim, Sydney? Você não foi feita para a faculdade? Para a vida real?

Balanço a cabeça.

— Acho que para a independência como um todo. Hunter tinha razão quando me disse que eu ficaria melhor com ele do que sozinha. Pelo menos em relação a isso ele estava certo. Fiquei menos de três meses na vida de Ridge e consegui destruir todo o relacionamento dele com Maggie. — Olho pela janela para a varanda vazia. — Também acabei com toda a nossa amizade.

Warren liga o carro, pega minha mão e a aperta de leve.

— Hoje foi um dia ruim, Syd. Um dia muito, muito, muito ruim. Algumas vezes na vida a gente precisa de dias ruins para manter os bons em perspectiva. — Ele solta minha mão e sai da vaga. — E você chegou até aqui sem ter voltado para a casa dos seus pais. Acho que consegue isso por mais três dias.

— Não tenho como pagar um hotel, Warren. Gastei minhas economias nos móveis e no adiantamento para o novo apartamento. Pode me deixar na rodoviária. Vou passar alguns dias com meus pais.

Pego o telefone na intenção de engolir meu orgulho e ligar para eles, mas Warren tira o aparelho das minhas mãos.

— Em primeiro lugar, você precisa parar de se culpar pelo que está acontecendo entre Ridge e Maggie. Ele é adulto e sabe diferenciar o certo do errado. Era ele que estava comprometido, não você. Em segundo, você precisa deixar que Ridge pague a conta do hotel porque foi ele quem a obrigou a sair sem nenhum aviso. Por mais que goste do cara, ele tem uma grande dívida com você.

Fico observando a varanda vazia enquanto nos afastamos do condomínio.

— Por que sinto como se estivesse aceitando esmolas de Ridge desde o dia em que o conheci?

Desvio os olhos da varanda, sentindo a raiva crescer dentro de mim, mas nem sei por que estou brava. Com o amor, talvez? Acho que estou com raiva do amor.

— Também não sei por que você se sente assim — responde Warren. — Mas precisa parar com isso. Você nunca pediu nada para nenhum de nós.

Assinto, tentando concordar com ele.

Talvez Warren tenha razão. Ridge é tão culpado na história quanto eu. Era ele que estava em um relacionamento. Deveria ter me pedido para ir embora assim que percebeu que sentia alguma coisa por mim. Deveria ter me dado mais do que cinco minutos para me mudar. Ele me fez sentir como se eu fosse uma responsabilidade dele, e não alguém de quem supostamente gosta.

— Você está certo, Warren. E quer saber de uma coisa? Como Ridge está pagando, quero que me leve para um ótimo hotel. Um que tenha serviço de quarto e um frigobar cheio de garrafinhas de Pinho Sol.

Ele ri.

— Essa é minha garota.

Ridge

Já se passaram 72 horas.

Três dias.

Tempo suficiente para pensar em mais coisas que preciso dizer para Maggie. Tempo suficiente para Warren me contar que Sydney já está no seu novo apartamento. Ele não me revelou onde é, mas acho que é melhor assim.

Setenta e duas horas também foi tempo suficiente para perceber que sinto quase tanta falta de Sydney na minha vida quanto de Maggie. E é tempo suficiente para saber que não vou conseguir passar mais um dia sequer sem conversar com Maggie. Preciso saber que ela está bem. Não fiz nada a não ser ficar andando de um lado para outro no apartamento desde que a perdi.

Desde que perdi as duas.

Pego o celular e fico segurando-o por um tempo, com medo de mandar uma mensagem. Tenho medo de qual resposta ela vai dar. Quando finalmente digito o texto, fechos os olhos e aperto enviar.

Eu: Você já está pronta para conversarmos?

Fico encarando o celular, esperando a resposta. Quero saber se ela está bem. Quero ficar ao lado dela. O fato de que ela provavelmente está pensando o pior de mim está me matando, e tenho a impressão de nem conseguir respirar desde que ela descobriu sobre mim e Sydney.

Maggie: Nunca vou estar pronta, mas precisamos fazer isso. Estarei em casa essa noite.

Por mais que eu esteja pronto para encontrá-la, também fico morrendo de medo. Não quero vê-la sofrendo.

Eu: Chego aí em uma hora.

Pego minhas coisas e sigo direto para a porta — direto para a metade do meu coração que precisa de mais remendos.

* * *

Tenho a chave da casa dela. Já faz três anos que tenho a chave e por isso nunca mais toquei a campainha.

Mas toco dessa vez, o que não parece certo. Sinto como se estivesse pedindo permissão para ultrapassar uma barreira invisível que sequer deveria existir. Dou um passo para trás e espero.

Depois de alguns dolorosos segundos, ela abre a porta e me olha por um breve instante enquanto dá um passo para o lado para eu entrar. No caminho até ali, imaginei-a descabelada e com a maquiagem borrada por causa do choro. E pensei que estaria usando o mesmo pijama amarrotado por três dias de uso. A típica imagem de uma garota sofrendo por ter acabado de perder a confiança no homem que ama.

Acho que eu preferia que ela estivesse como imaginei do que como realmente está: com sua calça jeans de sempre e o cabelo preso para trás. Não há um pingo de maquiagem no rosto nem lágrimas nos seus olhos. Ela dá um sorriso triste enquanto fecha a porta.

Observo-a atentamente, porque não sei direito o que fazer. É claro que meu primeiro instinto seria puxá-la e lhe dar um beijo, mas essa provavelmente não é a melhor ideia. Em vez disso, espero-a ir para a sala. Eu a sigo, desejando mais do que tudo que se vire e se jogue nos meus braços. Maggie se volta para mim antes de se sentar, mas não se joga nos meus braços.

E então?, pergunta ela, usando sinais. *Como é que vamos fazer isso?*

Sua expressão é hesitante e pesarosa, mas pelo menos está confrontando isso. Sei como é difícil para ela.

Que tal a gente parar de agir como se não pudéssemos ser nós mesmos?, sinalizo em resposta. *Esses foram os três dias mais difíceis da minha vida, e não consigo passar nem mais um minuto sem tocar você.*

Não lhe dou a chance de responder, pois vou logo abraçando-a e a puxando em minha direção. Ela não resiste. Seus braços me envolvem e assim que apoio o rosto no topo da sua cabeça sinto que ela começa a chorar.

Essa é a Maggie de quem preciso. A Maggie vulnerável, que ainda me ama, apesar de tudo o que fiz.

Eu a abraço e a levo ao sofá, mantendo-a segura nos meus braços enquanto coloco-a sentada no meu colo. Continuamos abraçados, sem saber como iniciar a conversa. Dou um beijo demorado no seu cabelo.

Daria tudo para poder sussurrar todas as desculpas ao seu ouvido. Eu a quero o mais perto de mim possível enquanto digo que sinto muito, mas não consigo fazer isso e, ao mesmo tempo, sinalizar todas as coisas que preciso dizer. Odeio esses momentos em que daria tudo para ser capaz de me comunicar do mesmo jeito que as pessoas fazem, sem o menor esforço.

Ela ergue lentamente o rosto, e eu, relutante, permito que se afaste de mim. Maggie mantém as mãos no meu peito e olha diretamente nos meus olhos.

— Você está apaixonado por ela? — pergunta.

Ela não usa os sinais para fazer essa pergunta, simplesmente fala. Essa atitude me faz achar que é uma pergunta difícil demais para ela. Tão difícil que talvez nem queira saber a resposta e, por isso, nem queria que eu entendesse.

Mas entendi.

Seguro suas mãos, que ainda estão no meu peito e beijo cada uma das palmas antes de soltá-las e dizer:

Estou apaixonado por você, Maggie.

Ela está com uma expressão séria e controlada.

Não foi isso que perguntei.

Desvio o olhar, pois não quero que perceba a luta interna que estou travando. Fecho os olhos, lembrando-me de que mentir não vai nos levar aonde precisamos ir. Maggie é esperta. Ela também merece que eu seja sincero, e não é o que estou fazendo. Abro os olhos e a observo. Não respondo com sim ou não. Dou de ombros, porque honestamente não sei se estou apaixonado por Sydney. Como poderia, se estou apaixonado por Maggie? O coração não deveria conseguir amar mais de uma pessoa ao mesmo tempo.

Ela desvia o olhar e sai do meu colo. Fica de pé e anda até a extremidade da sala, mas depois volta. Está pensando, então lhe dou um tempo. Sei que minha resposta a magoou, mas tenho certeza de que uma mentira a faria sofrer ainda mais. Por fim, ela se vira para mim.

Posso passar a noite inteira lhe fazendo perguntas difíceis, Ridge. Mas não é o que quero. Tive muito tempo para pensar em tudo que aconteceu e tem muitas coisas que preciso dizer.

Se perguntas difíceis são o que você precisa, pode ir em frente. Por favor. Já faz cinco anos que estamos juntos e não posso permitir que isso nos separe.

Ela balança a cabeça e se senta no sofá, diante de mim.

Não preciso fazer essas perguntas, porque já sei as respostas. Só preciso conversar com você sobre o que vai ser de nós a partir de agora.

Eu me aproximo dela, sem gostar do rumo que as coisas estão tomando.

Pelo menos me deixe explicar. Você não pode tomar uma decisão sobre o que aconteceu sem me ouvir primeiro.

Ela nega com a cabeça de novo e sinto meu coração encolher no peito.

Já sei, Ridge. Eu sei. Conheço você. Conheço seu coração. Li suas conversas com Sydney. Já sei o que vai me contar. Você vai dizer que me ama muito, que faria qualquer coisa por mim. Vai se desculpar por estar gostando de outra garota, apesar de ter tentado evitar isso. Você vai me dizer que me ama muito mais do que eu imagino e que nosso relacionamento é bem mais importante para você do que seus sentimentos por Sydney. Vai me dizer que fará qualquer coisa para compensar tudo o que sofri e que só precisa de uma chance. Talvez seja terrivelmente sincero comigo e me diga que nutre algum sentimento por ela, mas que esse sentimento não se compara ao que tem por mim.

Ela se levanta e vem se sentar ao meu lado no sofá. Há vestígios de lágrimas em seus olhos, mas ela não está mais chorando. Olha para mim e começa a sinalizar de novo.

E quer saber de uma coisa, Ridge? Acredito em você. E entendo tudo o que aconteceu. Entendo mesmo. Li suas conversas. Tive a impressão de estar bem ali, no meio de tudo enquanto vocês dois tentavam lutar contra o que quer que estivesse surgindo. Fico repetindo para mim mesma que devo parar de entrar na sua conta, mas não consigo. Li suas conversas um milhão de vezes. Decifrei cada palavra, cada frase, cada sinal de pontuação. Eu queria encontrar o ponto exato que provasse sua deslealdade a mim. Eu queria encontrar o momento nessas conversas em que você se tornou um homem desprezível admitindo que só sentia atração sexual por ela. Meu Deus, Ridge. Queria tanto encontrar, mas não consegui. Sei que você a beijou, mas até mesmo isso parece desculpável depois que vocês dois conversaram abertamente sobre o assunto. Sou sua namorada, mas até eu comecei a aceitar a desculpa. Não estou dizendo que o que você fez é fácil de perdoar. Não mesmo. Deveria ter pedido para ela se mudar no instante em que sentiu vontade de beijá-la. Droga, você nem deveria tê-la convidado para morar lá se sentia que havia qualquer possibilidade de se sentir atraído por ela. O que você fez foi errado em todos os sentidos da palavra, porém, o mais estranho é que sinto que entendo. Talvez seja porque eu o conheço muito bem, mas está claro para mim que você se apaixonou por Sydney, e não posso simplesmente aceitar dividir seu coração com ela, Ridge. Não posso fazer isso.

Não, não, não, não, não. Rapidamente a puxo para perto, querendo que o conforto do seu corpo controle o pânico crescente dentro de mim.

Ela pode estar sofrendo. Pode até estar com raiva ou apavorada, mas a única coisa que não posso permitir é que esteja bem. Maggie não pode ficar bem diante disso tudo.

Sinto as lágrimas deixarem meus olhos ardendo enquanto a abraço, como se isso, de alguma forma, bastasse para ela saber como me sinto. Estou balançando a cabeça, tentando convencê-la a não levar essa conversa aonde acho que vai chegar. Beijo sua boca numa tentativa de resolver tudo. Seguro seu rosto com as minhas mãos, me esforçando para lhe mostrar como me sinto sem ter que me afastar dela outra vez.

Ela entreabre os lábios, e eu a beijo, algo que fiz tantas vezes nos últimos cinco anos, mas nunca com tanta convicção, nem com tanto medo.

Sua boca está com gosto de lágrimas, mas não sei de quem são, porque nós dois estamos chorando. Ela empurra meu peito, querendo conversar comigo, mas não pretendo permitir. Não quero vê-la explicar que não tem problema sentir todas essas coisas por Sydney.

Não está tudo bem. *De jeito nenhum* deveria estar tudo bem.

Ela se senta, me afasta e enxuga as lágrimas. Tapo a boca com a mão trêmula.

Ainda tem mais, muito mais que preciso dizer, e você tem que me dar a chance de colocar tudo para fora, está bem?

Apenas assinto, sendo que tudo o que quero dizer é que meu coração não vai aguentar ouvi-la nesse instante. Ela se acomoda melhor, colocando as pernas no sofá, abraçando-as e apoiando a bochecha em um dos joelhos, sem olhar para mim. Ela continua quieta e pensativa.

Enquanto fico ali sentado aguardando, me sinto destruído.

Ela estica as pernas e lentamente olha para mim.

Você se lembra do dia em que nos conhecemos?, pergunta ela.

Vejo o lampejo de um sorriso em seus olhos, e meu pânico diminui diante dessa lembrança boa. Concordo com a cabeça.

Notei você primeiro, antes de ter reparado em Warren. Quando ele se aproximou, tive esperança de que estivesse vindo em seu nome. Eu me lembro de olhar para você acima do ombro dele porque eu queria lhe dar um sorriso para que percebesse que eu tinha notado você na mesma hora em que me notou. Mas quando entendi que Warren não estava falando comigo em seu nome, fiquei decepcionada. Alguma coisa em você mexeu comigo de um jeito que Warren não conseguiu, mas não parecia que você tinha sentido o mesmo que eu. Warren era gato e aceitei sair com ele, principalmente porque naquele dia achei que você não estava interessado em mim.

Fecho os olhos e fico um tempo absorvendo as palavras dela. Nunca soube disso. A essa altura, não sei se *quero* saber disso. Depois de alguns instantes de silêncio, abro os olhos e deixo-a terminar.

Pelo pouco tempo que namorei Warren, você e eu tínhamos algumas breves conversas e momentos em que nossos olhares se encontravam que pareciam deixá-lo constrangido, e eu sabia que você ficava assim porque estava começando a gostar de mim. Mas sua lealdade a Warren era tão forte que você não se permitiria fazer alguma coisa. Sempre admirei isso em você, porque eu sabia que nós dois seríamos ótimos juntos. Para ser sincera, no fundo eu esperava que você traísse a amizade dele e me beijasse ou fizesse alguma coisa, porque eu só pensava em você. Nem tinha certeza de estar com Warren por causa dele. Acho que eu só continuava com ele por sua causa. Então, algumas semanas depois que Warren e eu terminamos, comecei a achar que nunca mais veria você, porque nunca se aproximou de mim do jeito que eu gostaria. Ficava apavorada só de pensar nisso, então um dia fui até o seu apartamento. Você não estava, mas Brennan, sim. Acho que ele sabia o que me fez ir até lá, porque falou que eu não tinha que me preocupar, pois você só precisava de um tempo. Ele me explicou o trato que fizeram e que você realmente gostava de mim, mas que não se sentia bem em correr atrás dos seus sentimentos. Ele até me mostrou seu calendário com a data marcada. Nunca esqueci como me senti e, a partir daquele momento, passei a contar os dias até você aparecer na minha porta.

Ela enxuga uma lágrima. Fecho os olhos por um instante e tento demonstrar meu respeito ao não puxá-la para mim, apesar de ser tão difícil. Nunca soube que ela tinha ido atrás de mim. Brennan nunca me contou, e então contenho a urgência de demonstrar a ele como estou puto por nunca ter me falado nada, e como o amo por ter contado a Maggie como me sentia.

Eu me apaixonei por você durante o ano que passei esperando. Me apaixonei pela sua lealdade a Warren. Me apaixonei pela sua lealdade a mim. Me apaixonei pela sua paciência e força de vontade. Eu me apaixonei pelo fato de você não querer começar as coisas entre nós de forma errada. Você queria que tudo fosse o mais correto possível, então esperou um ano inteiro. Acredite em mim, Ridge, sei como foi difícil, porque eu também estava esperando.

Ergo minha mão para enxugar uma lágrima em seu rosto e a deixo terminar.

Jurei que não ia permitir que minha doença interferisse na nossa história. Não permitiria que isso me impedisse de me apaixonar completamente por você. Não permitiria que se tornasse um problema capaz de nos afastar. Você foi tão inflexível quando disse que não se importava, e eu estava desesperada para acreditar. Mas nós dois estávamos nos enganando. Acho que minha doença é o que você mais ama em mim.

Fiquei sem ar. Essas palavras me magoaram mais do que tudo que já me disseram.

Por que você está dizendo uma coisa dessas, Maggie?

Sei que parece um absurdo para você, porque não consegue enxergar as coisas dessa forma. Você é assim. É leal. Ama demais as pessoas. Quer tomar conta de todo mundo à sua volta, incluindo Brennan, Warren, eu... e Sydney. Você simplesmente é assim, e ver como Warren me tratou naquela época lhe deixou com vontade de ser meu herói. Não estou dizendo que você não me ame por quem eu sou, porque sei que me ama, sim. Só acho que você me ama da maneira errada.

Passo a mão pela testa, tentando afastar a dor. Acho que não consigo absorver nem mais um segundo as coisas totalmente erradas que ela está dizendo.

Maggie, pare. Não vou ficar aqui parado enquanto você usa sua doença como desculpa para terminar comigo. Não consigo. Você fala como se estivesse prestes a desistir de nós, e está me assustando. Não vim aqui para terminarmos. Preciso que você lute ao meu lado. Preciso que lute por nós.

Ela balança devagar a cabeça, discordando.

Eu não deveria ter que lutar por nós, Ridge. Luto todos os malditos dias da minha vida para apenas sobreviver. Eu deveria poder ser feliz com o nosso relacionamento, mas não consigo. Estou sempre morrendo de medo de que você fique chateado comigo ou bravo porque quer me colocar dentro de uma bolha protetora. Não quer que eu corra riscos ou que faça qualquer coisa que cause um pingo de estresse. Não consegue entender por que quero cursar uma faculdade, considerando que nós dois sabemos qual é o meu destino. Você não entende por que quero ter uma carreira, pois acha que seria melhor se eu deixasse você tomar conta de mim enquanto pego leve. Você não compreende minha vontade de vivenciar as coisas que aumentam nossa adrenalina. Fica com raiva quando falo em viajar, porque acha que não é seguro para minha saúde. Você se recusa a sair em turnê com seu irmão para ficar cuidando de mim quando eu passar mal. Você abre mão de tanta coisa na sua vida para garantir que não estou abrindo mão da minha, e isso às vezes é sufocante.

Sufocante?

Sou *sufocante?*

Eu me levanto e fico um tempo andando de um lado para outro, tentando respirar fundo e trazer o ar de volta para os meus pulmões. Depois que me acalmo o suficiente para responder, volto para o sofá e olho para ela.

Não estou tentando sufocar você, Maggie. Só quero protegê-la. Não podemos nos dar o luxo de perder tempo como todos os outros casais. É errado querer prolongar o que temos pelo maior tempo possível?

Não, Ridge. Não tem nada de errado nisso. É uma coisa que amo tanto em você, mas não amo por mim. Sempre parece que você tenta ser meu salva-vidas. E não preciso disso, Ridge. Preciso de alguém que esteja disposto a me ver enfrentar o oceano e me desafiar a não me afogar. Mas você sequer me deixa chegar perto do mar. Não é culpa sua não conseguir me proporcionar isso.

Sei que é só uma analogia, mas ela está usando isso como desculpa.

Você acha que é isso que quer, começo a responder. *Mas não é. Não pode me dizer que preferia estar com alguém que permita que você arrisque o tempo que tem do que com uma pessoa que faça tudo que estiver ao seu alcance para prolongar a vida que leva com você.*

Ela suspira. Não sei dizer se está admitindo que tenho razão ou se ficou frustrada porque estou errado. Ela me olha diretamente nos olhos e se aproxima de mim, me dando um rápido beijo. Assim que ergo as mãos para segurar seu rosto, ela se afasta.

Durante toda a vida eu sempre soube que poderia morrer a qualquer momento. Você não faz ideia de como é isso, Ridge, mas quero que tente se colocar no meu lugar. Se você tivesse passado a vida inteira sabendo que poderia morrer a qualquer instante, ficaria satisfeito em apenas sobreviver, Ridge? Ou viveria o mais intensamente possível? Porque você quer que eu apenas sobreviva, Ridge. E não posso fazer isso. Quando eu morrer, tenho que saber que fiz tudo que tive vontade, que vi tudo o que quis e que amei todos que quis amar. Não posso mais apenas passar pela vida, e não é da sua natureza ficar ao meu lado e me observar fazer todas as coisas que ainda quero na minha vida. Você passou cinco anos me amando como ninguém jamais me amou. E correspondi a esse amor a cada instante. Nunca quero que duvide disso. As pessoas assumem tantas coisas como certas, e nunca quero que você ache que considero que você é meu. Tudo que você faz por mim é muito mais do que mereço, e você precisa saber o quanto isso significa para mim. Mas às vezes sinto que nossa devoção um pelo outro está nos prendendo, nos impedindo de viver de verdade. Esses últimos dias me ajudaram a compreender que eu continuo com você porque tenho medo de magoá-lo. Mas, se eu não arranjar coragem para fazer isso, tenho medo de acabar impedindo que você leve uma vida plena. E me impedindo de viver plenamente. Sinto como se eu não conseguisse levar a vida que quero por medo de fazê-lo sofrer, e que você não consegue ter a vida que quer porque seu coração é leal demais para o seu próprio bem. Por mais que me doa admitir, acho que eu talvez fique melhor sem você. Também acho que talvez um dia você consiga perceber que vai ficar melhor sem mim.

Apoio os cotovelos nos joelhos quando chego para a frente e me viro para não olhar mais para ela. Não aguento ouvir mais nenhuma palavra. Cada coisa que ela diz não só parte meu coração, como também o destrói completamente.

Dói tanto e estou com tanto medo, porque por um instante começo a acreditar na possibilidade de que ela possa estar certa.

Talvez ela *não* precise de mim.

Talvez eu realmente a *impeça* de ter uma vida plena.

Talvez eu *não* seja o herói que sempre tentei ser para ela, afinal, nesse exato momento, sinto que Maggie não precisa de um herói. Por que precisaria de um? Ela tem alguém tão mais forte do que eu jamais serei. Tem a si mesma.

Perceber que eu talvez não seja o que ela precisa na vida me consome, e meu arrependimento, minha culpa e minha vergonha se misturam dentro de mim, devorando toda a força que ainda me resta.

Sinto seus braços me envolverem e a puxo para mim, precisando sentir seu corpo no meu. Eu a amo tanto e tudo que quero nesse momento é que ela saiba disso, mesmo que não mude nada. Eu a puxo para mim e encosto a testa na dela enquanto choramos juntos, apoiando um ao outro com o que nos resta. As lágrimas escorrem pelo seu rosto e pingam no meu colo.

Ela mexe os lábios e diz:

— Amo você.

Depois leva os lábios aos meus. Eu a aperto nos meus braços para ficar o mais próximo possível sem ser dentro dela, que é exatamente o que meu coração está pedindo. Ele quer entrar no peito dela e nunca mais sair.

22.

Sydney

Minha TV a cabo só vai ser ligada semana que vem. Meus olhos já estão ardendo de tanto ler e, talvez, também de tanto chorar. Finalmente dei entrada para comprar um carro com o que sobrou do meu empréstimo estudantil, mas, até eu arranjar um emprego, não vou conseguir pagar a gasolina. Então é melhor começar a trabalhar logo porque tenho quase certeza de que inventei que seria maravilhoso morar sozinha. Estou tentada a voltar para o meu emprego na biblioteca, mesmo que seja necessário implorar. Só preciso de alguma coisa que me mantenha ocupada.

Estou. Morrendo. De. Tédio.

Tanto que fico olhando para a minha mão e fazendo contas aleatórias que não fazem o menor sentido.

Um: o número de pessoas que não saem da minha mente. (Ridge.)

Dois: o número de pessoas que deveria contrair uma doença venérea. (Hunter e Tori.)

Três: quantos meses desde que terminei com meu namorado traidor, mentiroso e filho da puta.

Quatro: o número de vezes que Warren apareceu para ver se eu estava bem desde que me mudei.

Cinco: o número de vezes que Warren bateu na minha porta nos últimos trinta segundos.

Seis: quantos dias desde a última vez que vi Ridge.

Sete: quantos passos preciso dar do sofá até a porta.

Abro a porta, e Warren nem me espera convidá-lo para entrar. Ele sorri e passa por mim, carregando duas sacolas brancas.

— Trouxe Tacos — diz ele. — Passei pelo restaurante quando estava voltando para casa, e achei que talvez você quisesse comer.

Ele deixa as sacolas na bancada da cozinha, volta para a sala e se joga no sofá.

Fecho a porta e me viro para ele.

— Valeu pelos Tacos, mas como vou saber que não é uma das suas pegadinhas? O que você fez? Substituiu a carne por tabaco?

Warren olha para mim e sorri, impressionado.

— Que ideia genial, Sydney. Acho que você finalmente está pegando o jeito da coisa.

Dou risada e me sento ao seu lado.

— Logo agora que não estou morando com ninguém.

Ele ri e dá uns tapinhas no meu joelho.

— Bridgette vai trabalhar até meia-noite. Quer ir ao cinema?

Apoio a cabeça no encosto do sofá e sinto uma tristeza. Detesto a sensação de que ele só está aqui porque tem pena de mim. A última coisa que quero é ser a preocupação de alguém.

— Warren, você não precisa vir aqui todo dia ver se está tudo bem. Sei que tenta ser legal, mas estou bem.

Ele se vira no sofá e olha diretamente para mim.

— Não estou vindo aqui porque tenho pena de você, Sydney. Você é minha amiga. Sinto falta de ter você morando comigo. *E* talvez esteja vindo aqui porque ainda me arrependo de como a tratei quando Maggie foi internada.

Concordo com a cabeça.

— É. Você foi um babaca naquela noite.

— Eu sei. — Ele ri. — Mas não se preocupe, Ridge não me deixa esquecer.

Ridge.

Meu Deus. Até ouvir o nome dele dói.

Warren se dá conta do que acabou de dizer só de ver minha expressão.

— Merda. Foi mal.

Levanto-me do sofá, querendo me afastar dessa conversa constrangedora. De qualquer forma, não tenho o menor interesse de falar sobre esse assunto.

— E aí, está com fome? — pergunto, indo para a cozinha. — Passei horas preparando esses tacos, então é melhor você comer um.

Warren ri e me acompanha até a cozinha, pegando um dos tacos. Abro um e me encosto na bancada, mas antes de dar a primeira mordida, sinto um enjoo tão forte que não consigo comer. Para ser sincera, não tenho dormido nem comido muito nesses seis dias desde de que me mudei. Odeio saber que causei tanto sofrimento a alguém. Maggie não fez nada para merecer o que fizemos com ela. Também é muito difícil não saber como as coisas ficaram entre eles. Não perguntei a Warren por motivos óbvios, porque não importa o que aconteceu, não mudaria nada. Mas nesse instante parece que a curiosidade constante abriu um buraco enorme e oco no meu peito. Por mais que nesses últimos três meses eu tenha desejado que Ridge não tivesse namorada, isso não é nada em comparação à minha vontade de que ela o tenha perdoado.

— Meu mundo pelos seus pensamentos.

Olho para Warren que também está encostado na bancada enquanto me observa. Dou de ombros e largo o taco intocado. Então, me abraço e olho para meus pés, com medo de que, se eu olhar direto para ele, Warren vai desvendar tudo o que está passando na minha cabeça.

— Olhe só — começa ele, baixando a cabeça numa tentativa de me fazer olhar para ele. — Sei que você não perguntou nada sobre ele porque sabe tão bem quanto eu que precisa partir para outra. Mas, se tiver alguma pergunta, pode fazer, porque vou responder, Sydney. Vou responder porque você é minha amiga. E isso é o que amigos fazem.

Respiro fundo, e, antes de soltar o ar, a pergunta escapa dos meus lábios:

— Como ele está?

Warren cerra o maxilar, o que me faz pensar que ele preferia não ter dado abertura para falarmos de Ridge.

— Bem. Ele *vai* ficar bem.

Assinto, mas surgem mais um milhão de perguntas na minha mente.

Ela o aceitou de volta?

Ele pergunta sobre mim?

Ele parece feliz?

Acha que ele se arrepende de mim?

Decido fazer uma pergunta de cada vez, porque, a essa altura, nem sei se as respostas me fariam bem. Engulo em seco e, nervosa, olho para ele.

— Ela o perdoou?

Agora é Warren que não consegue sustentar meu olhar. Ele se empertiga e vira as costas para mim, apoiando as mãos na bancada. Ele baixa a cabeça e suspira, constrangido.

— Não sei se eu deveria estar lhe contando isso. — Ele faz uma pausa e se vira para mim. — Ela o perdoou, sim. Pelo que ele me contou, ela entendeu a situação entre vocês dois. Não estou dizendo que ela não ficou chateada com tudo isso, mas perdoou.

A resposta dele acaba comigo. Levo a mão à boca para abafar o choro e viro de costas para Warren. Estou confusa com minha reação e com o que estou sentindo. Sou tomada de alívio ao saber que ela o perdoou, mas o alívio é substituído pela tristeza de saber disso. Nem sei como me sentir. Estou aliviada por Ridge e triste por mim.

Warren suspira, e me sinto péssima por permitir que ele veja minha reação. Eu não deveria ter perguntado nada. Droga, por que fui fazer isso?

— Ainda não terminei — acrescenta ele em voz baixa.

Balanço a cabeça e continuo de costas para ele enquanto conta o resto da história:

— Ela o perdoou pelo que aconteceu com você, mas o que ocorreu entre vocês dois também abriu os olhos para que avaliassem por que realmente estavam juntos, para início de conversa. No fim das contas, ela não conseguiu encontrar motivos suficientes para aceitá-lo de volta. Ridge diz que ela ainda tem uma longa vida pela frente, mas não consegue vivê-la plenamente, pois ele está sempre tentando controlá-la.

Levo as mãos ao rosto, completamente chocada com meu coração. Apenas alguns segundo atrás eu estava triste porque ela o tinha perdoado, mas agora me sinto arrasada porque não voltou para ele.

Há três meses eu estava do lado de fora, sentada em cima das minhas malas, debaixo da chuva, acreditando que estava sofrendo por amor.

Meu Deus, como eu estava errada. Totalmente errada.

Isto, sim, é sofrer por amor.

Isto.

Bem agora.

Warren me abraça e me puxa para si. Sei que ele não quer me ver sofrendo, então me esforço para disfarçar. De qualquer forma, chorar não vai ajudar. Não ajudou nesses últimos seis dias.

Eu me afasto de Warren e vou até a bancada, onde pego uma folha de papel toalha. Enxugo os olhos com ela.

— Odeio sentimentos — declaro, fungando.

Warren ri e concorda.

— Por que você acha que escolhi ficar com uma garota que não tem nenhum?

A piada com Bridgette me faz rir. Eu me esforço para engolir o choro e enxugo as lágrimas restantes porque, como já disse para mim mesma, o desfecho entre Ridge e Maggie não muda minha situação. Independentemente de como as coisas ficassem entre eles, nada mudaria na nossa história. Tudo era complicado demais entre nós, e só o tempo e a distância poderiam mudar isso.

— Vou ao cinema com você — digo para Warren. — Mas é melhor que não seja um filme pornô.

Ridge

Me dê a porra das chaves, Ridge!, exclama Warren na Língua de Sinais.

Nego calmamente com a cabeça pela terceira vez nos últimos cinco minutos.

Só vou entregar se você me disser onde ela está morando.

Ele me fuzila com o olhar, mas se recusa a ceder. Já faz mais de um dia que estou com as chaves dele e não tenho qualquer intenção de devolver enquanto não me disser o que quero saber. Sei que só faz três semanas desde que Maggie terminou comigo, mas não consigo parar de pensar em como tudo o que fiz com Sydney a afetou. Preciso saber se ela está bem. Ainda não tentei entrar em contato com ela simplesmente porque não tenho certeza do que dizer quando finalmente a encontrar. Tudo o que sei é que preciso vê-la ou talvez nunca mais consiga dormir. Já faz mais de três semanas que tive uma noite inteira de sono, e minha mente só precisa se tranquilizar sabendo que ela está bem.

Warren se senta à mesa bem na minha frente, e volto a atenção para meu laptop. Apesar de querer culpar os computadores pelo que aconteceu comigo nas últimas semanas, sei que foi tudo culpa minha, então dei o braço a torcer e comprei um novo. Infelizmente, ainda preciso do computador para trabalhar.

Warren estende a mão e fecha meu laptop com força, me obrigando a olhar para ele.

Nada de bom vai acontecer se você a procurar, diz ele. *Só faz três semanas que terminou com Maggie. Não vou dar o endereço dela porque você não precisa vê-la. Agora me dê as chaves ou vou sair com o seu carro.*

Dou um sorriso presunçoso.

Boa sorte com minhas chaves. Estão junto das suas.

Ele balança a cabeça, frustrado.

Por que você está sendo tão babaca, Ridge? Ela finalmente está sendo independente, construindo a própria vida e se dando bem, mas você quer invadir a vida dela e deixá-la toda confusa outra vez?

Como você sabe que ela está bem? Tem conversado com ela?

O desespero na minha pergunta me surpreende, porque eu não sabia, até esse instante, de como precisava que ela estivesse bem.

Claro. Encontrei com Sydney algumas vezes. Bridgette e eu almoçamos com ela ontem.

Eu me recosto na cadeira, um pouco irritado por ele não ter me contato isso, mas aliviado por saber que ela não está isolada, sofrendo, no próprio apartamento.

Ela perguntou de mim? Já sabe sobre o que aconteceu entre mim e Maggie?

Ele assente.

Ela sabe. Perguntou como as coisas tinham se resolvido entre vocês dois, por isso contei a verdade. Mas ela não tocou mais no assunto desde então.

Meu Deus. Saber que ela já conhece a verdade deveria diminuir minha preocupação, mas só fico ainda mais preocupado. Não consigo imaginar o que ela deve pensar da minha falta de tentativa de entrar em contato com ela, considerando que sabe sobre Maggie. Provavelmente está achando que coloquei a culpa nela. Eu me inclino para a frente e lanço um olhar insistente para meu amigo.

Por favor, Warren. Diga onde ela mora.

Ele se recusa.

Quero minhas chaves.

Também nego.

Ele revira os olhos diante da nossa teimosia mútua, se afasta da mesa e vai para o seu quarto.

Abro as mensagens que troquei com Sydney e passo por todas, como tenho feito a cada dia, desejando ter coragem de falar com ela. Tenho medo de que seja mais fácil que ela ignore minhas mensagens do que se eu bater à sua porta, e é exatamente por isso que não tentei mandar nada para ela. Apesar de não querer concordar com Warren, sei que meu contato não vai fazer com que nada de bom aconteça. Sei que não é o momento de começarmos um relacionamento, e vê-la pessoalmente só vai aumentar a saudade que sinto dela. No entanto, saber o que devo fazer e fazer o que devo são duas coisas completamente diferentes.

* * *

Minhas luzes piscam. Segundos depois, alguém sacode meus ombros com violência. Sorrio, apesar de estar grogue de sono, sabendo que a simples presença de Warren no meu quarto indica que ele está exatamente onde eu queria. Eu me viro e olho para ele.

Aconteceu alguma coisa?, pergunto com sinais.

Onde você escondeu?

Escondi o quê?

Minhas camisinhas, Ridge. Onde você escondeu a porra das minhas camisinhas?

Eu me dei conta de que, se roubar as chaves não tinha funcionado, pegar os preservativos dele daria certo. Fico feliz ao ver que ele vestiu o short antes de deixar Brid.

Você quer as camisinhas?, sinalizo. *Então é só me dizer onde ela mora.*

Warren esfrega o rosto com as mãos e parece resmungar.

Deixe para lá. Vou à farmácia comprar mais.

Antes que ele se vire para sair do quarto, me sento na cama.

E como é que você pretende dirigir até a farmácia? Suas chaves estão comigo, lembra?

Ele para por um instante, então relaxa quando pensa em uma alternativa.

Vou com o carro de Bridgette.

Boa sorte para encontrar as chaves dela.

Warren me encara com raiva por vários segundos e, por fim, curva os ombros e vai até a cômoda. Pega papel e caneta e começa a escrever, depois arranca a folha e a joga em mim.

Aqui está o endereço dela, seu babaca. Agora me dê minhas chaves.

Desdobro o papel para conferir se Warren realmente escreveu um endereço. Estico a mão para a mesinha de cabeceira, pego a caixa de preservativos e jogo para ele.

Isso deve bastar por enquanto. Vou dizer onde estão as chaves depois de confirmar que esse é mesmo o endereço dela.

Warren pega uma camisinha e joga a caixa de volta para mim.

É melhor você levar isso com você, porque esse é, sim, o endereço dela.

Ele sai do meu quarto e logo me visto para sair.

Nem sei que horas são.

E não estou nem aí.

23.

Sydney

O som desperta lembranças.

Isso acontece com frequência, ainda mais quando ouço algumas músicas. As que Hunter e eu adorávamos. Se eu escutar uma música durante um período particularmente triste e, depois, repetir, desperto sentimentos antigos associados a ela. Eu amava algumas músicas, mas agora simplesmente me recuso a ouvi-las, pois despertam lembranças e sentimentos que não quero vivenciar de novo.

O som das minhas mensagens de texto também é um exemplo. Ainda mais o que defini para as de Ridge. É muito diferente: um trecho da *demo* da nossa música "Talvez um dia". Defini esse toque logo depois que ouvi a gravação pela primeira vez. Queria dizer que o toque desperta sentimentos negativos, mas não tenho tanta certeza disso. O beijo que trocamos durante a música certamente nos deixou com culpa, mas, quando penso no beijo em si ainda me derreto toda. E penso muito nisso. Bem mais do que deveria.

Na verdade, é o que estou pensando nesse exato instante, enquanto meu telefone toca o trecho da nossa música, indicando que recebo uma mensagem de texto.

De Ridge.

Para ser sincera, achei que nunca mais fosse ouvir esse toque.

Eu me viro na cama, estendo o braço para a mesinha de cabeceira e agarro meu celular. Saber que recebi uma mensagem dele acaba com meus órgãos internos, que se esquecem de funcionar direito. Levo o telefone ao peito e fecho os olhos, nervosa demais para ler a mensagem.

Batida, batida, pausa.

Contraia, relaxe.

Inspire, expire.

Abro os olhos devagar, ergo o telefone e desbloqueio a tela.

> Ridge: Você está em casa?

Se estou em casa?

Por que ele se importa com isso? Nem sabe onde eu moro. Além do mais, deixou bem claro a quem pertencia sua lealdade quando me pediu para me mudar três semanas atrás.

Mas *estou* em casa e, apesar de saber que não devo, quero responder. Fico tentada a lhe dar meu endereço para que possa ver por si mesmo se estou ou não em casa.

Em vez disso, decido por algo mais seguro. Menos revelador.

> Eu: Estou.

Afasto as cobertas e me sento na beirada da cama, olhando para o celular, com medo demais até para piscar.

> Ridge: Você não está atendendo a porta. Estou no prédio errado?

Ai, meu Deus.

Espero que ele esteja no apartamento errado. Ou talvez eu espere que ele esteja no apartamento *certo*. Não consigo decidir, porque estou feliz por ele estar aqui, mas também fico irritada.

Esses sentimentos conflitantes são exaustivos.

Levanto e saio correndo do quarto, indo direto para a porta da frente. Observo pelo olho mágico e tenho certeza de que é no meu prédio que ele está.

Eu: Você está na minha porta. Então, sim, está no apartamento certo.

Observo de novo pelo olho mágico depois de ter mandado a mensagem. Ele está com a mão apoiada na porta, olhando para o telefone. Ver sua expressão sofrida e saber que isso é resultado da batalha que seu coração está travando, me fazem querer abrir a porta e me jogar nos braços dele. Fecho os olhos e encosto a testa na porta, me dando um tempo para pensar antes de tomar qualquer decisão apressada. Meu coração é atraído por ele e não consigo pensar em nada que eu queira mais do que abrir a porta.

No entanto, também sei que fazer isso não vai ser bom para nenhum de nós. Ele terminou com Maggie há algumas semanas, então, se está aqui por minha causa, pode dar meia-volta e ir embora. De jeito nenhum as coisas podem dar certo entre nós quando sei que ele ainda está sofrendo por outra pessoa. Mereço mais do que Ridge pode me oferecer nesse momento. Já passei por muita coisa este ano para permitir que alguém ferre com meus sentimentos dessa forma.

Ele não deveria estar aqui.

Ridge: Posso entrar?

Eu me viro até apoiar as costas na porta. Levo o telefone ao peito e fecho os olhos com força. Não quero ler suas palavras. Não quero ver seu rosto. Tudo nele me faz esquecer o que é importante, o que é melhor para mim. Não vai ser bom tê-lo na minha vida agora, principalmente se considerarmos tudo pelo que ele já passou. Eu deveria me afastar da porta e não deixá-lo entrar.

Mas todo o meu ser quer deixá-lo entrar.

— Por favor, Sydney.

Suas palavras são quase **inaudíveis**, sussurradas do outro lado da porta, mas eu definitivamente ouvi. Cada centímetro do meu corpo escutou. O desespero na sua voz, combinado com o simples fato de ele ter falado, acaba de vez comigo. Permito que meu coração tome a decisão por mim dessa vez, enquanto me viro bem devagar de frente para a porta. Giro a chave e solto a corrente para abrir.

Não consigo descrever como me sinto ao vê-lo diante de mim de novo, a não ser usando a palavra *assustador*.

Tudo o que ele me faz sentir é assustador. O modo que meu coração quer ser acolhido por ele é assustador. A forma que meus joelhos parecem se esquecer de sustentar meu corpo é assustadora. A maneira que minha boca quer sentir a dele é assustadora.

Faço o melhor que posso para esconder o que sua simples presença provoca em mim enquanto sigo para a sala.

Não sei por que estou tentando esconder minha reação dele, mas não é isso o que as pessoas fazem? Nós nos esforçamos tanto para esconder nossos verdadeiros sentimentos justamente das pessoas que mais precisam saber. Todo mundo tenta controlar as emoções, como se, de alguma forma, fosse errado reagir com naturalidade.

Nesse momento, minha reação natural é me virar e abraçá-lo, independentemente do motivo que o tenha trazido aqui. Meus braços querem envolvê-lo, e tenho vontade de encostar o rosto no seu peito, enquanto ele me abraça. Mesmo assim, fico parada tentando fingir que essa é a última coisa que preciso dele.

Por quê?

Inspiro fundo, tentando me acalmar, e me viro ao escutar o barulho da porta se fechando quando ele entra. Encontro seu olhar, ele está parado a certa distância de mim, me observando. Pela tensão em seu rosto, percebo que está fazendo o mesmo que eu: controlando todos os sentimentos por causa... Do quê?

Orgulho?

Medo?

Uma das coisas que sempre admirei no meu relacionamento com Ridge é que sempre fomos muito honestos e sinceros um com o outro. Sempre consegui dizer exatamente o que pensava, assim como ele. Não gosto dessa nossa mudança.

Tento sorrir para ele, mas não tenho certeza se consigo fazer isso nesse instante. Falo com ele, enunciando claramente as palavras para que ele consiga ler meus lábios.

— Você está aqui porque precisa saber de algum defeito meu?

Ele ri e solta o ar ao mesmo tempo, aliviado por eu não estar brava.

Não estou brava com ele. Nunca estive. As decisões que ele tomou desde que nos conhecemos não são nada que posso usar contra ele. A única coisa que tenho contra ele foi a noite em que me beijou e arruinou todos os outros beijos que ainda vou vivenciar.

Sento-me no sofá e olho para ele.

— Você está bem? — pergunto.

Ridge suspira e logo desvio o olhar. Já é difícil demais estar no mesmo cômodo que ele, só que é ainda mais difícil encará-lo. Ele se aproxima e se senta ao meu lado.

Eu queria ter comprado mais móveis, porém um sofá foi tudo o que consegui. Adoro me sentar nele. Não tenho certeza se estou chateada pela minha falta de móveis, porque a perna dele está encostando na minha coxa ou porque o simples contato espalha um calor pelo meu corpo. Olho para nossos joelhos quando se tocam, e me dou conta de que ainda estou com a camiseta que coloquei pouco antes de ir para a cama. Acho que fiquei tão chocada por ele ter falado que estava na minha porta, que nem me preocupei com a minha aparência. Estou usando apenas uma camiseta enorme de algodão que bate nos meus joelhos, e devo estar totalmente descabelada.

Ele está usando uma calça jeans e uma camiseta cinza do Sounds of Cedar. Eu diria que estou com pouca roupa, mas, na verdade, minha roupa é adequada para o que eu estava fazendo antes de ele chegar, que era ir dormir.

Ridge: Não sei se estou bem. E você?

Por um instante, até esqueço o que eu tinha perguntado.

Dou de ombros. Sei que vou ficar bem, mas não vou mentir e dizer que já estou. Acho que está óbvio que nenhum de nós pode ficar bem com tudo o que aconteceu. Não estou bem por ter perdido Ridge, e nem ele, porque perdeu a namorada.

Eu: Sinto muito sobre Maggie. Me sinto péssima. Mas acho que ela vai superar. Cinco anos é tempo demais para se abrir mão por causa de um mal-entendido.

Envio a mensagem e olho para ele, que a lê e depois me observa. A concentração em seu rosto me deixa sem fôlego.

Ridge: Não foi um mal-entendido, Sydney. Ela entendeu tudo bem até demais.

Leio a mensagem várias vezes, querendo que ele explique melhor. *O que* não foi um mal-entendido? O motivo de eles terem terminado? Seus sentimentos por mim? Em vez de questionar o que quis dizer com aquilo, pergunto outra coisa que quero saber.

Eu: O que você está fazendo aqui?

Ele contrai o maxilar antes de responder.

Ridge: Quer que eu vá embora?

Olho para ele e nego lentamente com a cabeça. Então paro e assinto. Paro de novo e dou de ombros. Ele dá um sorriso afetuoso, compreendendo minha confusão.

Eu: Acho que eu querer ou não sua presença aqui depende do porquê você está aqui. Veio aqui porque precisa que eu tente ajudá-lo a voltar com Maggie? Está aqui porque está com saudade de mim? Ou porque quer que a gente volte a ser amigo?

Ridge: Será que seria errado responder que não é nenhuma das opções acima? Não sei por que estou aqui. Parte de mim sente tanto a sua falta que chega a doer, enquanto outra parte queria que a gente nunca tivesse se conhecido. Acho que hoje é um daqueles dias que sofro muito, então roubei as chaves de Warren para forçá-lo a me dar seu endereço. Não pensei muito sobre isso nem no que ia dizer. Só fiz o que meu coração precisava que eu fizesse, que era ver você.

Sua resposta sincera me sensibiliza e me enfurece ao mesmo tempo.

Eu: E amanhã? Se amanhã for um daqueles dias que você vai desejar nunca ter me conhecido? O que devo fazer, então?

A intensidade do seu olhar me deixa nervosa. Talvez ele esteja tentando analisar se minha resposta foi raivosa. Nem eu mesma sei. Não tenho ideia de como me sinto em relação ao fato de que ele nem sabe por que está aqui.

Ridge não responde à minha mensagem, o que prova uma coisa: ele está travando o mesmo conflito interno que eu.

Quer estar comigo, mas não quer.

Quer me amar, mas não sabe se deve.

Quer me ver, mas sabe que não pode.

Quer me beijar, mas isso causaria tanto sofrimento quanto da primeira vez que aconteceu e ele teve que se afastar de mim. De repente me sinto constrangida por estar olhando para ele. Estamos próximos demais no sofá, mas mesmo assim meu corpo deixa claro para mim que ainda não é próximo o bastante. Meu corpo gostaria que todas as coisas estivessem acontecendo.

Ridge desvia o olhar e observa o apartamento, antes de voltar a atenção para o seu telefone.

Ridge: Gosto da sua casa. A vizinhança é boa. Parece segura.

Quase rio da sua mensagem por causa do tom casual que ele está tentando usar, e por saber muito bem que nossa situação atual não nos permite ter uma conversa casual. A essa altura não dá para sermos apenas amigos. Também não podemos ficar juntos, considerando o tanto de coisas contra nós. Uma conversa casual é totalmente inadequada, mas, ainda assim, não consigo responder de outra maneira:

Eu: Gosto daqui. Obrigada por me ajudar com o hotel até eu ter conseguido me mudar.

Ridge: Era o mínimo que eu podia fazer. O mínimo mesmo.

Eu: Vou lhe pagar assim que receber meu primeiro salário. Consegui de volta meu emprego na biblioteca do campus, então deve demorar mais uma semana.

Ridge: Sydney, pare com isso. Nem vou considerar o que você acabou de dizer.

Não faço ideia do que responder. Toda essa situação é estranha e constrangedora, porque nós dois estamos pisando em ovos, evitando tudo o que gostaríamos de ter coragem de fazer e dizer.

Largo o celular no sofá, com a tela virada para baixo. Quero que ele saiba que preciso de um tempo. Não gosto de não estarmos sendo nós mesmos.

Ele entende o sinal e deixa o telefone no braço do sofá, depois suspira fundo e apoia a cabeça no encosto. O silêncio me dá vontade de uma vez na vida vivenciar o mundo a partir da perspectiva dele. Acho quase impossível me colocar no seu lugar. As pessoas com a capacidade de escutar acham que sabem de tantas coisas, e nunca tinha compreendido isso a fundo até então. Não há nada sendo dito entre nós, ainda assim seu suspiro fundo demonstra que ele está frustrado consigo mesmo. Por causa do som da sua respiração, sei que ele está se controlando.

Suponho que sua experiência no mundo silencioso lhe proporcione a capacidade de interpretar as pessoas, só que de diferentes formas. Em vez de se concentrar no som da minha respiração, ele foca no movimento do meu peito. Em vez de ouvir os suspiros baixos, ele deve estar observando meus olhos, minhas mãos e minha postura. Talvez seja por isso que o rosto dele está inclinado na direção do meu, porque ele quer me ver e sentir o que está passando pela minha cabeça.

Sinto como se ele me interpretasse bem demais. O jeito que está me olhando me obriga a tentar controlar minha expressão e o ritmo da respiração. Fecho os olhos e recosto a cabeça, sabendo que ele está me olhando, tentando desvendar o que estou pensando.

Também gostaria de poder olhar para ele e entendê-lo. Quero lhe contar como senti sua falta. Quero dizer o quanto ele significa para mim, como estou me sentindo péssima porque antes que eu entrasse em cena, a vida dele parecia um mar de rosas. Tenho vontade de contar que por mais que a gente tenha se arrependido do que aconteceu, cada minuto do nosso beijo foi um instante da minha vida que eu não trocaria por nada no mundo.

Em momentos como este, fico grata por ele *não poder* me ouvir, ou eu teria dito várias coisas das quais me arrependeria.

Em vez disso, há tantas palavras não ditas que eu gostaria de ter coragem de dizer...

Ele se remexe no sofá, e, naturalmente, abro os olhos, curiosa. Está debruçado no braço do sofá, tentando pegar alguma coisa. Quando se volta para mim, vejo que está segurando uma caneta. Ele dá um sorriso suave e agarra meu braço. Vira o corpo na direção do meu e coloca a ponta da caneta na minha palma.

Engulo em seco e olho para o rosto dele, mas sua atenção está voltada para a minha mão enquanto escreve. Juro que quase vejo um sorriso surgindo em seus lábios. Quando ele termina, leva minha mão aos lábios e sopra a tinta para secar. Seus lábios estão úmidos e fazem um bico. Que droga, está quente demais aqui dentro. Ele baixa minha palma e leio:

Eu só queria pegar sua mão.

Rio com ternura. Principalmente porque aquelas palavras são tão inocentes e encantadoras se comparadas com as mensagens que ele já escrevera em mim. Já faz dez minutos que estou sentada no sofá com ele, desejando que me toque, até que ele admite que estava pensando exatamente a mesma coisa. É tão juvenil, como se fôssemos adolescentes. Fico até sem graça de gostar tanto de que ele esteja me tocando, mas não consigo me lembrar de já ter desejado tanto alguma coisa.

Ele ainda não soltou minha mão, e continuo olhando fixo para suas palavras, sorrindo. Passo o polegar pelas costas da sua mão, e ele fica ofegante. O consentimento que lhe dei com esse pequeno gesto parece ter rompido alguma barreira invisível, porque no mesmo instante ele encosta a palma da mão na minha e nossos dedos se entrelaçam. O calor da sua mão nem chega perto do calor que percorre todo o meu corpo.

Meu Deus, se apenas segurar a mão dele é assim tão intenso, nem imagino como será quando fizermos todo o resto. Nós dois estamos olhando para nossas mãos, sentindo a conexão que pulsa por elas. Ele acaricia meu polegar e vira minha mão, então pega a caneta e a posiciona no meu pulso. Ele a movimenta devagar, traçando uma linha reta no meu antebraço. Não o impeço. Apenas o observo. Quando ele alcança a dobra do cotovelo, começa a escrever outra vez. Leio cada palavra conforme ele vai anotando:

Só uma desculpa para tocar aqui também.

Sem soltar minha mão, ele ergue meu braço, mantendo os olhos fixos nos meus enquanto se inclina e começa a soprar meu braço também. Encosta de leve os lábios nas palavras e as beija sem desviar os olhos de mim. Quando seus lábios tocam minha pele, sinto a ponta da sua língua me provocar por um milésimo de segundo antes de sua boca se fechar no meu braço.

Acho que isso me fez gemer.

É. Tenho certeza de que acabei de gemer.

Meu Deus, estou tão aliviada por ele não poder ouvir isso.

Ele afasta os lábios do meu braço e continua me observando, avaliando minha reação. Seus olhos estão sombrios e penetrantes, e continuam fixos em mim. Nos meus lábios, nos meus olhos, no meu pescoço, no meu cabelo, no meu peito. Parece que ele não consegue absorver tudo.

Ele coloca a caneta na minha pele de novo, começando do ponto onde parou. Ele percorre lentamente meu braço com a caneta, observando-me atentamente durante todo o tempo. Quando chega à manga da camiseta, ele a puxa com cautela até expor meu ombro. Desenha uma pequena marca e se inclina devagar na minha direção. Jogo a cabeça para trás quando sinto seus lábios me tocando. Sua respiração quente está próxima do meu ombro. Nem estou pensando no fato de que ele está me rabiscando toda. Depois posso lavar isso. Por enquanto, só quero que a caneta continue avançando até acabar a tinta.

Ele se afasta e solta minha mão, pegando a caneta com a outra mão. Coloca a manga de volta no lugar, cobrindo meu ombro, e desliza os dedos pela gola da minha camiseta, expondo o osso da base do pescoço. Coloca a ponta da caneta no meu ombro e olha para mim enquanto avança com cuidado, subindo até o pescoço. Dá para perceber pela sua expressão que ele está excitado, mas age com cautela, apesar de eu saber exatamente o que ele queria que estivesse acontecendo e onde pretende chegar com a caneta. Ridge não precisa verbalizar quando seus olhos dizem tudo com tanta clareza.

Ele vai subindo devagar com a caneta pelo meu pescoço. Naturalmente inclino a cabeça para o lado, e assim que faço isso, ouço-o expirar por entre os dentes. Ele para bem abaixo da minha orelha. Fecho os olhos e espero que meu coração não exploda quando ele se aproximar, porque definitivamente é isso o que parece que vai acontecer. Seus lábios encostam de leve na minha pele e juro que a sala vira de ponta-cabeça.

Ou talvez tenha sido apenas meu coração.

Uma das minhas mãos escorrega pelo seu braço e agarra sua nuca, pois não quero que ele se afaste de mim. Sua língua roça brevemente no meu pescoço, mas ele não permite que meu desespero o paralise. Ele se afasta e olha para mim. Seus olhos estão alegres, conscientes de que ele está me enlouquecendo. Ridge escorrega a caneta no ponto abaixo da minha orelha, seguindo até a base do pescoço, contornando bem no meio do osso. Antes de beijar o local marcado, me segura pela cintura e me puxa para seu colo.

Agarro seus braços e inspiro no instante em que ele me abraça. Minha camiseta sobe pela coxa, e, como não estou usando nada além de calcinha, esse gesto confirma que estou me metendo em uma situação da qual será muito difícil sair.

Seus olhos se fixam na base do meu pescoço enquanto uma de suas mãos sobe pela minha coxa, passando pelo meu quadril e chegando ao meu cabelo. Ele segura minha nuca e puxa meu pescoço para a sua boca. Esse beijo é mais intenso e nem um pouco cuidadoso, como foram os outros. Enfio a mão no seu cabelo, e sua boca continua no meu pescoço.

Seus beijos vão subindo até que ele alcance meu queixo. Nossos corpos estão unidos, e uma das suas mãos encontrou a base das minhas costas, mantendo-me colada a ele.

Não consigo me mexer. Estou ofegante, perguntando-me onde a Sydney forte foi parar. Onde está a Sydney que sabia que isso não deveria estar acontecendo?

Vou procurá-la mais tarde. Depois que ele terminar de usar essa caneta.

Ridge se afasta quando seus lábios se aproximam dos meus. Nossos corpos estão o mais próximos possível, mas sua boca ainda não encontrou a minha. Ele afasta a mão das minhas costas e leva a caneta de volta ao meu pescoço. Quando a ponta encosta na minha pele, engulo em seco, antecipando a direção que ele vai seguir.

Norte ou sul, norte ou sul. Não me importo.

Ele começa a subir, mas para. Afasta a caneta do meu pescoço e a balança, para em seguida recolocá-la no meu pescoço. Ele faz outro movimento ascendente, mas para de novo. Ele a afasta um pouco e franze a testa ao olhar para a caneta, pois acho que a tinta acabou. Ele olha para mim e joga a caneta por cima do meu ombro. Ouço-a cair no chão atrás de mim.

Seus olhos se fixam nos meus lábios, onde acredito que seria o destino final da caneta. Estamos ofegantes, sabendo exatamente o que está por vir. O que estamos prestes a vivenciar pela segunda vez, sabendo como nosso primeiro beijo nos afetou.

Acho que nesse momento ele está tão assustado quanto eu.

Estou apoiando todo o meu peso nele, porque nunca me senti assim tão fraca. Não consigo pensar, não consigo me mexer, não consigo respirar. Eu só... *preciso* disso.

Ele segura meu rosto com as mãos e me encara.

— A escolha é sua — sussurra ele.

Meu Deus, essa voz...

Olho para ele, sem saber se gosto do fato de que ele deixou o controle nas minhas mãos. Ele quer que a decisão seja minha.

É tão mais fácil ter a quem culpar quando as coisas dão errado. Sei que não devíamos estar nos metendo numa situação da qual vamos nos arrepender assim que acabar. Eu poderia colocar um ponto final nisso tudo nesse exato momento. Poderia facilitar as coisas pedindo para ele ir embora agora, em vez de quando se complicarem ainda mais. Poderia sair do seu colo e lhe dizer que não deveria estar aqui porque ainda não teve tempo para se perdoar pelo que aconteceu com Maggie. Poderia pedir para ele ir embora e não voltar até que seu coração não estivesse mais confuso sobre o que quer.

Se esse dia chegasse.

Há tantas coisas que eu poderia, deveria e precisaria fazer, mas nenhuma delas é o que *quero* fazer.

A pressão escolhe o pior momento possível para me abalar. O *pior* instante de todos.

Fecho os olhos com força quando sinto uma lágrima começar a cair. Vai descendo devagar pela minha bochecha até chegar ao meu queixo. Definitivamente é a lágrima mais lenta que já derramei. Abro os olhos, e Ridge está observando-a, acompanhando com os próprios olhos a trilha úmida, e noto que seu maxilar fica cada vez mais contraído a cada segundo que passa. Quero erguer a mão e enxugá-la, mas a última coisa que desejo é escondê-la de Ridge. Minhas lágrimas dizem muito mais sobre como estou me sentindo nesse momento do que tenho disposição para escrever em uma mensagem.

Talvez eu precise que ele saiba que isso está me fazendo sofrer.

Talvez eu também queira que ele sofra.

Quando minha lágrima finalmente desaparece sob meu queixo, seu olhar encontra o meu. Fico surpresa com o que vejo ali.

Suas próprias lágrimas.

Saber que ele está sofrendo por eu estar sofrendo não deveria despertar minha vontade de beijá-lo, mas é justamente o que acontece. Ele está aqui porque se importa comigo. Está aqui porque sente a minha falta. Veio até aqui porque precisa relembrar o que sentimos quando nos beijamos pela primeira vez, assim como eu. Desejei ter essa sensação mais uma vez desde o instante em que sua boca se afastou da minha e ele foi embora.

Tiro as mãos do seu ombro e agarro sua nuca. Eu me inclino na direção dele, aproximando meus lábios dos seus, até se roçarem.

Ele sorri.

— Boa escolha — sussurra.

Sua boca encontra a minha, e tudo o mais perde importância. A culpa, os problemas, as preocupações em relação ao que vai acontecer quando esse beijo terminar. Tudo se apaga no segundo em que nossas bocas se encostam. Ele provoca delicadamente meus lábios com a língua, e eu os entreabro, fazendo com que todo o caos que passava pelo meu coração e pela minha mente desapareçam ao sentir seu calor na minha boca.

Beijos como este deveriam vir com um rótulo de aviso: podem não fazer bem ao coração. Sua mão sobe pela minha coxa e vai parar embaixo da minha camiseta, acariciando minhas costas antes de me agarrar com força. Depois ele ergue os quadris ao mesmo tempo em que me puxa para si.

Ai.

Meu.

Deus.

Eu me sinto cada vez mais fraca a cada movimento ritmado que ele faz com nossos corpos. Procuro qualquer lugar no seu corpo onde eu possa me segurar, porque tenho a impressão de estar caindo. Agarro sua blusa e seu cabelo enquanto gemo em sua boca. Quando ele sente o som escapar da minha garganta, afasta os lábios dos meus e fecha os olhos, ofegante. Quando os abre de volta, fixa o olhar no meu pescoço.

Ele retira a mão de dentro da minha camiseta e a leva até meu pescoço.

Ai, meu Deus do céu.

Ele envolve meu pescoço com os dedos, encostando gentilmente a palma enquanto olha para minha boca. Só de pensar que ele quer sentir o que está provocando em mim, faz minha cabeça latejar e a sala toda girar. De alguma forma, consigo passar tempo suficiente olhando nos seus olhos para notar que se transformam de poças de desejo tranquilo em vulcões de excitação quase carnal.

Com a outra mão ainda segurando minha nuca, ele me puxa para si com mais urgência, encontrando minha boca. No instante em que as nossas línguas se tocam novamente, gemo tanto que ele nem tem como acompanhar.

Isso é exatamente o que eu queria dele. Eu desejava que ele aparecesse e dissesse como tinha sentido minha falta. Eu precisava saber que ele se importava comigo e me queria. Tinha necessidade de sentir sua boca na minha de novo para confirmar que o que aquele primeiro beijo provocou em mim não foi uma fantasia.

Agora que tenho tudo isso, não sei se sou forte o bastante. Sei que no instante em que isso acabar e ele sair pela porta, meu coração ficará apertado outra vez. Quanto mais me abro para Ridge, mais preciso dele. Quanto mais admito para mim que preciso dele, mais sofro por saber que ele não é meu, não de verdade.

Ainda não estou convencida de que ele está aqui pelos motivos certos. Mesmo que *esteja* pelos motivos certos, ainda não é a hora certa. Sem mencionar todas as perguntas que ainda tenho. Tento afastar minhas questões e, por um breve instante, isso funciona. Quando ele acaricia minha bochecha ou seus lábios tocam os meus, me esqueço de todos os esclarecimentos dos quais não posso fugir. Mas, então, ele faz uma pausa para recuperar o fôlego e encontra meu olhar, fazendo todas as questões ressurgirem na minha mente, até que pesem tanto que quase me fazem chorar.

Aperto seus braços quando a incerteza começa a me dominar. Balanço a cabeça e tento me afastar. Ridge se distancia da minha boca e vê as dúvidas aumentando dentro de mim. Ele balança a cabeça para me censurar por permanecer analisando este momento. Seus olhos imploram enquanto ele acaricia minha bochecha e me puxa para si, tentando me beijar de novo, mas me esforço para sair dos seus braços.

— Ridge, não — peço. — Não posso.

Ainda estou negando com a cabeça quando ele agarra meu pulso. Saio do seu colo e continuo andando até seus dedos me soltarem.

Vou para a cozinha, passo sabão nas mãos e começo a esfregar a tinta da caneta no meu braço. Abro uma gaveta, pego um pano de prato, umedeço-o e começo a esfregar meu pescoço. Lágrimas escorrem pelo meu rosto enquanto tento lavar as lembranças do que acabou de acontecer entre nós. Esses lembretes farão com que seja muito mais difícil esquecê-lo.

Ridge se aproxima por trás de mim e coloca as mãos nos meus ombros. Ele me vira para si. Quando percebe que estou chorando, seus olhos se enchem de arrependimento, e ele tira o pano da minha mão. Afasta o cabelo do meu ombro e começa a esfregar gentilmente minha pele, apagando a tinta. Ele parece se sentir muito culpado por eu estar chorando. Mas não é culpa dele. Nunca é culpa dele. Nunca é culpa de ninguém. É culpa de nós dois.

Quando ele acaba de apagar a tinta, joga o pano na bancada e me puxa para o seu peito. O conforto que sinto com esse gesto só dificulta tudo ainda mais. Quero isso o tempo todo. Quero *Ridge* o tempo todo. Quero que esses pequenos momentos perfeitos entre nós sejam nossa realidade constante, mas não pode ser assim agora. Entendo completamente seu comentário anterior, quando ele disse que tem momentos que sente saudade de mim e momentos que desejava nunca ter me conhecido, porque, neste instante, eu queria que ele jamais tivesse ido tocar violão na varanda.

Se eu nunca tivesse experimentado o que ele desperta em mim, eu não sentiria falta quando ele partisse.

Enxugo os olhos e me distancio dele. Tem muita coisa que precisamos discutir, por isso vou até o sofá, pego nossos celulares e entrego o dele. Eu me afasto e me apoio na bancada enquanto digito, mas ele segura meu braço e me puxa para si. Encostado na bancada, ele me pega pelas costas e me acomoda em seu peito, envolvendo meu corpo por trás. Ele beija a lateral da minha cabeça e aproxima os lábios do meu ouvido.

— Fique aqui — pede ele, querendo que eu permaneça perto dele.

É enlouquecedor perceber que ser abraçada por alguém por alguns minutos pode mudar nossa percepção de como é *não* ser abraçada por essa pessoa. No instante em que estamos soltos, de repente parece que está faltando uma parte do corpo.

Acho que ele sente o mesmo e, por isso, me quer por perto.

Será que ele também se sente assim em relação a Maggie?

Perguntas como essa se recusam a sair da minha mente. Perguntas como essa não me deixam acreditar que seja possível que ele esteja feliz com o desfecho dessa situação, porque, no final das contas, perdeu sua namorada. Não quero ser a segunda opção de ninguém.

Apoio a cabeça em seu ombro e fecho os olhos, tentando evitar que meus pensamentos tomem esse rumo de novo. Porém, sei que tenho de pensar nisso se quiser sentir que cheguei a uma conclusão.

Ridge: Queria conseguir ler sua mente.

Eu: E eu gostaria que você conseguisse, pode acreditar.

Ele ri baixinho e me abraça mais apertado. Mantém a bochecha encostada na minha cabeça enquanto digita outra mensagem.

Ridge: Sempre conseguimos dizer tudo o que pensávamos um para o outro. Você ainda tem isso comigo, sabe. Pode me dizer tudo o que precisa, Sydney. Isso é o que mais amo em nós dois.

Por que será que todas as palavras que ele diz, escreve e me manda têm que me deixar de coração partido?

Inspiro fundo e solto o ar devagar. Abro os olhos e encaro meu telefone, assustada com a pergunta para a qual realmente não quero uma resposta. Mas pergunto mesmo assim, porque por mais que não *queira* uma resposta, *preciso* saber.

Eu: Se ela mandasse uma mensagem para você nesse instante dizendo que tomou a decisão errada e se arrependeu, você iria embora? Sairia pela minha porta sem pensar duas vezes?

Mantenho a cabeça imóvel quando os movimentos da respiração dele param de repente.

Não ouço mais sua respiração.

O abraço dele fica mais frouxo.

Meu coração se despedaça.

Não preciso ler sua resposta. Nem preciso *ouvi-la*. Sinto em cada parte do seu corpo.

Não é como se eu tivesse esperado uma resposta diferente. Ele passou cinco anos com ela. É óbvio que a ama. Ridge nunca disse o contrário.

Eu só tinha esperança de que ele estivesse errado.

Imediatamente me afasto dele e sigo para o meu quarto. Quero me trancar lá dentro até ele ir embora. Não quero que ele veja o que provoca em mim. Não quero que veja que o amo da mesma forma que ele ama Maggie.

Chego ao meu quarto, abro a porta, entro e começo a fechá-la, mas ele a abre e entra, me fazendo encará-lo.

Seus olhos procuram os meus, tentando desesperadamente transmitir o que tem vontade de dizer. Ele abre a boca como se fosse falar alguma coisa, mas desiste. Solta meu braço, vira-se de costas e passa as mãos no cabelo. Ele agarra a própria nuca e chuta a porta do meu quarto para fechá-la, resmungando por estar frustrado. Apoia o antebraço na porta e encosta a testa ali. Não faço absolutamente nada além de ficar parada, observando-o travar uma batalha interna. A mesma que venho lutando.

Ele continua na mesma posição enquanto pega o celular para me responder.

Ridge: Essa não é uma pergunta justa.

Eu: Bem, você não me colocou numa posição justa ao aparecer aqui essa noite.

Ele se vira até apoiar as costas na porta do meu quarto e leva as mãos à testa em um gesto de frustração, depois ergue a perna e chuta a porta atrás de si com o calcanhar. Vê-lo sofrer pela pessoa com quem realmente quer ficar é mais doloroso do que estou disposta a enfrentar. Mereço mais do que ele pode me dar agora, e seu conflito está acabando comigo. Ferrando com minha mente. Tudo com ele é intenso demais.

Eu: Quero que vá embora. Não posso ter você por perto. Tenho medo de que prefira que eu seja ela.

Ele baixa a cabeça e passa um tempo encarando o chão, enquanto continuo olhando para ele. Ridge não nega que preferia estar com Maggie agora. Ele não está inventando desculpas nem dizendo que poderia me amar mais do que a ama.

Ele está completamente em silêncio... porque sabe que tenho razão.

Eu: Realmente preciso que você vá embora. Por favor. E caso se importe comigo de verdade, não volte mais.

Ele se vira lentamente para me olhar. Nossos olhares se encontram, e nunca vi tantas emoções passarem por eles como nesse instante.

— Não — responde ele com firmeza.

Começa a se aproximar de mim, e vou me afastando. Ele está balançando a cabeça, como se suplicasse. Ridge me alcança justo quando minhas pernas encostam na cama. Ele segura meu rosto, e sua boca encontra a minha.

Nego com a cabeça e empurro seu peito. Ele se afasta de mim e estremece, parecendo ainda mais frustrado por sua incapacidade de se comunicar comigo. Seus olhos percorrem o quarto, procurando qualquer coisa que possa ajudá-lo a me convencer de que estou errada, mas sei que nada pode ajudar nossa situação. Ele só precisa entender isso também.

Olha para minha cama e depois para mim. Pega minha mão e me leva até a lateral do colchão. Coloca as mãos nos meus ombros e os empurra para baixo até que eu me sente. Não faço ideia do que ele está fazendo, então não ofereço resistência.

Ainda.

Ele continua me empurrando até que eu fique deitada na cama. Ele se levanta e tira a camiseta. Antes de removê-la completamente, já estou tentando sair da cama. Se ele acha que sexo vai consertar as coisas, não é tão inteligente quanto eu imaginava.

— Não — repete ele ao perceber que estou tentando fugir.

A total convicção em seu tom de voz me deixa paralisada e me deito de novo. Ele se ajoelha na cama, pega um travesseiro e coloca ao lado da minha cabeça, deixando meu corpo inteiro tenso com essa proximidade. Pega o celular.

— Ridge: Ouça o que vou dizer, Sydney.

Olho para o telefone, na expectativa de saber o que ele vai digitar. Quando noto que não está mais escrevendo, olho para ele. Ridge balança a cabeça, tira o telefone das minhas mãos e o joga para o lado. Pega minha mão e a coloca sobre seu coração.

— Aqui — diz ele, dando um tapinha na minha mão. — Escute aqui.

Meu coração acelera quando me dou conta do que ele quer que eu faça. Ridge me puxa para si, e eu permito. Com gentileza, ele leva minha cabeça até seu peito e se acomoda sob mim, me ajudando a ficar mais confortável.

Relaxo em seu peito, ouvindo o ritmo.

Batida, batida, pausa.

Batida, batida, pausa.

Batida, batida, pausa.

O som que ele faz é lindo.

O tanto que ele se importa é lindo.

A forma que ele ama é linda.

Ele beija o topo da minha cabeça.

Fecho os olhos... e choro.

Ridge

Fico tanto tempo abraçando-a que nem sei se ela continua acordada. Ainda tem tanta coisa que quero lhe dizer, mas não quero me mexer. Amo senti-la junto de mim desse jeito. Tenho medo de que, se eu me mover, ela caia em si e me mande embora outra vez.

Faz apenas três semanas que Maggie e eu terminamos. Quando Sydney me perguntou se eu aceitaria Maggie de volta, não respondi, mas apenas porque não consegui acreditar na minha resposta.

Amo Maggie, mas, para ser sincero, não acredito que agora ela e eu sejamos a melhor opção um para outro. Sei exatamente onde foi que erramos. O início do nosso relacionamento foi tão romântico a ponto de quase parecer uma ficção. Tínhamos 19 anos e mal nos conhecíamos. O fato de termos esperado um ano inteiro para ficarmos juntos criou sentimentos que não se baseavam em nada além de falsas esperanças e um amor idealizado.

Quando Maggie e eu finalmente conseguimos ficar juntos, acho que estávamos mais apaixonados pela ideia de estarmos juntos do que um pelo outro. É claro que eu a amava. Ainda amo. Mas até conhecer Sydney, eu não fazia ideia de que meu amor por Maggie se baseava no desejo de entrar em ação e salvá-la.

Maggie tinha razão. Não fiz nada nesses últimos cinco anos além de tentar ser o herói que a protegia. O problema disso tudo? Heroínas não precisam ser salvas.

Quando Sydney me perguntou diretamente mais cedo, eu queria dizer que não, que não aceitaria Maggie de volta. Quando ela falou que estava com medo de que eu preferisse que ela fosse Maggie, quis agarrá-la e provar que eu nunca, jamais, em momento algum desejei estar em qualquer outro lugar quando estou com ela. Fiquei com vontade de lhe dizer que meu único arrependimento era não ter percebido antes para qual das duas eu seria melhor. Qual garota fazia mais sentindo para mim. Por qual me apaixonei de forma real, natural e verdadeira, e não de uma maneira idealizada.

Não disse nada porque estava assustado demais com a possibilidade de ela não compreender. Escolhi Maggie em vez dela repetidas vezes, portanto a culpa é única e exclusivamente minha se a enchi de dúvidas. E por mais que eu saiba que a hipótese que ela levantou nunca se concretizaria, porque tanto eu quanto Maggie aceitamos que nosso relacionamento acabou, não tenho tanta certeza se eu *não* aceitaria Maggie de volta. No entanto, minha decisão não seria porque quero estar com Maggie. Nem seria porque a amo mais do que Sydney. Mas como posso convencê-la disso quando nem *eu* mesmo sou capaz de entender?

Não quero que Sydney ache que é minha segunda opção, quando sei, no fundo do coração, que ela é a escolha *certa*. A *única escolha*.

Mantenho os braços ao redor dela e pego meu celular. Ela ergue a cabeça e apoia o queixo no meu peito, olhando para mim. Entrego o telefone dela, que pega o aparelho, mas se vira e encosta outra vez o ouvido no meu peito, onde fica o coração.

Eu: Quer saber por que eu precisava que você me ouvisse?

Ela não responde com uma mensagem, apenas assente, mantendo a cabeça no meu peito. Uma de suas mãos percorre lentamente o caminho entre minha cintura e meu braço. A sensação de suas mãos na minha pele é algo que nunca quero que vire apenas uma lembrança. Coloco a mão esquerda na sua cabeça e acaricio seu cabelo.

Eu: A explicação é longa. Você tem um caderno em que eu possa escrever?

Ela concorda com a cabeça e se afasta de mim, indo até a mesinha de cabeceira, onde pega um caderno e uma caneta. Eu me recosto na cabeceira da cama. Ela me entrega o caderno, mas não se aproxima mais de mim. Seguro seu pulso e abro as pernas, indicando para ela se deitar junto de mim enquanto escrevo. Sydney engatinha na minha direção e envolve minha cintura com os braços. Eu a abraço e coloco o caderno no joelho, apoiando a bochecha na sua cabeça.

Eu gostaria que houvesse uma forma mais fácil de nos comunicarmos para que todas as coisas que preciso lhe dizer fossem instantâneas. Queria fitar seus olhos e lhe dizer exatamente como me sinto e o que está se passando na minha cabeça, mas não posso e odeio o que isso significa para nós dois. Em vez disso, coloco meu coração no papel. Ela permanece quieta, deitada em meu peito, enquanto demoro uns 15 minutos para reunir meus pensamentos e passá-los para a folha. Quando termino, entrego o caderno para ela, que se acomoda melhor, se apoiando em mim. Mantenho os braços em volta do seu corpo, abraçando-a enquanto ela lê a carta.

24.

Sydney

Não faço ideia do que esperar das palavras que ele acabou de escrever, mas assim que ele me entrega o papel, começo a absorver cada frase o mais rápido que posso. O fato de existir uma barreira na nossa comunicação faz com que cada palavra que recebo dele, seja do jeito que for, torne-se algo que sinto necessidade de consumir o mais depressa possível.

Não sei se, na verdade, tenho mais consciência dos batimentos do meu coração do que a maioria das pessoas, mas tendo a acreditar que sim. Por não ter como ouvir o mundo à minha volta, consigo me concentrar mais no meu mundo interno. Brennan me disse que os únicos momentos em que presta atenção no próprio batimento cardíaco é quando está imóvel em completo silêncio. Esse não é o meu caso, porque meu mundo é sempre silencioso. Estou sempre consciente dos batimentos do meu coração. Sempre. Conheço o padrão. Sei o ritmo. Tenho noção do que o faz disparar e do que o acalma. Sei, inclusive, quando esperar essas reações. Às vezes sinto que meu coração reage antes que meu cérebro tenha a chance de fazer isso. Sempre fui capaz de prever as reações do meu coração... até alguns meses atrás.

A primeira noite que você saiu na varanda foi a primeira vez que notei a mudança. Foi bem sutil, mas eu senti. Apenas uma batidinha a mais. Deixei de lado porque não queria acreditar que tinha alguma coisa a ver com você. Eu gostava de como meu coração era leal à Maggie, e não queria que essa lealdade mudasse.

Mas, então, quando a vi cantar pela primeira vez uma das minhas músicas, aconteceu de novo. Só que daquela vez foi bem mais óbvio. Meu coração acelerava um pouco mais sempre que eu via seus lábios se moverem. Eu sentia os batimentos em lugares que nunca tinha experimentado. Naquela primeira noite que a vi cantando, tive que me levantar e acabar de tocar lá dentro, porque não gostei do que estava sentindo no coração. Pela primeira vez, fiquei com a impressão de não ter qualquer controle sobre ele, e isso me deixou péssimo.

A primeira vez que saí do meu quarto e a vi encharcada de chuva... Meu Deus, não sabia que um coração podia bater daquela forma. Eu conhecia meu coração como a palma da minha mão, e nunca ninguém tinha provocado a reação que você causou. Coloquei os cobertores no sofá para você o mais rápido que pude, mostrei o banheiro e voltei imediatamente para o meu quarto. Vou poupá-la dos detalhes do que tive que fazer para me acalmar depois de vê-la de perto pela primeira vez enquanto você estava no banho.

A reação física que você provocava em mim não me preocupou. Reações físicas são normais, e, naquele momento, meu coração ainda pertencia à Maggie. Todas as batidas eram para ela. Sempre foram, mas, quanto mais tempo eu passava com você, mais você começava a invadir sem querer meu coração, roubando algumas dessas batidas. Fiz tudo o que podia para evitar isso. Por um tempo, me convenci de que eu era mais forte que o meu coração, e por isso permiti que você ficasse. Achei que eu só sentia atração física e que estava tudo bem se você só fosse parte das minhas fantasias. No entanto, logo percebi que minhas fantasias com você não tinham nada a ver com as que os caras costumam ter com as garotas que acham atraentes. Eu não me imaginava roubando beijos quando ninguém estivesse por perto. Eu não me imaginava me deitando na sua cama no meio da noite e fazendo com você o que nós dois queríamos que eu fizesse. Em vez disso, eu pensava como seria se você dormisse nos meus braços, como seria acordar ao seu lado de manhã. Imaginava seus sorrisos, sua risada e até mesmo como seria poder consolá-la quando você chorasse.

A confusão em que eu tinha me metido ficou evidente na noite em que coloquei o fone de ouvido em você e a observei cantar a música que compomos juntos. Ver aquelas palavras passando pelos seus lábios e saber que eu não poderia ouvi-las, enquanto sentia como meu coração ansiava por nós naquele momento, me fez perceber que estava acontecendo algo muito maior do que eu seria capaz de controlar. Minha força foi dominada pela minha fraqueza por você. No instante em que meus lábios tocaram os seus, meu coração se partiu. Uma das metades passou a ser sua depois disso. E uma a cada duas batidas do meu coração pertencia a você.

Eu sabia que deveria pedir para você ir embora naquela noite, mas não consegui. Pensar em me despedir de você doía demais. Considerei pedir para você se mudar na manhã seguinte, mas, quando conversamos sobre a situação, a facilidade com que conseguimos lidar com tudo serviu como desculpa para deixar isso de lado. Saber que nós dois estávamos lutando, me encheu de esperança de que poderia devolver para Maggie a parte do coração que eu tinha perdido para você.

Foi no fim de semana do aniversário de Warren que me dei conta de que já era tarde demais. Passei a noite inteira da festa tentando não olhar para você. Tentando não ser óbvio, me esforçando para manter minha atenção em Maggie, onde sempre deveria ter estado. Entretanto, nem todo esforço e negação do mundo poderiam ter me salvado do que aconteceu no dia seguinte. Quando entrei no seu quarto e me sentei ao seu lado, eu senti.

Senti que você me deu um pedaço do seu coração.

E, Sydney, era o que eu queria. Queria seu coração mais do que já quis qualquer coisa. No instante em que peguei sua mão, aconteceu. Meu coração fez a escolha, e foi você. Meu relacionamento com Maggie era ótimo e nunca quis desrespeitar o que tive com ela. Quando lhe disse que a amei no instante em que nos conhecemos e que eu a amaria até a morte, estava sendo sincero. Sempre a amei e sempre amarei. Ela é uma pessoa incrível que merece muito mais do que a vida lhe deu, e, até hoje, fico com raiva quando penso nisso. Eu trocaria meu destino com o dela no mesmo segundo se isso fosse possível. Infelizmente, a vida não funciona assim. O destino não funciona assim. Então, mesmo depois de saber que eu tinha encontrado em você o que nunca encontrei no meu relacionamento com Maggie, isso ainda não bastava. Não importava o quanto eu gostava de

você nem a profundidade dos meus sentimentos, pois nunca seriam sufi-
cientes para me convencer a deixar Maggie. Como eu não podia mudar
o destino dela, eu lhe daria a melhor vida que pudesse. Mesmo que sig-
nificasse sacrificar aspectos da minha própria, era exatamente o que eu
faria sem nem parar para pensar, e nunca me arrependeria. Nem por um
instante.

Contudo, até três semanas atrás, eu não tinha me dado conta de que a
melhor vida que eu poderia oferecer a ela era uma vida sem mim. Maggie
precisava exatamente do oposto do que eu poderia lhe oferecer, e agora sei
disso. Ela também. E nós dois aceitamos.

Então, quando você me pergunta se eu escolheria ela em vez de você,
está criando uma situação para a qual não posso dar uma resposta direta.
Porque, sim, a essa altura, eu provavelmente me afastaria de você se ela
me pedisse. A maior parte da minha lealdade continua com ela. Mas se
você me perguntar de quem preciso mais? Quem quero mais? Quem meu
coração deseja mais? Meu coração já tinha decidido isso por mim há mui-
to tempo, Sydney.

Quando leio a última palavra, abraço o caderno no peito e começo a chorar. Ele me afasta até me colocar deitada e aproxima seu rosto
do meu, fazendo nossos olhares se encontrarem.

— É você — diz ele em voz alta. — Meu coração... quer você.

Um soluço escapa do meu peito ao ouvir essas palavras. No mesmo instante agarro seus ombros e me ergo, encostando os lábios no
peito dele, bem em cima do coração. Eu o beijo várias vezes, agrade-
cendo em silêncio por me dar a certeza de que eu não passara por tudo
aquilo sozinha.

Quando coloco a cabeça no travesseiro, ele se deita ao meu lado e
me puxa para si. Ridge toca meu rosto com a mão e se inclina lentamente para me beijar. Sua boca toca a minha com tanto cuidado, que
até parece que ele está segurando meu coração nas mãos e tem medo
de deixá-lo cair.

Por mais que eu tenha certeza de que ele faria tudo que está ao
seu alcance para proteger meu coração, ainda tenho muito medo de

entregá-lo. Não quero dá-lo para ele até saber que o meu é o único coração que ele tem nas mãos.

* * *

Não abro os olhos, porque não quero que ele saiba que o ouvi indo embora. Senti seu beijo. Senti retirar o braço que estava embaixo de mim. Ouvi quando ele vestiu a camiseta. Escutei ele procurar a caneta. Eu o ouvi escrever uma carta e colocar no travesseiro ao meu lado.

Sinto ele apoiar a mão no colchão ao lado do meu rosto. Seus lábios tocam minha testa antes de ele se afastar e sair do meu quarto. Ao ouvir a porta da frente se fechar, me viro de lado e cubro a cabeça com as cobertas para bloquear a luz do sol. Se eu não tivesse que trabalhar hoje, ficaria bem aqui, nessa posição, chorando até as lágrimas secarem.

Passo a mão pela cama à procura da carta e, quando a encontro, trago-a para baixo das cobertas e começo a ler.

Sydney,

Alguns meses atrás, achamos que tínhamos resolvido tudo. Eu estava com a garota com quem achava que ficaria para sempre, e você namorava o cara que acreditava merecê-la muito mais do que eu.

E olhe só para nós agora.

Desejando mais do que tudo sermos livres para nos amarmos, mas amaldiçoados pelo momento errado e pelos corações leais. Nós dois sabemos onde queremos estar, só não sabemos como chegar lá. Ou quando devemos chegar lá. Quem dera as coisas fossem tão fáceis quanto pareciam quando eu tinha 19 anos. Pegaríamos um calendário, marcaríamos uma data e começaríamos a contagem regressiva até que eu pudesse aparecer à sua porta e começar a amá-la.

Entretanto, aprendi que não podemos dizer ao coração quando, quem ou como amar. O coração só faz o que quer. A única coisa que podemos controlar é se escolhemos nos dar a chance de deixar nossa vida e mente alcançarem nosso coração.

329

Sei que isso é o que você mais quer. Tempo para alcançar seu coração.

Por mais que eu queira ficar aqui e permitir que nossa vida juntos comece, tem uma coisa que quero ainda mais de você: que esteja comigo no final, e sei que isso não vai acontecer se continuar tentando apressar o início das coisas. Sei exatamente por que hesitou em me deixar entrar ontem à noite: você ainda não está pronta. Talvez eu também não esteja. Você sempre disse que queria passar um tempo sozinha, e a última coisa que quero é começar um relacionamento com você quando mal tive tempo de dar o respeito ao que terminei recentemente com Maggie.

Não sei quando você estará pronta para mim. Pode ser no mês que vem ou no próximo ano. Seja quando for, saiba que não tenho a menor dúvida de que vamos dar certo. Sei que vamos. Se existem duas pessoas no mundo capazes de encontrar um caminho para se amarem, somos nós.

Ridge

PS: Passei a maior parte da noite observando você dormir, então essa é uma fantasia que já posso riscar da lista. Também escrevi a letra inteira de uma música, o que não foi nada bom para Brennan. Como eu não estava com meu violão, o obriguei a gravar uma versão às cinco da manhã para poder deixá-la com você.

Um dia desses, vou tocá-la para você, com todas as outras músicas que planejo escrever enquanto estivermos separados. Até lá, vou esperar pacientemente.

Só diga quando.

Dobro a carta e a levo ao peito. Por mais que doa saber que ele está partindo, também tenho certeza de que preciso deixá-lo ir. Foi o que eu pedi. Nós precisamos disso. *Eu* preciso disso. Preciso chegar ao ponto em que eu saiba que podemos finalmente ficar juntos, sem nenhuma dúvida na cabeça. Ele tem razão. Minha mente precisa alcançar meu coração.

Esfrego os olhos com as costas da mão e abro minhas mensagens de texto.

Eu: Você pode passar aqui? Preciso da sua ajuda.

Warren: Se é porque dei seu endereço para Ridge ontem à noite, desculpe. Ele me obrigou.

Eu: Não tem nada a ver com isso. Preciso pedir um grande favor .

Warren: Passo aí quando sair do trabalho hoje à noite. Preciso levar camisinha?

Eu: Engraçadinho.

Fecho as mensagens com Warren e abro a música que Ridge me mandou. Pego os fones de ouvido na gaveta, depois recosto-me no travesseiro e aperto play.

É SÓ VOCÊ

Baby, tudo que você já fez
Em qualquer momento que viveu
Nada disso me importa mais
Ah, eu sei, sou teu

Pois com você
Chego onde quero ir
E ao seu lado, eu sei
Vejo o que sempre quis
Você sabe, sabe sim
É só você.

Penso em você todos os dias
E me imagino te falando
Um oi, quem sabe um como vai?
Só que sou melhor te amando

Pois com você
Chego onde quero ir
E ao seu lado, eu sei
Vejo o que sempre quis
Você sabe, sabe sim
É só você.

Ridge

Eu: Estou olhando a agenda de março e você está livre no dia 18.

Brennan: Por que tenho a sensação de que acabei de ganhar um compromisso no dia 18?

Eu: Estou planejando um show e preciso da sua ajuda. Vamos nos apresentar por aqui.

Brennan: Que tipo de show? Com a banda completa?

Eu: Não, só você e eu. Talvez Warren se ele topar.

Brennan: Por que estou achando que isso tem a ver com Sydney?

Eu: Por que estou achando que não me importo com o que você pensa?

Brennan: Está na mão dela, Ridge. Você realmente deveria deixar as coisas desse jeito até que ela se sinta pronta. Sei o que você sente por ela, e não quero que estrague tudo.

Eu: Ainda faltam três meses para o dia 18 de março. Se ela não tiver tomado uma decisão até essa data, vou dar um empurrãozinho. E quando foi que você começou a dar conselhos sobre relacionamentos? Quanto tempo faz desde que você teve um? Ah, espere um pouco. Você nunca teve.

Brennan: Se eu concordar em ajudar, você vai calar a porra da boca? O que tenho que fazer?

Eu: Só reserve um tempo para a gente passar algumas músicas novas.

Brennan: Será que alguém superou o bloqueio criativo?

Eu: É, bem, alguém uma vez me disse que coração partido é uma ótima inspiração. Infelizmente, a pessoa tinha razão.

Brennan: Parece ter sido um cara esperto.

Fecho as mensagens com Brennan e abro as com Warren.

Eu: Dia 18 de março. Preciso de um lugar para tocarmos. Pequeno. E tem que levar Sydney com você nesse dia.

Warren: É para ela saber que você está planejando isso?

Eu: Não. Minta para ela.

Warren: Sem problemas. Minto muito bem.

Largo o celular, pego o violão e vou até a varanda. Já faz quase um mês desde que a vi pela última vez. Não trocamos mensagens. Sei que Warren ainda mantém contato com ela, mas ele se recusa a me contar qualquer coisa, então simplesmente parei de perguntar. Por mais que sinta saudade e por mais que queira implorar para ficarmos juntos, sei que a melhor coisa para nós dois é dar um tempo. Ainda tinha muita culpa envolvida quando pensávamos em começar algo, apesar de querermos muito ficar juntos. Esperar até que nós dois estejamos bem é definitivamente o que precisa ser feito.

No entanto, sinto que já cheguei a esse ponto. Talvez seja mais fácil para mim, porque sei onde Maggie e eu paramos, e sei onde meu coração está, mas Sydney não tem essa certeza. Se o tempo puder lhe dar isso, então é tempo que vou lhe dar. Mas não muito. Dia 18 de março é daqui a três meses. Realmente espero que ela esteja pronta até lá, porque não sei se conseguirei continuar longe dela por muito mais tempo que isso.

Arrasto a cadeira até a beirada da varanda, me debruço no parapeito e olho para sua antiga varanda. Toda vez que venho aqui e vejo sua cadeira vazia, as coisas ficam ainda mais difíceis. Porém, não consigo encontrar mais nada dentro no meu apartamento que desperte mais lembranças do que isso. Ela não deixou nada para trás quando se mudou, e nada realmente era dela enquanto morou aqui. Ficar na varanda é o mais próximo que consigo de senti-la desde que estamos tão longe um do outro.

Eu me recosto na cadeira, pego uma caneta e começo a escrever a letra de outra música, sem pensar em nada que não seja ela.

O vento sopra em meu cabelo
Noites assim, são o fim
Eu e você assim, tão longe
Nunca vi estrelas brilharem tanto
Elas cantam algo feito pra nós dois
Mas só eu ouço esse encanto

Pego meu violão e toco os primeiros acordes. Espero que essas músicas bastem para convencê-la de que estamos prontos, então tudo precisa sair perfeito. Só estou nervoso de depender demais de Warren para me ajudar com isso. Espero que ele seja mais confiável nessa situação com Sydney do que com o pagamento do aluguel.

25.

Sydney

— Não vou.

— Vai, sim — responde Warren, chutando minhas pernas, que estavam apoiadas na mesa de centro. — Estou entediado demais. Bridgette vai trabalhar o fim de semana inteiro, e só Deus sabe onde Ridge está e o que está fazendo.

Olho para ele no mesmo instante com o coração quase saindo pela boca.

Ele ri.

— Ah, isso chamou sua atenção. — Warren pega minha mão e me puxa do sofá. — Estou brincando. Ridge está trabalhando em casa, deprimido e desanimado que nem você está tentando ficar. Agora, vá se arrumar e vamos nos divertir essa noite, ou vamos passar a noite aqui assistindo filme pornô.

Afasto as mãos das dele e vou para a cozinha. Abro o armário e pego uma xícara.

— Não estou a fim de sair essa noite, Warren. Tive aula o dia inteiro e é minha única noite de folga da biblioteca. Tenho certeza de que consegue encontrar outra pessoa para sair com você.

Pego a caixa de suco na geladeira e encho o copo. Encosto-me na bancada, tomo um gole e fico observando Warren fazendo bico na sala. Ele fica fofo quando faz isso, e é por essa razão que sempre tento dificultar as coisas.

— Veja bem, Syd — diz ele, aparecendo na cozinha. Ele puxa um banco do bar e se senta. — Vou esclarecer as coisas para você, OK?

Reviro os olhos.

— Não tenho como parar você, então, vai em frente, pode começar.

Ele apoia as mãos na bancada à sua frente e se inclina para mim.

— Você é uma pentelha.

Dou uma risada.

— Só isso? É isso que precisa esclarecer?

Ele concorda com a cabeça.

— Você é uma pentelha. E Ridge também. Desde a noite que dei seu endereço para ele, vocês dois estão sendo uns pentelhos. Ele só trabalha e fica compondo. Sequer tenta fazer pegadinhas ou armadilhas. Sempre que venho aqui, você só quer saber de estudar. Nunca está com vontade de sair comigo. Nem quer mais ouvir minhas aventuras sexuais.

— Correção — interrompo. — Jamais quis ouvir suas aventuras sexuais. Isso não é novidade.

— Tanto faz — continua ele, balançando a cabeça. — O problema é que vocês dois estão infelizes. Sei que precisa de um tempo e tudo mais, mas isso não significa que você não possa se divertir um pouco enquanto pensa na vida. Eu quero me divertir. Ninguém mais quer sair comigo, e é tudo culpa sua, porque você é a única pessoa que pode dar um fim para o sofrimento de vocês dois agora. Então, é isso mesmo. Você é uma pentelha. Pentelha, pentelha, pentelha. E se quer parar de ser assim, vá se vestir para a gente poder sair e passarmos algumas horas sem ser pentelhos.

Não sei como argumentar contra isso. Sou uma pentelha. Sou mesmo. Pentelha para caramba. Só mesmo Warren conseguiria resumir as coisas de forma tão simples e direta e que fizesse sentido. Sei que faz alguns meses que estou infeliz, e não ajuda nada saber que Ridge se sente do mesmo jeito. Ele continua infeliz porque está esperando que eu supere seja lá o que for que me impede de procurá-lo.

A última coisa que ele escreveu na carta foi *Só diga quando*.

Estou tentando lhe dar uma data desde que li a carta, mas tenho muito medo. Nunca senti por nada nem ninguém qualquer coisa parecida com o que sinto por ele, e só pensar que pode não dar certo entre nós é o suficiente para me impedir de dizer qualquer palavra. Sinto que quanto mais esperamos e mais tempo temos para nos curarmos, melhores são as chances de conseguirmos nosso *talvez um dia*.

Fico esperando até finalmente ter certeza de que ele superou Maggie. Fico esperando até saber que ele está pronto para se comprometer totalmente comigo. Fico esperando o momento em que não terei dúvidas de que não serei consumida pela culpa, por me permitir confiar meu coração a outra pessoa mais uma vez.

Não tenho ideia de quando chegarei a esse ponto, e dói saber que minha incapacidade de seguir em frente está impedindo Ridge de fazer o mesmo.

— Agora — conclui Warren, empurrando-me para fora da cozinha. — Vá se arrumar.

* * *

Não acredito que me deixei ser convencida por ele. Confiro a maquiagem pela última vez e pego minha bolsa. Assim que ele me vê, balança a cabeça. Arfo e ergo as mãos.

— O que foi agora? — Suspiro. — Não gostou da minha roupa?

— Você está ótima, mas quero que você coloque aquele vestido azul.

— Queimei aquele vestido, lembra?

— Queimou porra nenhuma — responde ele, me empurrando de volta para o quarto. — Você estava com ele quando vim aqui semana passada. Então pode trocar de roupa para podermos sair.

Eu me viro para ele.

— Sei que você adora aquele vestido e é por isso que usá-lo para sairmos juntos é meio estranho, Warren.

Ele estreita os olhos.

— Escute, Syd. Não quero ser grosseiro nem nada, mas todo esse clima deprê dos últimos meses a fez engordar um pouco. Sua bunda

338

fica muito grande nessa calça. O vestido azul disfarça um pouco isso, então, por favor, troque de roupa para não me deixar com vergonha de sair com você.

De repente sinto uma vontade enorme de dar um tapa nele, mas sei que Warren tem um senso de humor peculiar. Também tenho noção de que talvez ele tenha um motivo completamente diferente para querer que eu use o vestido azul, e estou me esforçando para não ficar achando que tem alguma coisa a ver com Ridge, mas quase todas as situações me fazem pensar em Ridge. Isso não é novidade. Só que Warren é um cara que parece meter os pés pelas mãos o tempo todo, e sou uma garota, então ainda assim fico me perguntando se ele está sendo sincero quando diz que ganhei peso. Eu *realmente* tenho comido demais para preencher o vazio que Ridge deixou na minha vida. Observo minha barriga e dou um tapinha, olhando em seguida para Warren.

— Você é um babaca.

Ele concorda.

— Eu sei.

Seu sorriso inocente me faz perdoar na mesma hora a grosseria das suas palavras. Coloco o vestido azul, mas vou ser a *maior* empata foda para ele essa noite. Babaca.

* * *

— Uau. Isso é... diferente — digo, observando o local.

Não é como as boates que Warren geralmente gosta de ir. É bem menor e nem tem pista de dança. Há um palco vazio, mas não tem ninguém se apresentando. A *jukebox* está tocando música, e algumas mesas estão ocupadas com pessoas conversando. Warren escolhe uma mesa no meio do salão.

— Você é tão pão-duro — digo. — Ainda nem me deu comida.

— Compro um hambúrguer quando estivermos voltando para casa — diz ele, rindo.

Warren pega o celular e começa a escrever uma mensagem de texto. Fico olhando à minha volta por um tempo. O lugar é bem aconchegante. Também é um pouco estranho que Warren tenha me trazido aqui. Mas acho que ele não tem segundas intenções, porque nem está me dando atenção.

Fica concentrado no telefone e não para de olhar para a porta. Não sei por que ele quis sair essa noite, muito menos por que escolheu este lugar.

— Você que é um pentelho, na verdade — digo. — Pare de me ignorar.

Ele responde sem nem olhar para mim.

— Você não estava falando nada, então, tecnicamente, não ignorei ninguém.

Fico curiosa. Ele está agindo diferente e parece distraído.

— O que está acontecendo, Warren?

Assim que pergunto, ele desvia os olhos do telefone e sorri para alguém atrás de mim, antes de se levantar.

— Você está atrasada — diz ele, quando eu olho para trás e encontro Bridgette se aproximando.

— Vá se ferrar, Warren — diz ela sorrindo. Ele a abraça, e os dois ficam alguns segundos constrangedores se beijando.

Estendo o braço e o cutuco quando acho que o casal precisa de uma pausa para respirar. Ele se afasta dela, dá uma piscadela e puxa a cadeira para a namorada se sentar.

— Preciso ir ao banheiro — diz ele para Bridgette. Depois aponta para mim. — Não saia daí.

Ele diz isso como se fosse uma ordem e fico ainda mais irritada, porque ele está sendo muito grosseiro essa noite. Eu me viro para Bridgette assim que ele sai.

— Warren me disse que você ia trabalhar o fim de semana inteiro — digo.

Ela dá de ombros.

— É, bem, ele deve ter falado isso como parte do plano elaborado que fez para esta noite. Ele me obrigou a vir para que você não fosse embora quando descobrisse. Ah, eu não deveria ter contado nada disso, então finja que não sabe.

Meu coração dispara.

— Por favor, me diga que está brincando.

Ela nega com a cabeça e ergue o braço para chamar o garçom.

— Bem que eu queria estar brincando, porque tive que trocar de turno para poder vir, então terei que dobrar amanhã.

Apoio a cabeça nas mãos, arrependida por ter deixado Warren me convencer a vir. Quando estou prestes a pegar minha bolsa e ir embora, ele aparece no palco.

— Ai, meu Deus — gemo. — Que merda ele está fazendo?

Sinto meu estômago se revirar. Não faço ideia do que ele planejou, mas seja lá o que for, não pode ser bom.

Warren bate no microfone e ajusta a altura.

— Gostaria de agradecer a todo mundo que veio essa noite. Não que estejam aqui para este evento em particular, pois é uma surpresa, mas senti necessidade de agradecer mesmo assim.

Ele ajusta o microfone outra vez, olha para a nossa mesa e acena.

— Gostaria de pedir desculpas a você, Syd, porque me sinto muito mal por ter mentido. Você não engordou, e sua bunda estava linda naquela calça jeans, mas você realmente tinha que usar este vestido hoje. Aliás, você não é uma pentelha. Também menti sobre isso.

Várias pessoas na plateia começam a rir, mas só resmungo e escondo o rosto com as mãos, olhando para o palco por entre os dedos.

— Muito bem, vamos logo com isso. Temos algumas músicas novas para vocês hoje à noite. Infelizmente, não estamos com a banda completa porque — ele olha para o pequeno palco —, bem, acho que não ia caber todo mundo aqui. Então, gostaria de apresentar uma parte do Sounds of Cedar.

Meu coração acelera. Fecho os olhos, e as pessoas começam a aplaudir.

Por favor, que seja Ridge.

Por favor, que não seja ele.

Meu Deus, quando essa confusão vai acabar?

Consigo ouvir a agitação no palco, mas estou com muito medo para abrir os olhos. Quero tanto vê-lo que chega a doer.

— Ei, Syd — chama Warren no microfone. Respiro fundo para me acalmar, abro os olhos e, hesitante, ergo a cabeça. — Você lembra quando falei que a gente precisa dos dias ruins para manter os bons em perspectiva?

Acho que concordo com a cabeça. Nem consigo mais sentir meu corpo.

— Bem, esse é um dos dias bons, um dos muito bons. — Ele ergue a mão e indica minha mesa. — Será que alguém pode servir uma dose para aquela garota? Ou qualquer coisa que a faça se soltar um pouco.

Ele leva o microfone até o banco ao seu lado. Meus olhos estão fixos nas cadeiras vazias. Alguém coloca uma dose em cima da minha mesa, então viro o copo, devolvendo-o à mesa bem há tempo de vê-los entrando no palco. Brennan aparece primeiro, e Ridge vem logo atrás, carregando o violão.

Ai, meu Deus. Ele está lindo. É a primeira vez que o vejo no palco. Sempre quis vê-lo se apresentando desde o instante que ouvi seu violão na varanda, e aqui estou eu, prestes a assistir a minha fantasia se tornar realidade.

Ele está igual à última vez que o encontrei, só que... maravilhoso. Acho que ele já era maravilhoso na época. Só não me sentia bem em admitir isso quando eu sabia que ele não era meu. Mas acho que não tem mais problema, porque, caramba, ele é lindo. Ridge parece muito confiante e dá para perceber o motivo. Seus braços parecem ter sido criados com o único objetivo de carregar um violão. O instrumento se encaixa nele de forma tão natural, quase como se fosse uma extensão do próprio corpo.

Não há nenhuma sombra de culpa em seus olhos como sempre havia no passado. Ele está sorrindo, como se estivesse realmente empolgado com o que está prestes a acontecer. O sorriso enigmático ilumina seu rosto e todo o local. Pelo menos, é a impressão que eu tenho. Apesar de percorrer várias vezes a plateia com os olhos até chegar ao seu lugar, ele não me vê de imediato.

Ocupa o banco do meio, Brennan se senta à esquerda, e Warren, à direita. Ridge faz uma pergunta na Língua de Sinais para o amigo, que aponta para mim. Ele me encontra na plateia. Tapo a boca com as mãos e apoio os cotovelos na mesa. Ele sorri e assente, enquanto meu coração dispara. Não consigo sorrir, acenar ou mexer a cabeça. Estou nervosa demais para me mover.

Brennan se inclina para a frente e fala ao microfone.

— Temos algumas músicas novas...

Sua voz é interrompida quando Ridge puxa o microfone para si e se aproxima.

— Sydney — diz ele. — Algumas dessas músicas compus com você, e outras *para* você.

Consigo perceber uma pequena mudança em como ele está falando. Nunca o ouvi dizer tantas palavras de uma vez. Também parece enunciá-las de forma mais clara do que nas poucas vezes que falou comigo antes, como se sua imagem tivesse ganhado mais foco. Fica óbvio que ele andou treinando, e saber disso faz meus olhos se encherem de lágrimas, mesmo antes de escutar as músicas.

— Se você ainda não está pronta para dizer, tudo bem — continua ele. — Vou aguardar o tempo que for necessário. Só espero que não se incomode com a interrupção dessa noite.

Ele se afasta e olha para o violão. Brennan se aproxima do microfone e olha para mim.

— Ele não pode ouvir o que estou dizendo, então vou aproveitar para avisar que Ridge está exagerando. Ele não quer mais esperar. Precisa que você o aceite mais do que precisa de ar. Então, por favor, por tudo que há de mais sagrado, diga o que tem para dizer hoje à noite.

Sorrio enquanto enxugo as lágrimas.

Ridge toca os acordes iniciais de "Meu Problema", e finalmente entendo por que Warren me fez usar este vestido. Brennan começa a cantar, e fico completamente imóvel enquanto Warren usa a Língua de Sinais para traduzir cada palavra da música enquanto Ridge se concentra nas cordas do violão. É maravilhoso assistir aos três juntos no palco, testemunhar a beleza que eles conseguem criar com algumas palavras e alguns violões.

Ridge

Quando a música acaba, olho para ela.

Sydney está chorando, mas suas lágrimas vêm acompanhadas de um sorriso, e era exatamente o que eu esperava encontrar quando erguesse os olhos do violão. Vê-la pela primeira vez desde que me despedi dela com um beijo causou um efeito muito maior em mim do que eu esperava. Estou me esforçando ao máximo para me lembrar do motivo de estar aqui, mas tudo que quero é largar o violão, correr até ela e beijá-la loucamente.

Em vez disso, mantenho os olhos fixos nos dela enquanto começo outra música que escrevemos juntos. Toco os primeiros acordes de "Talvez um dia". Ela sorri e leva a mão ao peito, enquanto assiste a minha apresentação.

É em momentos como este que agradeço por não ouvir. Não ser distraído por nada permite que eu me concentre totalmente nela. Sinto a música vibrar em meu peito enquanto observo seus lábios acompanharem até o último verso.

Planejei tocar mais algumas das músicas que compomos juntos, mas vê-la me fez mudar de ideia. Quero tocar as novas que escrevi para ela, porque realmente preciso ver sua reação ao ouvi-las. Começo uma, sabendo que Warren e Brennan não terão o menor problema em acompanhar a mudança. Seus olhos brilham quando ela percebe que nunca ouviu essa música, e Sydney se inclina na direção do palco, concentrando toda sua atenção em nós três.

Sydney

Há apenas 26 letras no nosso alfabeto. Seria de imaginar que existe um limite do que alguém pode fazer com essa quantidade de letras.

Entretanto, essas 26 letras podem provocar infinitos sentimento numa pessoa, e esta música é a prova disso. Nunca vou entender como algumas palavras juntas podem mudar alguém, mas esta música e estas palavras estão me fazendo mudar completamente. Sinto que meu *talvez um dia* acabou de chegar, *neste exato momento.*

FICAR COM VOCÊ

O vento sopra em meu cabelo
Noites assim, são o fim
Eu e você assim, tão longe

Nunca vi estrelas brilharem tanto
Elas cantam algo feito pra nós dois
Mas só eu posso ouvir

E se eu pedir que cantem só pra você
Tudo que eu sinto, tudo que vivi
Tudo que me resta é te fazer me ver

Quero ficar com você
Guardar memórias que eu não esqueci
Quero ficar com você
E nunca mais deixar você partir
Quero ficar
Quero ficar com você

O seu lugar está tão vazio
E sei que sozinho me deixo ir
A lugares em que tudo é frio

Traz de volta o seu calor
Devolve aquela estrela que me iluminou
Nunca mais vou te perder, amor

Volta logo, faz tudo brilhar
Como a estrela que eu não paro de olhar
Jura que não vai mais se apagar pra mim

Quero ficar com você
Guardar memórias que eu não esqueci
Quero ficar com você
E nunca mais deixar você partir
Quero ficar
Quero ficar com você

Ridge

Termino a música e não me dou tempo de olhar para Sydney antes de começar a tocar outra. Tenho medo de olhar para ela e esquecer toda a força de vontade que ainda me mantém no palco. Quero muito ir até ela, mas sei como é importante que escute a próxima música. Também não quero tomar a decisão final. Se ela não estiver pronta, vou respeitar sua escolha.

No entanto, se no final desta música ela ainda não estiver pronta para começar a vida que tenho certeza que poderíamos ter juntos, não sei se algum dia ela se sentirá pronta.

Mantenho os olhos fixos nos meus dedos enquanto dedilham o violão. Olho para Brennan, e ele se aproxima do microfone, começando a cantar. Olho para Warren, que faz alguns sinais.

Olho lentamente para a plateia no intuito de encontrá-la de novo.

Nós nos entreolhamos.

Eu não desvio o olhar.

Sydney

— Uau — sussurra Bridgette.

Seus olhos estão fixos no palco assim como os meus. E como os de todo mundo ali. Os três garotos formam um time e tanto, mas saber que Ridge escreveu as palavras que escuto especificamente para mim me deixa muito impressionada. Não consigo desviar os olhos. Mal me mexo ou respiro durante toda a música.

SÓ ESTÁ COMEÇANDO

O tempo passou
Tão rápido que acabou
Você acerta
E então percebe como errou

E em todo esse tempo eu
Pensei em ti
Sei que o que a gente viveu
Nos trouxe aqui

Vem viver, comigo
Estou te amando
Se permite, nossa vida
Só está começando

Você guardou
Seu coração e se fechou pro amor
Voltei só pra
Te resgatar e acabar com a dor

E em todo esse tempo eu
Pensei em ti
Sei que o que a gente viveu
Nos trouxe aqui

Estou te esperando
Abre os braços e me faz
Ficar até o fim
Deixa o que passou pra trás

Vem viver, comigo
Estou te amando
Vou viver, contigo
Só diga quando

Ridge

Não desviamos o olhar um do outro. Durante toda a música, sua atenção está voltada para mim, e a minha, para ela. Quando a canção chega ao fim, não me mexo. Espero que sua mente e sua vida cheguem logo ao seu coração, e espero que isso aconteça rápido. Esta noite. Agora mesmo.

Ela enxuga as lágrimas e levanta as mãos. Ergue o indicador esquerdo e aproxima o direito desenhando um círculo ao seu redor até a ponta dos dedos se tocarem.

Não me mexo.

Ela acabou de usar a Língua de Sinais.

Acabou de dizer "quando".

Nunca esperei vê-la usando sinais. É algo que eu nunca pediria para ela fazer. Aprender a se comunicar comigo durante todo esse tempo que passamos separados é a coisa mais impressionante que alguém já fez por mim.

Estou balançando a cabeça, sem conseguir processar que essa garota quer ficar comigo e que ela é perfeita, linda, bondosa e, merda, eu a amo tanto.

Sydney está sorrindo, mas eu continuo paralisado, em choque.

Ela ri da minha reação e repete o sinal várias vezes.

Quando, quando, quando.

Brennan sacode meu ombro e olho para ele, que sorri.

Vá logo!, sinaliza ele, indicando Sydney com a cabeça. *Vá pegar sua garota.* Largo o violão no mesmo instante e saio do palco. Ela se levanta da mesa assim que me vê indo em sua direção. Está a poucos metros de distância, mas não consigo chegar rápido o bastante. Noto seu vestido e digo a mim mesmo que preciso me lembrar de agradecer a Warren. Tenho a impressão de que ele teve alguma coisa a ver com isso.

350

Fito seus olhos cheios d´água quando finalmente chego até ela. Sydney está sorrindo e, pela primeira vez desde que a conheci, nos entreolhamos sem qualquer culpa, preocupação, arrependimento ou vergonha.

Ela joga os braços em volta do meu pescoço, e a puxo para mim, enterrando o rosto no seu cabelo. Seguro sua cabeça apoiada no meu corpo e fecho os olhos. Continuamos abraçados como se tivéssemos medo de nos afastar.

Sinto que ela está chorando, então me afasto apenas o suficiente para encontrar seus olhos. Ela ergue a cabeça, e nunca vi lágrimas mais lindas.

— Você usou a Língua de Sinais — digo em voz alta.

Ela sorri.

— Você falou. Bastante.

— Não sou muito bom nisso — admito.

Sei que minhas palavras são difíceis de entender e ainda fico constrangido quando falo, mas adoro ver o brilho que surge em seus olhos assim que ela ouve minha voz. Isso me dá vontade de enunciar cada palavra do mundo aqui e agora.

— Também não sou boa — responde ela, se afastando e erguendo as mãos para usar os sinais. — Warren tem me ajudado. Só conheço cerca de duzentas palavras, mas estou aprendendo.

Já se passaram vários meses desde a última vez que a vi, e embora eu estivesse tentando acreditar que ela ainda queria ficar comigo, tinha minhas dúvidas. Eu estava começando a questionar nossa decisão de esperar antes de iniciar nosso relacionamento. Mas nunca imaginei que ela pudesse usar esses meses para aprender a se comunicar comigo de uma forma que nem meus pais se importaram em aprender.

— Acabei de me apaixonar completamente por você — declaro para ela. Olho para Bridgette que continua sentada à mesa. — Você viu isso, Bridgette? Acabou de me ver me apaixonar por ela?

Bridgette revira os olhos, e sinto Sydney rindo. Olho para ela.

— É sério. Tipo, há vinte segundos. Eu me apaixonei de vez por você.

Ela sorri e responde bem devagar para que eu consiga ler seus lábios.

— Eu me apaixonei primeiro.

Quando a última palavra passa por seus lábios, eu a devoro com a boca. Desde o segundo que fui embora, afastando-me desses lábios, não pensei em mais nada, a não ser no momento em que sentiria o gosto deles de novo. Ela me dá um abraço apertado e me beija com intensidade, depois com delicadeza, em seguida mais rápido e então mais devagar, em todos os ritmos possíveis. Eu a beijo de todas as formas que posso, porque planejo amá-la de todas as maneiras que eu puder. Este beijo compensa todas as vezes em que nos recusamos a ceder aos nossos sentimentos, todos os sacrifícios que fizemos. Este beijo compensa as lágrimas, o sofrimento, a dor, as lutas e a espera.

Ela vale tudo isso.

Ela vale muito mais.

Sydney

De alguma forma, entre todos os beijos, conseguimos chegar à minha casa. Ridge me solta para que eu consiga abrir a porta, mas ele perde a paciência assim que a destranco. Rio quando ele abre a porta e me empurra para dentro. Ele a fecha, tranca e se vira para mim de novo. Ficamos nos olhando por alguns segundos.

— Oi — diz ele.

Rio.

— Oi.

Nervoso, ele olha ao redor da sala antes de nossos olhares se encontrarem outra vez.

— Você acha que é o suficiente? — pergunta ele.

Inclino a cabeça, porque não entendi.

— O que é suficiente?

Ele sorri.

— Eu estava torcendo para que toda essa conversa tenha sido suficiente para a noite.

Ah.

Agora entendi.

Concordo devagar com a cabeça, ele sorri, dá um passo à frente e me beija. Ele se abaixa um pouco e me levanta pela cintura. Coloco minhas pernas em volta dele. Ridge me segura enquanto segue para o meu quarto.

Já vi isso várias vezes em filmes e li nos livros, mas nunca nenhum homem me pegou e me carregou no colo. Acho que estou apaixonada por isso. Ser carregada para o quarto por Ridge se tornou o que mais gosto no mundo.

Ou melhor, até ele fechar a porta do quarto com um chute. Talvez ver Ridge chutando a porta para fechá-la seja minha preferência.

Gentilmente ele me coloca na cama, e mesmo um pouco decepcionada por não estar mais no seu colo, fico feliz por estar embaixo dele. Cada movimento que ele faz é melhor e ainda mais sexy do que o anterior. Para por um instante, percorrendo sensualmente os olhos pelo meu corpo inteiro até parar na barra do meu vestido. Ele agarra minha roupa, erguendo-a, e me levanto um pouco da cama para que ele consiga tirar o vestido pela minha cabeça.

Ofega ao perceber que a única coisa entre ele e uma Sydney completamente nua é a camada muito fina da minha calcinha. Ele começa a se inclinar sobre mim, mas o empurro no peito e nego com a cabeça, puxando sua camisa para que ele saiba que é a vez dele. Ridge sorri e tira a camisa pela cabeça, se aproximando de mim outra vez. Eu o empurro de novo, mas ele se ergue, relutante, lançando-me um olhar ao mesmo tempo contrariado e divertido. Aponto para sua calça jeans e ele se afasta da cama. Em dois movimentos suaves, o resto das suas roupas acabam em algum lugar no chão do meu quarto. Não consigo ver onde ele as jogou, porque meus olhos estão um pouco preocupados.

Ele se aproxima de mim e dessa vez não o impeço. Eu o recebo colocando as pernas ao redor da sua cintura e passando os braços em volta das suas costas, guiando sua boca para a minha.

Nós nos encaixamos com tanta perfeição como se tivéssemos nascido unicamente para isso. Sua mão esquerda se entrelaça com perfeição na minha, enquanto ele ergue meu braço acima da cabeça e o pressiona no colchão. Sua língua combina muito bem com a minha, e ele continua provocando minha boca como se esse sempre tivesse sido seu propósito. Sua mão direita se molda à parte externa da minha coxa, e ele ainda crava os dedos na minha pele e joga o próprio peso em cima de mim.

Seus lábios se afastam dos meus para provarem meu queixo... meu pescoço... meu ombro.

Não sei como ser consumida por ele poderia deixar meu objetivo de vida mais claro, porém é exatamente isso que parece. Tudo sobre mim, ele e a vida faz muito mais sentido quando estamos juntos assim. Ridge me faz sentir mais bonita. Mais importante. Mais amada.

Mais desejada. Eu me sinto mais *tudo*, e a cada segundo que passa, fico mais insaciável, desejando cada parte dele.

Empurro seu peito, precisando de um espaço para poder sinalizar algo para ele. Ridge olha para minhas mãos e percebe o que estou fazendo. Espero que eu esteja fazendo certo, porque treinei cerca de mil vezes essa frase desde a última vez que nos vimos.

— Preciso dizer uma coisa antes de fazermos isso.

Ele se afasta um pouco, observando minhas mãos, esperando. Faço os sinais para dizer:

Amo você.

Ridge relaxa as sobrancelhas e seus olhos se enchem de alívio. Ele leva a boca até minhas mãos e as beija repetidas vezes. Depois se afasta um pouco mais, soltando minhas pernas que envolviam sua cintura. Assim que começo a ficar com medo de que ele tenha tomado alguma decisão absurda de que precisamos parar, ele se deita ao meu lado, mas inclina a cabeça sobre mim e encosta o ouvido no meu peito.

— Quero sentir você dizer isso.

Beijo de leve seu cabelo e o abraço.

— Amo você, Ridge — sussurro.

Suas mãos apertam minha cintura, então continuo repetindo as palavras sem parar.

Seguro sua cabeça com as mãos, mantendo-a no meu peito. Ele solta minha cintura e desliza a mão até minha barriga, fazendo os músculos se contraírem sob seu toque. Continua traçando círculos sensuais na minha barriga. Paro de repetir as palavras e me concentro na mão que percorre meu corpo, mas ele para de repente.

— Não estou sentindo você falar — diz ele.

— Amo você — repito depressa. Quando as palavras saem dos meus lábios, seus dedos começam a se mover de novo. Assim que fico em silêncio, seus dedos param.

Não demoro muito para entender seu jogo. Sorrio e repito:

— Amo você.

Seus dedos escorregam por baixo da minha calcinha e fico em silêncio de novo. É muito difícil falar tendo a mão dele assim tão próxima. Na verdade, é difícil fazer qualquer coisa. Seus dedos param bem embaixo da calcinha quando ele não sente que estou falando. Quero que sua mão continue se mexendo, então consigo sussurrar:

— Amo você.

A mão dele desliza ainda mais e para. Fecho os olhos e repito. Bem devagar.

— Amo... você.

O que ele faz com a mão em seguida me leva a repetir instantane-amente as palavras.

E de novo.

E de novo.

E de novo.

E de novo e de novo, até que minha calcinha vá parar em algum lugar no chão, e eu tenha dito as palavras tantas vezes e tão depressa, que estou quase gritando. Os movimentos de sua mão continuam me provando que talvez ele seja o melhor ouvinte que já conheci.

— Amo você — sussurro uma última vez com a respiração ofe-gante e acelerada. Estou fraca demais para repetir, e minhas mãos sol-tam sua cabeça e tombam na cama com um baque.

Ele levanta a cabeça, afastando-a do meu peito e se aproxima de mim até deixar o rosto tão perto do meu que nossos narizes se tocam.

— Também amo você — declara ele com um sorriso satisfeito.

Sorrio, mas meu sorriso desaparece quando ele se afasta de mim, me deixando sozinha na cama. Estou exausta demais para puxá-lo de volta. Mas ele retorna tão depressa quanto saiu. Abre a embalagem da camisinha e mantém os olhos fixos nos meus, sem desviá-los nem por um instante.

A maneira que me olha, como se eu fosse a única coisa que im-porta no seu mundo, dá uma nova dimensão ao momento. Estou completamente dominada, não por ondas de prazer, e sim por pura emoção. Eu não sabia que podia *sentir* alguém tanto assim. Não sabia que podia *precisar* tanto assim de alguém. Não fazia ideia de que era capaz de compartilhar uma conexão como essa com alguém.

Ridge estende a mão e enxuga uma lágrima no meu rosto, depois baixa a cabeça e me dá um beijo suave e gentil, me fazendo derramar mais lágrimas. É o beijo perfeito para o momento perfeito. Sei que ele está sentindo o mesmo que eu porque meu choro não o assusta. Sabe que não significa arrependimento nem tristeza. São apenas lágrimas. Lágrimas de emoção provocadas por um momento emocionante, o qual nunca imaginei que poderia ser tão incrível.

Ele aguarda, paciente, pela minha permissão, então faço um leve movimento de cabeça, e isso é tudo de que precisa. Ridge encosta o rosto no meu e começa a descer lentamente pelo meu corpo. Fecho os olhos com força e me concentro para relaxar, mas meu corpo inteiro está tenso demais. Só transei com um cara antes, que não significava nem metade do que Ridge significa para mim. Por mais que eu queira, pensar em dividir essa experiência com Ridge me deixa tão nervosa que nem consigo disfarçar o desconforto.

Ele sente minha apreensão e fica completamente imóvel em cima de mim. Fico feliz ao perceber que ele já está em total sintonia comigo. Olha pra mim, seus olhos castanho-escuros perscrutando os meus. Ele pega minhas mãos e as coloca acima da minha cabeça, entrelaçando os dedos nos meus e pressionando-os no colchão. Pergunta junto ao meu ouvido:

— Quer que eu pare?

Rapidamente respondo que não com a cabeça.

Ele dá uma risada suave.

— Então relaxe, Syd.

Mordo o lábio inferior e concordo, amando o fato de ele ter me chamado de Syd em voz alta. Ele acaricia meu queixo com o nariz e tapa minha boca com a sua. Cada toque provoca ondas de calor no meu corpo, mas ainda não consigo relaxar. Tudo nesse momento é tão perfeito que tenho medo de fazer alguma coisa e estragá-lo. Não tem como melhorar, então restam apenas duas alternativas.

— Você está nervosa? — pergunta ele. Sua voz é um sopro na minha boca, e passo a língua pelo lábio inferior, convencida de que poderia sentir o gosto de suas palavras caso tentasse.

Concordo com a cabeça, e seu olhar se suaviza com seu sorriso.

— Eu também — sussurra ele.

Ridge aperta mais minha mão e apoia a cabeça no meu peito nu. Sinto seu corpo se mover sobre o meu, cada vez que ele respira, e cada um dos meus músculos começa a relaxar. Suas mãos estão paradas, e ele não explora meu corpo nem me ouve cantar nem me pede para dizer que o amo.

Ele está parado porque está *me* ouvindo.

Está ouvindo as batidas do meu coração.

Ele ergue a cabeça do meu peito e se vira para olhar diretamente nos meus olhos. Seja o que for que ele tenha acabado de perceber, o deixa muito animado.

— Você tem fones de ouvido? — pergunta.

Fones de ouvido?

Minha confusão deve ter ficado aparente. Concordo com a cabeça e aponto para a mesinha de cabeceira. Ele se inclina sobre mim, abre a gaveta e procura com as mãos. Quando os encontra, se deita ao meu lado de novo e os deixa na palma da minha mão, indicando que devo colocá-los.

— Por quê?

Ele sorri e me beija, deslizando os lábios até o meu ouvido.

— Quero que me escute dizer que amo você.

Olho para os fones de ouvido e de novo para ele, em dúvida.

— Mas como vou ouvir usando isto?

Ele balança a cabeça e tapa meus ouvidos com as mãos.

— Não aqui — explica ele, levando uma das mãos ao meu peito. — Quero que ouça aqui.

Essa era toda a explicação de que eu precisava. Coloco rapidamente os fones e acomodo a cabeça no travesseiro. Todos os sons à minha volta vão desaparecendo aos poucos. Eu não tinha consciência de todos os sons que eu estava ouvindo até bloqueá-los. Não escuto mais o tique-taque do relógio. Nem os sons que entram pela janela do quarto. Nem os lençóis se movendo sob nossos corpos, muito menos o travesseiro em que estou deitada e o ruído da cama quando ele se mexe.

358

Não ouço nada.

Ele agarra minha mão, separa meus dedos e a vira para colocar a palma no meu peito. Assim que posiciono a mão ali, ele leva a mão ao meu rosto e toca meus olhos, fechando-os. Depois se afasta de mim até que não esteja mais me tocado.

Ridge fica completamente imóvel, e não o sinto fazer qualquer movimento.

Está silencioso.

Está escuro.

E não estou escutando nada. Nem sei se está funcionando do jeito que ele imaginou.

Não escuto nada, a não ser o mais absoluto silêncio. Ouço o mesmo que Ridge ouve todos os instantes de sua vida. A única coisa que percebo são os batimentos do meu coração e nada mais. Nada mesmo.

Espere.

Os meus batimentos.

Abro os olhos e olho para ele, que está a alguns centímetros de distância da cama, sorrindo. Ele sabe que estou escutando e sorri de leve, então afasta minha mão do coração e leva ao seu peito. Lágrimas começam a escorrer dos meus olhos. Não sei ao certo o que fiz para merecer um cara como ele, mas de uma coisa tenho certeza. Enquanto ele estiver presente, nunca vou levar uma vida medíocre. Minha vida com ele não será nada além de extraordinária.

Ele vem para cima de mim, encosta o rosto no meu, mantendo-se completamente imóvel por vários segundos.

Não consigo ouvir sua respiração, mas sinto-a no meu pescoço.

Não consigo escutá-lo se mexer, mas sinto quando ele começa a fazer movimentos suaves e sutis encostado em mim.

Nossas mãos continuam unidas entre nós, por isso me concentro no seu coração, que bate na palma da minha mão.

Batida, batida, pausa.

Batida, batida, pausa.

Batida, batida, pausa.

Sinto meu corpo inteiro relaxar sob seu peso enquanto ele continua com os movimentos leves. Pressiona o quadril contra o meu por dois segundos, e relaxa, se afastando por um instante antes de repetir o gesto. Fica repetindo várias vezes e sinto meu desejo por ele aumentar a cada movimento rítmico.

Quanto mais meu desejo cresce, mais impaciente fico, mais vontade tenho de sentir sua boca na minha. Quero sentir suas mãos no meu corpo. Quero senti-lo entrando em mim até que eu seja completamente dele.

Quanto mais penso no que quero dele, mais intensas são minhas reações aos seus toques sutis no meu corpo. Quanto mais reajo, mais rápido os corações dos dois batem na palma de nossas mãos.

Batida, batida, pausa.

Batida, batida, pausa.

Batida, batida, pausa.

Batida, batida, pausa.

Quanto mais acelerados ficam nossos corações, mais seu ritmo aumenta, correspondendo a cada batida do meu coração, todos os movimentos.

Fico ofegante.

Ele está se movendo de acordo com o ritmo do meu coração.

Uso meu braço livre para envolver seu pescoço e me concentrar nos batimentos dele, notando no mesmo instante que nossos corações estão em perfeita sincronia. Aperto as pernas em volta da sua cintura e ergo o quadril na direção dele, querendo que faça meu coração bater ainda mais rápido. Ridge desliza os lábios pela minha bochecha até alcançar minha boca, mas não me beija. O silêncio ao redor me deixa ainda mais ciente do padrão da sua respiração na minha pele. Concentro minha atenção na palma encostada em seu peito e sinto sua rápida inspiração, segundos antes de sentir o cheiro adocicado do seu hálito quando ele expira, provocando minha boca.

Inspire, expire.

Inspire, expire.

Inspire, expire.

A respiração rítmica dele acelera quando sua língua me invade, acariciando lentamente a minha.

Se eu conseguisse ouvir, com certeza teria escutado meu gemido. Isso está virando um hábito sempre que ele está por perto. Coloco a mão em sua nuca, com a necessidade de sentir seu gosto. Puxo-o com uma urgência repentina, e ele geme na minha boca. Sentir seu gemido, sem ouvi-lo, deve ter sido a coisa mais sensual que já vivenciei. Sentir sua voz é muito mais intenso do que seria se pudesse apenas ouvi-la.

Ridge afasta a mão do meu coração e apoia os antebraços no colchão ao lado da minha cabeça. Sou envolvida pelos seus braços, e percorro seu corpo com a mão, afastando-a do peito, com a necessidade de agarrá-lo com toda minha força. Com a que me resta, pelo menos.

Sinto-o se afastar mais, e, então, sem hesitar, ele entra em mim, tomando meu corpo para si, me preenchendo.

Eu...

Não consigo...

Meu coração.

Meu Deus. Ele acabou se silenciar meu coração, porque não consigo mais senti-lo. A única coisa que sinto é ele se movendo sobre o meu corpo, para dentro... para fora.... dentro de mim. Estou completamente consumida por ele.

Mantenho os olhos fechados e presto atenção, mas não ouço nada, experimentando-o no silêncio, assim como ele. Sou tomada por cada lindo detalhe, como sua pele macia, o hálito, e o sabor dos nossos gemidos, até que seja impossível ver onde começa um e termina o outro.

Continuamos nos explorando em silêncio, encontrando todas as partes de nós mesmos que, até este momento, só tínhamos imaginado.

Quando meu corpo começa a ficar tenso de novo, não é por nervosismo. Sinto seus músculos se contraírem sob minhas mãos, então aperto seus ombros, pronta para fazer o mesmo. Ele encosta o rosto no meu, e sinto seu gemido no meu pescoço, sinto Ridge dando as duas últimas longas investidas no mesmo instante que meus gemidos escapam pela garganta.

Ele estremece de prazer, mas, de alguma forma, coloca outra vez a mão entre nós e a pressiona no meu coração. Ele está trêmulo e me esforço para controlar meus tremores enquanto ele começa a relaxar, voltando a se mexer no ritmo do meu coração.

Seus movimentos são tão suaves e sutis que mal consigo senti-los por meio das lágrimas que estão escorrendo pelo meu rosto. Nem sei por que estou chorando, afinal, essa foi de longe a sensação mais indescritível que já tive.

Talvez seja exatamente por isso.

Ridge relaxa em cima de mim e leva sua boca até a minha. Ele me beija de forma tão suave, e por tanto tempo, que as lágrimas desaparecem e são substituídas pelo mais absoluto silêncio, acompanhado apenas pelo ritmo dos nossos corações.

Ridge

Fecho a porta do banheiro e volto para ela, que está na cama. Seu rosto está iluminado pela luz do luar que entra pelas janelas. Sua boca se curva, formando um sorriso suave, assim que me deito ao seu lado. Passo o braço por baixo dos seus ombros e deito a cabeça no seu peito, fechando os olhos em seguida.

Amo sentir o som dela.

Amo *Sydney*. Amo tudo nela. Amo o fato de nunca ter me julgado. Amo a forma que ela me compreende. Amo que, apesar de tudo o que fiz seu coração passar, ela não fez nada além de apoiar minhas decisões, independentemente de como a deixaram destruída na época. Amo sua honestidade. Amo seu altruísmo. E, acima de tudo, amo que sou eu o cara que pode amar todas essas coisas nela. Sinto-a dizer:

— Amo você.

Fecho os olhos e ouço-a repetir a declaração várias vezes. Acomodo o ouvido até colocá-lo na altura do seu coração, saboreando cada detalhe dela. Seu cheiro, seu toque, sua voz, seu amor.

Nunca senti tantas coisas ao mesmo tempo.

Nunca tive a necessidade de sentir *mais*.

Ergo a cabeça e olho-a diretamente nos olhos.

Ela faz parte de mim agora.

Eu faço parte dela.

Dou um beijo suave no seu nariz, na sua boca e no seu queixo. Depois acomodo meu ouvido em seu peito de novo. Pela primeira vez na vida, escuto absolutamente tudo.

Agradecimentos

Há tantas pessoas para agradecer e tão poucas palavras para isso. Primeiro, nenhum dos livros que já comecei a escrever teria chegado ao fim se não fosse por aqueles que sempre me encorajaram e me deram um feedback ao longo do processo. Sem nenhuma ordem específica, essas pessoas merecem um enorme agradecimento por terem me apoiado enquanto eu escrevia.

Christina Collie, Gloria Green, Autumn Hull, Tammara Webber, Tracey-Garvis Graves, Karen Lawson, Jamie McGuire, Abbi Glines, Marion Archer, Mollie Harper, Vannoy Fite, Lin Reynolds, Kaci Blue--Buckley, Pamela Carrion, Jenny Aspinall, Sarah Hansen, Madison Seidler, Aestas, Natasha Tomic, Kay Miles, Sali-Benbow Powers, Vilma Gonzalez, Crystal Cobb, Dana Ferrell, a sempre presente Kathryn Perez, e todos aqueles que importunei ao longo do processo.

Agradeço às minhas meninas da FP. Não tenho palavras para expressar, a não ser estas 17, acho.

Obrigada, Joel e Julie Williams, por serem maravilhosos e me apoiarem.

Tarryn Fisher, por ser minha confiança e também meu teste de realidade.

Meu marido e meus meninos, por serem os quatro melhores homens do mundo.

Elizabeth Gunderson e Carol Keith McWilliams pelo feedback, conhecimento e apoio. São simplesmente lindas e eu não poderia ter feito isso sem vocês.

Jane Dystel e toda a equipe da Dystel & Goderich pelo apoio contínuo.

Judith Curr, editora da Atria Books, e toda sua equipe, por terem excedido suas obrigações. O apoio de vocês é inigualável.

Para minha editora, Johanna Castillo. Dizer que eu estava nervosa ao entregar para você meu primeiro original, que não é parte de uma série, é pouco. Eu deveria saber que não precisava ficar preocupada, porque nós duas formamos um ótimo time. Tenho muita sorte de tê--la ao meu lado.

Um ENORME obrigada para a equipe do *Talvez um dia*: Chris Peterson, Murphy Fennell e Stephanie Cohen. Vocês são demais.

Por fim, mas definitivamente, não menos importante, Griffin Peterson. Obrigada. Um milhão de vezes obrigada. Seu talento e sua ética profissional não podem deixar de ser citados, pois seu apoio e entusiasmo ultrapassam tudo. Não existe um emoticon capaz de traduzir o que sinto.

Ah, e obrigada ao Dave e ao Ursinho Puff, só porque eu quero.

Este livro foi composto na tipologia Adobe Garamond Pro,
em corpo 11/14,5, e impresso em papel off white
no Sistema Cameron da Divisão Gráfica
da Distribuidora Record.